齐河县青少年地方文化读本

风华齐河

孙茂同　赵方新　主编

上海文艺出版社
Shanghai Literature & Art Publishing House

图书在版编目（CIP）数据

风华齐河 / 孙茂同，赵方新主编 . -- 上海：上海
文艺出版社，2024

（黄河文丛 / 孙茂同，赵方新主编）

ISBN 978-7-5321-8947-2

Ⅰ.①风… Ⅱ.①孙…②赵… Ⅲ.①散文集－中国
－当代 Ⅳ.① I267

中国国家版本馆 CIP 数据核字 (2024) 第 009715 号

发 行 人：毕　胜
策 划 人：杨　婷
责任编辑：李　平　程方洁　汤思怡　韩静雯
封面设计：悟阅文化
图文制作：悟阅文化

书　　名：风华齐河
主　　编：孙茂同　赵方新
出　　版：上海世纪出版集团　上海文艺出版社
地　　址：上海市闵行区号景路 159 弄 A 座 2 楼
发　　行：上海文艺出版社发行中心发行
　　　　　上海市闵行区号景路 159 弄 A 座 2 楼 206 室　201101　www.ewen.co
印　　刷：成都市兴雅致印务有限责任公司
开　　本：880×1230　1/32
印　　张：84
字　　数：2079 千
印　　次：2024 年 1 月第 1 版　2024 年 1 月第 1 次印刷
I S B N：978-7-5321-8947-2
定　　价：398.00 元（全 10 册）

告读者：如发现本书有质量问题请与印刷厂质量科联系　T：028-83181689

为齐河画一幅"速写"

　　前几年，县文联先后编纂出版了两本书，一本是《行吟齐河》，一本是《历史名人与齐河》，内容都是介绍齐河的历史文化和人文风情的，读者打开它们，可以从不同侧面了解齐河。两书文字以散文为主，读起来较为轻松，也收获了不少赞誉。

　　齐河这几年发展变化很大，越来越像一个现代化城市了，作为齐河人，都很骄傲和自豪。齐河最大的自然人文景观就是流经而过的 63 公里黄河了，可以说，黄河自 1855 年夺大清河入海后，造就了齐河社会历史发展的基本面貌，也成了齐河站在新时代起跑线上最强劲的动力之源。齐河与黄河的关系，是一部大书，书之不尽，读之不尽。齐河，已经连续七八年蝉联全国百强县，县委县政府提出的新目标是"十四五"时期进入全省县市区 30 强、全国综合实力百强县 50 强，气魄非常大，振奋人心。这个目标的实现，需要每个齐河人的努力付出，当然也少不了我县文艺工作者的参与。唐代大诗人白居易在《与元九书》中说："文章合为时而著，歌诗合为事而作。"身处齐河发展的蓬勃火热的氛围里，我们每一位文艺工作者都应该责无旁贷地担当起书写、铭记这段历史的职责，用手中的笔描绘美的诞生和升华，状写时代之情。同时，县文联发挥引导作用，主动给我县作家们布置"作业"，把大家的创作引向书写大我，讴歌家乡，探寻地方文化的方向上来，于是一篇篇带着露珠，闪烁着晨曦，蕴含着深沉历史喟叹的文章，陆续走进读者的阅读视野，齐河这片神奇的土地，也一次次在这些文字里绽放出春的桃红李白，释放出秋的成熟芬芳。

本书第一个栏目"谈古论今说齐河"，集中了我县作家和地方文史研究专家关于"上风上水上齐河"和"齐"字的解读文章。"上风上水上齐河"既是一句朗朗上口的宣传语，也是对"新齐河"的现实定位。家乡在每个人心里都是一个小小的温暖的地方，热爱家乡是人类情感世界里最炽烈的部分之一。我们的每位作者怀着这份赤诚的情愫，还有一份责任感，驱遣文思，深入探求，结合齐河的历史和现状，对此做出了令人信服的解释。对"齐"字的阐释，可谓是别开生面，这也是第一次在如此大的范围内思索"齐"与"齐河"的渊源和关系。"齐河"姓"齐"，有古韵，有厚度，有悠远的历史回响，有宏阔的未来呼唤。通过阅读这些文章，我们可以清晰地知道齐河的"来路"，清晰地看到齐河的"前程"。这是本书的一个"闪光点"。

我们也尽可能搜集了一些外地作家写的关于齐河的文章。这样一个个小小的窗口，可以给读者打开一个新的视角来观察齐河，阅读齐河。

值得注意的是，我县老作家华锋先生一直致力于对齐河历史文化的研究，此次收录了他的几篇力作。他是一位有着浓郁家乡情结的作家，在他的笔下，神秘的"隐城蜃气"重现人间，"华大先生"从历史风烟深处向我们走来，新生或新发现的泉水晶莹喷涌……他的文字洋溢着对家乡的挚爱之情，读之令人动容。青年作家姜仲华擅长对文史的钩沉，他发现了不少掩藏在各类史书、方志里的齐河史料和齐河故事，并且他的文字很"润"，带着丰富的文学意味，读来兴味盎然。解永敏先生的几篇文章，写得荡气回肠，在熔裁史实的基础上，极尽叙事之能事，颇有个人的风格。其他作者的文章，也紧扣主旨，从不同侧面，表现了齐河风物之美、人文之深、风情之醇。

在选编原则上，我们坚持以表现齐河的历史文化、风土人情为主要内容，以挖掘和弘扬齐河文化为主要目的，对于跟主题相对疏离的文章，或者篇幅过于庞大的文章，只能割爱。另外，对于一些内容重复的篇目，我们依据有关要求，也进行了汰舍。因为我们的眼界有限，肯定会有遗珠之憾，只能俟诸来日了。该书的编辑出版得到了各位领导和作家朋友的大力支持，画家高义杰先生为本书创作了精美的插图，王淑慧、王翠捷、马婷参与了前期稿件的搜集、整理和校对工作，在此一并表示感谢。

编者

2022 年 9 月

目　录 •——————————————————————

第一辑　谈古论今说齐河
•——————————————————————

第二辑　名家笔下的齐河

第三辑　名人们的齐河往事

第四辑　风物乡情里的齐河

谈古论今说齐河

向上的力量

赵方新

不久前，县里提出了"上风上水上齐河"的城市新定位，以适应和引领我县当前发展的新局面，给人以耳目一新之感。

喜欢赞美家乡是人之常情，我也乐此不疲。外地的朋友询问我齐河有什么名胜，我很干脆地回答："黄河！那是当然了。"朋友来访，我带他们到南坦去看黄河，就像展示一件家藏的珍宝，那股自豪劲自不待说了。

无疑，黄河是齐河含金量最高的一张名片，是上天对齐河最好的眷顾。1985 年版《齐河县志》说："齐河的命运系于黄河。"此言不虚。

现在黄河的河道原为大清河河道。清咸丰五年（1855 年）黄河决口于河南铜瓦厢，夺大清河入海，继而形成今天的流势，造成齐河最大的自然人文景观。历史上的黄河像一头不可羁勒的猛兽，以善淤、善决、善徙而闻名，令人谈之色变，所以治黄历来都是头等大事。据说清朝的山东巡抚上任第一天就要到黄河祭河，视察河工，以示对黄河的重视。

八百多年的齐河老县城依偎于黄河大堤下，与省府济南隔河相望，自然有剪不断理还乱的关系。1893 年 1 月，到北京总理衙门谋职不遂的刘鹗被风雪阻于齐河县城里，情怀萧索，惆怅

黄河是齐河最大的历史人文景观，是齐河人的精神家园　高义杰／绘

之余，写下了"红烛无光贪化泪，黄河传响已流澌"的诗句。后来，他在长篇小说《老残游记》里，用大量笔墨描述了齐河黄河的风光和齐河的风土人情，使齐河跟这本文学名著结下了深厚的缘分。1971年国家水电部为防洪防凌，开建黄河北展区，齐河老县城废，新县城晏城兴。2008年因小浪底工程解决了黄河的汛情隐患，国家解禁黄河北展区，齐河县依托于此，发展现代旅游业，新城迅速崛起。由这个粗略的线索看，黄河确实深刻地影响和改变了齐河。

只有作为齐河人，才能理解齐河人对黄河的感情。在齐河 63 公里沿黄岸线上共有 5 座引黄闸，使黄河水得以流入齐河。齐河近水楼台先得月，在水资源相对匮乏的北方，成为少有的丰水县，加之县境内还有徒骇河、巴公河、温聪河、倪伦河、赵牛河等十几条河流，形成了河网纵横、湖泊星罗棋布的格局，使之成为名副其实的"黄河水乡"。在齐河，大自然以水为笔，描绘了一幅水光潋滟、人水和谐的北方水乡画图。水给齐河带来了诗意画韵，也实实在在造就了农业的"黄河粮仓"、工业的腾飞、旅游业的一鸣惊人。

我认为"上风上水上齐河"中的"上水"，首先是对齐河黄河的准确定位和高度概括：从自然形态来说，黄河之水天上来，她是从高高的青藏高原上奔流而来的；从历史层面来看，她从上古流淌到现在；从齐河人对她的感情出发，黄河是母亲河，是被高高擎在头顶上的神袛；从现实层面考量，黄河之于齐河的重要性是无与伦比的，这里的"上"字又被赋予了"至高无上、无可替代"的意思。

水利万物而不争，水代表着包容，代表着无往不前；流水不腐户枢不蠹，水还代表着生生不息的创新精神。所以"上水"更是齐河人在新时代自我定位的胸怀和精神内涵之一。

"上风"，寓意着齐河因优越的区位而最先领受政策之风气。齐河跟其他地方相比，还有一点很突出的表现，也是大自然的馈赠，这就是她特别优越的区位交通优势。齐河的地理位置大略可以这样说：居泰山脚下，偎黄河之滨，瞰华北沃野，北则达京津冀，南则通江沪浙，四通八达，风云际会。这种区位使齐河形成了广纳八方、聚风聚水的特征。

齐河老县城的北门名"拱极",即今日北牌坊之题额。"拱极"者,众星拱卫北斗之意,此处之"极"落在地上便是首都北京,齐河便是列布于京城之南的一颗明星。齐河南以巍巍泰山为屏障,向北一马平川,毫无阻隔,高铁到京仅一个半小时,极易接受北京的辐射,尤其是党的方针、路线、政策的春风的吹拂。这是真正的"上风"。

改革开放后,齐河的发展历程也充分证明了这一点。齐河踔厉奋发,敢领时代风气之先,展开了一轮轮思想解放,自我加压,以舍我其谁的气魄,敞开胸怀,招才引智,其发展经历犹如一部当代传奇,引起了多方的瞩目。今天,新一届县委领导班子以再出发、再启航、再攀登的心态,重新审视齐河,重新定位齐河,重新谋划齐河,弘扬"今天再晚也是早,明天再早也是晚"的"立即办"作风和"有第一就争、有红旗就扛,有先进就学、有经验就借、有问题就改、有短板就补"的拼搏精神,必将催生齐河发展的新纪元,再创齐河的新辉煌。这是齐河自身内生的"上风"。

齐河之所以具有如此多的发展利好,能频频得到"上风"眷顾,我觉得这里面有个心态问题。经过多年的砥砺发展,齐河人认识到放步自封不行,小富即安不行,自高自大更不行,只有虚怀若谷、脚踏实地才行,只有敢于抢抓机遇、不等不靠才行,只有永不满足、永不停息才行。齐河秉持这种心态,才能不断创造属于自己的奇迹,才能在新时代讲述出精彩纷呈的"齐河故事"。

最近发生在我们身边的许多事情,都是令人倍感振奋的,齐河一中的扩建,行知中学的奠基,新文化艺术中心的破土,齐州黄河大桥的开建……齐河在生长,齐河在舞动未来。尤其是齐州黄河大桥的建设，更是展示了齐河沟通八方、迈向明天的信心和气魄。一桥飞架母亲河，是齐河向世界发出的请柬，是齐河投递给未来的报告。这些都是"东风吹来满园春"的结果，也是齐河人乘"上风"之势而作为的成果。

"上风""上水"共同铸就了一个"上齐河"。"上"这个字有"上等、优良、优秀"之意，"上齐河"自然是一个有区位优势、有文化积淀、有未来感召力的齐河；"上"字还可以做动词用，相当于"来"，伴随着齐河新一轮的发力，齐河在文化旅游业上的先声夺人，"上齐河"已经成为越来越多的商界精英和普通大众的共识；"上"字还有一层"领先、在前"的意思，那么"上齐河"就变成了我们共同期待的一个目标："上游的齐河"。

我曾在一本书里写道："历史的脚步在哪儿停驻是从不提前告诉人们的。"我想，当历史老人逡巡的步履行经这片黄河岸边的土地时，他定会欣然驻足，并久久凝望。

"上风上水上齐河"之我见

华 锋

一、从关键词谈起

"上风上水上齐河"共七个字，由四个关键词（字）构成，即：上，风，水，齐河。

关键词（字）一："上"。"上"在现代汉语中，是内涵非常丰富的一个字。《现代汉语词典》中，"上"的含义有19条之多。（见《现代汉语词典》第6版，以下简称《现汉6》）这么丰富的含义，大体可以分为四个方面：一是名词，包括方位词、次序和时间用词，如上部，上端，上游，上卷，上次，上半年等。二是指等级或品质高的，如上等，上级，上品。三是指向上面，如上升，上进。四是动词，是含义最多的一部分，如上山，上楼，上车，等等。由于"上"字本身的含义丰富多彩，由"上"字组成的词组就有二百余条（见《现汉6》第1137—1142页），兹不一一列出。

关键词（字）二："风"。"风"在现代语中不但是一个内涵非常丰富的一个字，而且是文化意蕴丰厚的一个字（词）。《现汉6》中由"风"组成的词条有140多条。如"风采""风度""风发""风气""风范""风华""风格""风骨""风景""风俗""风雅""风土""风物""风华正茂""风和日丽""风风火火""风驰电掣""风生水起",等等。

关键词(字)三:"水"。"水"这个字在现代汉语中,是以名词为主的,其本身的含义比较单纯,一是指人们日常饮用的、来源于大自然的氢氧化合物。水在零度以上为液体,零度以下为固体(冰)。二是指河流。三是指江、河、湖、海、洋。四是指与水类似的液体状的物质,如墨水、药水等。由于水是构成生命和生命赖以生存的重要物质,因此,水的引申义十分丰富。在《现汉6》中,由"水"组成的词有200余条。如"水平""水利""水乡"等。

关键词四:"齐河"。齐河为华夏一县,位于山东省中部,省会济南西郊,黄河之滨,华北平原东南边缘。历史悠久,古称祝阿,迄今两千余年;继称齐河县,迄今近900年。地理位置十分优越,被人们称之为"钟灵毓秀"之地。笔者在一次座谈会上,仅就齐河的区位优势拟了几句"顺口溜"《说齐河》:"临省城,居要冲。沿黄河,有灵性。大平原,阔心胸。条条大路通四方,一马平川到北京。"齐河有国际花园城市、全国百强县等数十项全国、全省的亮丽名片。兹不展开叙述。

二、契合于关键词的总体观照

由上、风、水、齐河四个关键词(字)组成的"上风上水上齐河"一语,从语言的构成上来看,"上风""上水""上齐河"还可以组成三个语义相对独立的词:"上风",原意一是指风刮来的那一方,二是指作战或比赛的一方所处的有利地位。"上水",原意一是指上游，二是指向上游航行。（均见《现汉6》）"上齐河"，"上"按动词及口语本义来说，就是"去齐河""到齐河"。具体来说，"上风"一词可引申为"最好的风气""最好的作风"；"上水"一词可以引申为"最优的环境""最高的标准"。"上齐河"可引申为"齐河是个高、大、上的好地方"。"上风上水上齐河"一语中有三个"上"，作为动词，它就有了不停地奋发向上的意蕴。从汉语音韵学视角来说，"上"发 ang 韵，去声，非常响亮有力。"上风上水上齐河"简约生动，朗朗上口。总之，"上风上水上齐河"，从关键词的本义到引申义，进而总体观照，它内涵丰富，鲜明生动，极富特色，既是宣传齐河的新表达，又是鼓舞齐河干部群众在新时代创造更大业绩的新的进军号。

三、新时代要有新标识

齐河通过不断地实干奋斗、开拓创新，使区域经济活力迸发。全县上下鼓足"不争第一就是在混"的激情干劲，全省争一流，全国争先进，拼出来、干出来、冲出来了"十四五"精彩开局。站在新时代的新起点上，最近召开的齐河县第十五次党代会确定了新的发展目标。新一届县委号召全县干部群众，省内看齐寿光，全国学习张家港，全省争一流，全国争先进。要在对标先进中奋力提升，在狠抓落实中加压攻坚，以永不懈怠的精神状态和一往无前的奋斗姿态，向着"十四五"期间县域经济总量和财政收入翻番、人口过百万，确保三年进入全省县市区 30 强，"十四五"末进入全国综合实力百强县 50 强，冲刺全省县市区 20强、力争前 10 强的目标，扬帆起航再出发，奋力开创新辉煌。

新时代的新目标已经确定，新时代要有新的语言来表达，新时代要有新的标识来引领。"上风上水上齐河"就是齐河在时下的新表达、新标识，具有崭新的时代特征和蓬勃向上的精神风貌。

上风上水上齐河！上，上，上！齐河就是要奋力向上，不断向上，更好更快地发展，更上一层楼，跃上新台阶，上升到新高度，使这一方钟灵毓秀之地，迸射出更加绚丽的光彩！

俗语中的风雅

解永敏

中国传统文化博大精深，其魅力之所以经久不衰，很重要的一个原因，就是任何时间在普通百姓人家的任何一个角落都能找到传统文化光辉灿烂的踪迹。"上风上水上齐河"作为一种宣传语，自然具备了这种经久不衰的魅力，可谓俗语里透着文化，大俗中蕴含风雅。

风雅是一种精神，大俗也是一种精神。"上风上水"四个字，从字面上看完全就是一个俗语，"上风"之地是风先吹到的地方，前面没有山脉或者建筑甚至大树的阻挡，而"上水"说的则是能够容易聚水之处，或曰利于水流成川之处，二者加在一起的"上风上水"，也就成了开阔处地势较高的地方。所以，"上风上水"有着名词的意味，好像抬手这么一指，人们就能看到"这个地方"。而"这个地方"得水为上，藏风次之，风生水起，气象万千，也就成了人与环境关系的一种科学，其内涵包括环境、地理、气象、人文、地质、地矿、地貌等影响人类行为的一系列因素。这样的俗语和"上齐河"连在一起，朗朗上口，好记，好懂，即使一个没有文化的老者，一听说"上风上水上齐河"，也能记住"这个地方"，也知道"这个地方"很好，是一个"上风上水"之地。这样美好的地方，谁不想去看一看呢？

从雅的角度理解，"上风上水"又与中国最早的一部诗歌总集《诗经》紧密相连。我们平时所说的"风"，放在字面上研究，学者们大都认为是《诗经》中的"风""雅""颂"三大类中的"风"。而《诗经》中的"风"，又是华夏文学之源与经典，表现出的关注现实的热情、强烈的政治和道德意识以及真诚积极的人生态度，被后人概括为"风雅精神"，直接影响了后人的文化创造。孔子就曾经说过，"不学诗，无以言"。

另外，"风"与"雅"还是一种好的行为举止，"上风"则谓之更好。中国古代十分强调人与自然的和谐关系，认为万物都孕育着生命。作为万物之灵的人类，能处在"风"与"水"的自然环境中，其文化之气，其财富之气，其运势之气，当然就好上加好。因此，"上风上水上齐河"这样的宣传语，是俗语中的风雅，道出了当今齐河大气象。

晴空万里排云上

张玉华

近来，"上风上水上齐河"的齐河文化形象品牌宣传语，在县域到处可见，在线上线下广为传颂，在光耀美眸的同时，也直接温润着齐河人的灵魂深处，在推动齐河形象宣传从静态化、模式化、平面化转向动态化、立体化、多元化的同时，更担负起"举旗帜、聚民心、育新人、兴文化、展形象"的神圣使命。

举一纲而万目张，解一卷而众篇明。我一直赞成用一句经典而朗朗上口的短语来诠释城市精神，像"晋善晋美""都说山西好风光""无锡是个好地方"等，更容易形成宣传效应。今天，"上风上水上齐河"得到了上上下下的认同，我深以为然。"上风上水上齐河"，为谱写齐河高质量发展新篇章奏响了凝心聚力的铿锵之音，使得主旋律更响亮、正能量更强劲、新形象更立体。

先说"上风"。风者，势也。"势"指大的发展趋势和各级政策导向。"势"往往无形，却规定了方向，所谓"取势明道优术也"。顺势而为则事半功倍，逆势而动则事倍功半。齐河处于齐鲁交界，极富齐风新韵。古齐国重商厚农崇学，名相管仲更是商贸专家，致使齐国富极一时，成为首位"春秋五霸"。稷下学宫作为世界上最早的官办高等学府和我国最早的社会科学院、政府智库，为当时"百家争鸣"开创了良好的社会环境，促进了学术文化的繁荣。晏婴作为智者、贤者的象征，被孔子盛赞有加。晏城作为晏婴的封地，以无可争议的齐鲁地理坐标，成为当今人们瞻仰怀念晏婴的必选之地。

老齐河县城有"瞻岱""临济""拱极""康城"四门，而齐河县城有"瞻岱""临济""拱极""康城"四牌坊，由此可知，齐河的"风水"有多么重要！千年古郡，风行其脉。千百年来，齐河作为南北交通的枢纽之地，作为大清桥的桥头堡，留下了康熙、乾隆、刘鹗、钱谦益、房守士等名人的足迹，古风浩荡，生机盎然。

今天，齐河作为德州市南融的"桥头堡"，省城济南的"后花园"，正以强劲的发展势头融入省城经济圈，而济南大外环已经将齐河大部分囊括其中，而每天央视的《新闻联播》及《朝闻天下》栏目正以黄河为扩音器向世人宣告着"黄河水乡、生态齐河"的旖旎形象，齐河正以"省城发展先行区"的独特优势令世人刮目相看。

再说"上水"。从齐河地理大势而言，有"大山大河大平原"之说。大山指泰山，齐河八景之"泰山南峙""瞻岱"泰山余脉，造就了富锶齐河水——齐鲁锶源，成就了齐河黄河的美食。大河指黄河。黄河水乡，生态齐河，齐河因黄河而名。齐迎天下客，河纳万里波。引黄济德、引黄济沧、引黄济津，古称"德水"的黄河，成就了大义齐河，成就了"时传祥故里，孟祥斌家乡"。大平原指华北平原。作为德州唯一的沿黄县，黄河造就了华北平原上的"黄河粮仓"与"华夏第一麦"。

水者，浸润也。金木水火土，称之"五行"，而水代表浸润，是生命成长延续的根本。而代表齐河文化的黑陶，取自性格鲜明的黄河泥，以"水与火的艺术"，成为齐河的文化名片。泱泱华夏，美哉黄河！万里黄河，美在齐河。当今时代的齐河正经历着"河清海晏"的美好。

后说"上齐河"。在齐河"不争第一就是在混"，言简意赅，却直接触及心灵。积极向上的齐河人，省内看齐寿光、全国学习张家港，各部门、镇街以及全县各单项工作都在全国确定对标对象，有第一就争、有红旗就扛，有先进就学、有经验就借，有问题就改、有短板就补，对标对表、比学赶超、创先争优、勇争一流，向着全国百强县 50 强、全省高质量发展先进县目标全力冲刺。平生生于齐河，幸甚至哉！

一届接着一届干，一年接着一年干，一张蓝图绘锦绣，日新月异开新局。历届齐河县县委县政府以"忠诚干净担当"为己任，以"谋全局、惠万世"之心，谋划齐河的今天与未来。建设现代化新型工业强县，壮大综合实力；建设绿色优质高效农业大县，促进农民增收；建设享誉全国文旅名县，推动门票经济向产业经济转型；坚持项目为王不动摇，提升"双招双引"质效；持续推进改革攻坚，追求务实管用；大力优化营商环境，提升区域竞争力；抓好全国文明城市创建，全面提升城乡品质；办好民生实事，提升群众满意度；纵深推进全面从严治党，加强务实作风建设。齐河发展，理念新，路径清，成效有目共睹。

齐河在县委县政府的坚强领导下，以"今天再晚也是早、明天再早也是晚"的效率意识，以"上风上水上齐河"的奋进姿态，以"不进则退"的危机感，以"马上干"的责任感，顺民心、安民心、暖民心、聚民心，顺势而为，积极作为，唯旗是夺，直追巅峰。

"文章合为时而著，歌诗合为事而作。"2022年是党的二十大召开之年，也是齐河县高歌猛进的一年。县文联以"上风上水上齐河"为主题开展了有关齐河宣传形象的征集活动。本人作为教育界的一员，深深感念于齐河县与全省全国最高最好最优最强"赛跑"的勇气。尤其在发展教育方面，齐河将教育作为营商环境、城市竞争力的核心要素，倾力支持教育事业发展，让齐河的孩子应上尽上、学校应建尽建、教师应招尽招、待遇应保尽保，向着"最好的位置建学校，最美的风景在校园，最好的建筑是教学楼"这一目标加速航行，全力推动"义务教育基本均衡"向"全域优质均衡"方向快速发展。我们可以欣喜地说："齐河教育的春天真的来临了！"

"风好正是扬帆时，不待扬鞭自奋蹄。"作为齐河人，我们骄傲，我们自豪。我们愿意沐浴着"上风上水上齐河"的春潮，顺势而为，积极作为，共同讲好"齐河好故事"、传播"齐河好声音"、书写"齐河新篇章"，为齐河的跨越可持续发展做出新贡献。

一张靓丽的城市名片

沈仁强

"上风上水上齐河"作为我县一张最新、最靓丽的名片，不仅在县内家喻户晓，而且在县外甚至省内外也正广泛传播。这个城市名片语刚一出来，便引起了不小震动，大家先是疑惑：为什么这样讲？继而感觉这句话与众不同，而且不同凡响。至于不同凡响在什么地方，一时又说不上来。每个字都是最简单的汉字，连小朋友都认识，但排列组合在一起，大专家也难说理解到位。正如人们所说："太阳底下没有新鲜事，排列组合就是创新。""上风上水上齐河"这句话本身就是理念创新、文化创新。创新是件了不起的事情，尤其是文化创新、理论创新，"创新是一个民族进步的灵魂，是一个国家兴旺发达的不竭动力"。我们党之所以成就辉煌，离不开不断推进马克思主义中国化的理论创新。"上风上水上齐河"，又何尝不是一种宣传理论或者理念上的创新呢？它和"天下黄河，齐聚齐河"等宣传语结合在一起，给人一种非同一般的冲击之力，使作为全国百强县的黄河水乡、生态齐河的形象更加立体和丰满。虽然至今，大家对这句话的理解还是仁者见仁，智者见智，但不可否认的是，它已深深嵌入人们的头脑，成为齐河新的标识。

听了大家的解读，千人千说，各有道理。细心揣度，又总觉得差点什么。但到底差在哪里，却又说不上来。思考得久了，便渐渐有了心得，其实这个问题的关键不在于大家理解的对与错、水平的高与低。就这么简单的几个字，无论我们如何理解，能差到哪里去？从宣传效果来看，都至少推介了齐河，宣传了齐河，让齐河人更加自信，让外地人更了解齐河，从而更愿意来齐河，这就够了。

问题的关键在于，仅从字面意义上理解这句话，是远远不够的，普通百姓不说，即便是皓首穷经的专家学者，把《新华字典》翻个遍，把这七个字掰开揉碎去解读，也不过是牵强附会罢了，根本无法参透其中的内涵。因为这句话本身的含义不是靠引经据典的考据学所能解决的，它是时代的产物，是齐河现状与齐河精神的反映。要真正领会它，必须站在其提出的时代背景、齐河的历史方位、发展态势以及未来的发展目标去认识，才能明晓其中的深刻含义。

"上风上水上齐河"，绝不是"好风好水好齐河""好风好水到齐河"如此简单。老百姓口语可以说"上哪里去啊，上齐河去啊！"虽然没啥大错，但肯定是太过肤浅了。恰似隔靴搔痒，没有触及其中妙处。我们要理解"上齐河"，必须站在目前齐河发展的大背景、大格局来看。站在这个角度看，我觉得"上风上水上齐河"，可以这样理解："有着得天独厚的自然环境、社会环境、人文环境，正在力争上游，蒸蒸日上的齐河"。"上风上水"者，就是特别优越的环境的意思。"上"有"好"的含义，但比"好"更上层，更高端，是至高至好的意思。齐河的区位优势，各方面环境确实得天独厚，即便是放在全国讲，国道、高速、高铁密布。从自然环境讲，是德州市唯一的沿黄县，森林资源、煤炭资源、水资源等都非常丰富，与济南隔河相望，是济南新旧动能转换起步区的"西翼"。"翼"者，翅也，是腾飞的翅膀。作为济南卫星城、全国百强县，齐河区位交通优势在全国鲜有比者。很多人把齐河比"昆山"，"齐河"和"济南"的关系，就像"昆山"和"上海"的关系差不多。"齐河"是离"济南"最近且不属于济南的比较发达的县。"昆山"是离"上海"最近且不属于上海的全国百强县第一名。目前我们"省内看齐寿光，全国学习张家港"，最终还要向全国第一的昆山学习，如果我们有着"昆山"的格局和胸怀，何愁不发达呢？

至于"上齐河"，这里的"上"就应该是"向上"的意思。"上齐河"就是"蒸蒸日上的齐河""力争上游的齐河""飞速跃升的齐河"。齐河目前发展的态势，用一个词形容，就是："向上"！而且不是一般的"向上"，是有极强紧迫感、责任感、使命感的"向上"，是"对标对表，比学赶超"的"向上"；是"省内看齐寿光，全国学习张家港""不争第一就是在混"的"向上"；是"有第一就争，有红旗就扛，有先进就学，有经验就借，有问题就改，有短板就补"的"六有精神"的"向上"。齐河人"向上"不是简简单单的想法，而是实实在在的行动！"向上"是齐河目前最大的现实，最雄劲的姿态，最昂扬的气势，不断"向上"的基因正嵌入每个齐河人的细胞和灵魂，一个力争上游、蒸蒸日上的齐河，不是目前最好的写照吗？

齐河人的"向上"是骨子里的，不断追求"向上"，不断争先进位，恰恰因为目标足够远大，比如"以一线城市标准建设齐河"。以北上广深的标准建设一个小县城？这口气着实不小，这需要宏大的格局和勇气！齐河人正努力朝此目标迈进，全省争一流，全国争先进，全面建设"富强、活力、幸福、美丽"的新时代现代化文明新齐河，推动县域经济总量和财政收入五年翻番，人口突破 100 万，三年进入全省 30 强，五年进入全国综合实力百强县 50 强，冲刺全省 20 强，力争 10 强。哪怕是阶段目标也鼓舞人心，催人奋进。一个飞速跃升的齐河、蒸蒸日上的齐河，给人的震动是巨大的。走进齐河，从党政机关、工商业主到普通百姓，大家都为生活在齐河而无比自豪。

齐河人有这种骄傲的资本：连续 7 年跻身全国综合实力百强县，获得国家级荣誉称号 33 项，2021 年 6 个国家级、13 个省级会议在齐河举办，在全市两次现场观摩评议中均获得高分第一名，等等。

在城乡建设上全面提标，坚定不移以一线城市标准规划、建设和管理齐河。加快城市"南拓、北延、东联、西进、中优"，全面提升城市能级和综合承载力在民生事业上均衡提质，坚持"齐河人民的利益是最大的利益"，全力推动"幼有善育、学有优教、劳有厚得、病有良医、老有颐养、弱有众扶"，力争在群众满意度测评上再进位次。

对教育的重视更是前所未有，旗帜鲜明地提出"教育是最大的民生""抓教育就是抓发展"，在硬件建设、教师招聘、待遇保障等方面全面发力，让齐河孩子"应上尽上"、学校"应建尽建"、教师"应招尽招"、待遇"应保尽保"，实现"最好的位置建学校、最美的风景在校园、最好的建筑是教学楼"，开启了全县教育高质量发展新局面。

齐河人坚持"不争第一就是在混"，发扬"六有"精神，强化"早晚"意识，树牢"立即办"的行为习惯，破除一贯如此的思维定式，始终保持时不我待、只争朝夕的状态，在谋发展上早一步，抓落实上快一拍，全力以赴推动各项工作提速提效。

作为齐河最靓丽的城市名片，"上风上水上齐河"是齐河现状和未来发展的最好写照，符合齐河实际，扬起发展风帆。

在不断发扬孺子牛、拓荒牛、老黄牛精神的基础上，进入中国农历虎年，意气风发的齐河人正以力争上游、勇争第一的精神，以生龙活虎、虎虎生威、气吞万里如虎的气势，开创齐河未来发展新的辉煌。

"泱泱齐风"奏新曲

华 锋

一

三千多年前（公元前 1046 年），周武王顺天应民，举兵讨伐商纣王，战于牧野。武王大胜，商朝灭亡，建立周朝（西周）。周初，周王室分封天下，把功勋卓著的师尚父（也称吕望、太公望，即民间所说的姜太公、姜子牙）封于齐，建都营丘（薄姑），后改名临淄。历数百年经营，到春秋时，齐桓公任用管仲为相，对内"通货积财，富国强兵"，对外尊王攘夷，"九合诸侯，一匡天下"（《史记》），成为春秋时期国力最为强盛的东方大国。因此，齐国被称为"春秋五霸之首"。战国时期，齐国出现了史上著名的稷下学宫，百家争鸣，人才荟萃，影响深远。在古齐国这片土地上，积淀形成了独具特色的齐文化，并成为齐鲁文化的重要组成部分。

春秋末期，周景王元年六月（公元前 544 年），在音乐方面有着很高造诣的吴公子季札，来到与齐国相邻的鲁国。在他的请求下，宫廷乐师们为他演出了周室各地的音乐和历代的舞蹈。演出在一组组地进行，当金碧辉煌的成排悬挂的编钟编磬齐鸣，优雅的琴瑟相和，悠扬的笙簧吹奏的时候，乐工们演唱了一组新换的节目。这组声乐节目与前面的富有装饰性且柔曼的一些节目不同，它浩浩荡荡，辽阔深大。音乐感极其敏锐、文化教养很高的吴公子季札，对这一组音乐非常欣赏。在事先没有说明这是《齐风》的情况下，他很自信地说道："美哉！泱泱乎，大风也哉！表东海者，其太公乎？国未可量也。"季札很准确地指出这组声乐的风格是齐国的特色。从此，气魄宏大的"泱泱齐风"，就成为齐文化特点的经典表述。

中华文明五千年，在绵延不断的历史文化天幕上，齐文化是其中耀眼的一颗。从春秋时期，季札指出齐文化的泱泱大国之风，至今已有两千五百余年，但齐文化的这一特点一直被传承下来，成为古老的齐国土地上生息繁衍、接续奋斗的人们的精神源泉之一。齐河作为古齐国的一部分，也是古齐国疆域中现在唯一带有"齐"字的县级行政区，进入新时代，它正以崭新的面貌，发扬光大"泱泱齐风"。

二

齐国之"齐"字，即齐河之"齐"字，是一个象形字，原意为麦穗出齐了的状态。汉许慎《说文解字》这样解释："齐，禾麦吐穗上平也。象形。"当代编纂的《辞源》解释"齐"字的含义有十种，主要分两大类，一是作为《说文解字》"齐"字的引申义，如平整，整齐；相等，相同；全，齐全；整治；敏捷；辨别。二是作为地名，如齐国，齐州。《辞源》中还有专门解释"齐河"的词条，"齐河，县名。属山东省。汉祝阿县地，宋置耿济镇，金置县，属济南府，明清因之。"（见《辞源》，商务印书馆出版，1988 年版合订本，第 1958 页）如今常用的《现代汉语词典》对"齐"字的解释也分两类，一是"齐"字引申义衍生出来的词义，其中形容词占了一大部分，如形容词，整齐：队伍排得很整齐；形容词，同样，一致：人心齐，泰山移；形容词，完备，全：东西都备齐了，人都到齐了。动词，指达到同样高度（合乎"齐"字最初的本义），例语：向日葵都齐了房檐了；向先进看齐。副词，指同时，一块儿，例语：并驾齐驱；男女老少一齐动手。二是国名（齐国），朝代（南齐，北齐），国号（唐黄巢），姓氏。以"齐"字开头的词条有 17 条，兹不赘述。

简而言之，无论从"齐"字最初的本义与引申义来看，还是从"齐"字作为历史上的国名、现在的地名来看，"齐"字及其构成的诸多词语，都是有着正面意义，充盈着正能量的。

三

近日，在写这篇短文的时候，笔者到小区附近的沁园湖公园散步，看到湖西的世纪路马达轰鸣，正在热火朝天地进行拓宽改造。虽然从工作岗位上退下来多年，但是作为一名曾长期从事宣传工作的干部，一个齐河人，笔者一直十分关注齐河的发展变化。于是，笔者兴致勃勃地走到公园西南角的齐心大街桥上阅览世纪路拓宽改造展示图，得知这条路的拓宽改造规模很大，北起 308 国道，南至 309 国道，全长 22.2 公里。我知道，改造前，这条路城内段叫世纪路，齐心大街以南叫晏坡路（晏城至坡赵村），属一般的省道支线；拓宽改造后，从 308 国道至 309 国道，统一叫作"世纪大道"。我询问了一位施工人员，他说按双向 8 车道建设（而现在是不分左右车道的）。可以想象，这条大道建成通车后，一条宽阔平坦长达20多公里的大道纵贯南北，成为齐河县城西部连接两条国道的新干线，为齐河拓展出了新的发展空间，特别是对齐河城市化的进程将起到不可估量的促进作用。一条20多公里长的城市大道，对一个县城来说，该是多么的壮观！我听后，不由得心中赞叹：真是大手笔！

世纪大道的建设，只是齐河大发展的一个缩影。春节前夕，县委组织已退休的县级老干部在县内参观，笔者位列其中。所到之处，齐河日新月异的景象，无不令人交口称赞。特别是参观了正在加紧建设中的齐河新便民服务中心、齐河文化艺术中心、齐河一中新校区等项目工地，这些工程气魄大、标准高，令人深感震撼。笔者还了解到要建设齐州黄河大桥、沿黄旅游观光大道，世纪路拓宽改造为世纪大道，与已经建成的黄河大道形成两条纵贯齐河城市南北的通衢大道。县领导还向我们这些已经退休的老干部介绍：齐河要在"十四五"期间，县域经济总量和财政收入翻番、人口过百万，三年进入全省县市区30强，"十四五"末进入全国综合实力百强县50强，冲刺全省县市区20强、力争前10强。总的来说，就是建成"三个强"县，即：建设现代化新型工业强县、建设绿色优质高效农业强县、建设享誉全国的文旅强县。

黄河之滨，古齐国西部（古称"齐右"）的齐河大地，目前正奏响着一曲蓝图宏伟、气魄宏大、发展快速的崭新乐章。它来源于母亲河黄河奔流不息的雄健步履，来源于齐河可以南瞻泰岱的精神高度，也来源于齐河赓续了古齐文化宏大开阔的文化底蕴，更是新时代齐河干部群众不懈奋斗昂扬精神的体现。

回到本文第一部分中引述的春秋时代吴公子季札对《齐风》的评价，翻译成今天的白话文，就是：季札说："多美好啊，多宏大啊！可以为东海诸侯国做表率的，大概就是太公的国家吧？国家前途真是不可限量啊！"（白话文用的是商务印书馆出版的《左传译注》精编本译文）借用古人三千年前对齐国音乐特色的评价而预见其前途不可限量，以此表达对今日齐河发展美好前景的展望，可以这样说：齐河，前途未可量也！

从“齐”向“奇”的嬗变

赵方新

古书记载，仓颉造字后，“天雨粟，鬼夜哭”，可谓是惊天地泣鬼神。汉字到底蕴藏着什么样的神秘力量，竟然震撼了宇宙八荒？华夏民族历经数千年风雨沧桑，今天依然保持着绵绵不绝的文脉和异乎寻常的生命力，很大一部分功劳应该记在汉字身上。汉字的造型，真的很像我们民族的一张脸，方块字，国字脸。可以说，每一个汉字都包含着我们民族的文化基因的密码，汉字的坚韧存在，造就了中华民族活的历史这一奇观：历史和现实甚至未来可以直接发生对话。今天我们要探讨的“齐”字，自然也不例外。

早先，我曾与友人探讨齐河得名的缘由，我以为这跟此地为齐国故地多少是有些关联的。齐河县是由齐河镇升格而来，齐河镇是由济河镇演变而来，济河镇又是由耿济镇来的。东汉初年，光武帝刘秀派大将军耿弇从今天的老齐河县城附近渡济水，讨伐、翦灭了搞分裂的军阀张步，奠定国基，为纪念这一关乎国本的大事，人们将其渡河处命名为耿济镇。北宋时，耿济镇更名为济河镇，详情史料阙如，或考虑耿弇其人已远，失去纪念意义，或因耿字较为生僻，遂俗化为更为直接的表述——济河镇。济河二字，既可以当渡河讲，也可以作名词看，为济水的别称。此后，大概过了不久，济河镇变成了齐河镇。到底是什么原因导致了这次关键性的更名，文献也是一片空白，只能任人揣测了。不过，可以肯定的一点是，人们是依据此地近临济水——宋代山东境内已称之为大清河了——的缘故。据说有典籍记载，济水也叫齐水，那么济河镇改称齐河镇就有点顺理成章的意思了。然而，这到底是没有多少说服力的。我觉得，不论济水，还是大清河，都是齐国故地的第一大河，冠之以"齐"字，称为齐河，以彰显其崇高地位，自然是题内之旨。所以，抛开齐国故地而谈论齐河县的得名，是不符合常情的。

齐河姓齐，就像过去的门阀世家一样，不同的姓氏在悠远的历史进程里，缔造了自己家族的文化，这片公元1130年命名为齐河县的土地，也在岁月的大浪淘沙里，形成了自己特有的秉性和情怀。

"齐"字，在古文字学里的解释为"谷穗整齐"，由三个谷穗象形而成，在漫长的演进中，一步步出落成现今的样子。一生二，二生三，三生万物。三在古代代表着多，三个谷穗为齐，即代表着齐地无边无际的庄稼田，代表富足和收获，代表安居乐业和国富民强。我们不得不佩服古人的智慧，一个简单的齐字竟然上通天道，中达人道，下接地道，将上天降雨露以滋润大地，繁衍绿色生机，与生民应天时遵地利而生生不息，毫不违和地糅合为一体，怎不叫人拍案称奇！齐字诞生于齐地，以嘉禾为喻体，至少告诉我们一个事实，那就是在遥远的上古时代，齐地的农耕已经比较发达了，我们的先民们挥舞着原始的农具劳作于大河两岸，秋天来了，黄澄澄的谷子地散发着芬芳的成熟气息，沉甸甸的谷穗低头沉思。恰巧，路经此地的造字师（姑且如此称之）被眼前的景象惊到了，"啊！悠悠昊天，漠漠畴田，粟麦其苗，庇我蒸民……"，于是一个天造地设的"齐"字就这样诞生了。

不难发现，"齐"字孕育于农业，摇曳着稼穑的美影，盘绕着果实的香甜，承载着国运的升腾。齐国之所以能在众多的诸侯国中崛起，应该说得益于坚实的农业基础。而齐河正处于齐国农业的核心地带，平畴沃野，鱼肥稻香；可以想见，齐河这片土地的出产，极大地支持了齐国的图强之路。

仔细审视"齐"字，不由引发我一个联想。古希腊神话中有一个叫安泰的巨人，是海神波塞冬和地母盖亚的儿子，他能从大地获得源源不断的力量，可是一脱离土地便会失去神力。"齐"字，不论是最初的三支谷穗的形状还是现今简化后的两腿站立的样子，它都把自己的根脉深深地扎在大地里，就像安泰一样一刻也离不开大地母亲。国无农不稳，民无粮不安，我们的先人用一个齐字道出了这样一个重大的准则。这是叮嘱，也是期待。

生活于古齐之地的人们没有忘记这个嘱托，从刀耕火种，到耒耜铁铧，再到寿光人贾思勰的《齐民要术》，农业一步步成为山东最靓丽最坚实的品牌，这其中齐河人的守望不容忽视。一个令人苦涩的事实是，齐河地处南北交通的要冲，历来是兵燹的重灾区，历史上每次大的战乱都会蹂躏一次这片土地，造成生灵涂炭、生机凋敝的严重后果。但，齐河就像顽强的小草一样，等春风一发出号令，它就从梦魇和噩运中挣脱出来，迎着阳光舒展开腰身，重新焕发出葱郁的生机。"齐"字对于这片土地的人民而言，是光荣的过去，是精神的图腾，更是走向未来的信念。

1999 年，我调入齐河县电视台做了一名记者，那时正是农业产业化提得最响的时候，许多乡镇都在学习寿光经验，一座座冬暖式大棚应运而生。我经常行走在田间地头，采访报道菜农们依靠大棚发家致富的经验。看着那一座座闪着淡蓝色光泽的覆膜大棚，我几乎听到了自己内心澎湃的涛声，因为我切身感受到了一个农业新时代的到来。近几年，我每次回乡下的老家都路过位于刘桥镇和焦庙镇的粮食高产创建方。望着无垠的墨绿色的田野，听着低低滑翔的鸟儿恣意的鸣唱，我的心忽然静下来，渴望着自己变成一颗同样生长的庄稼，与它们比肩而立，相提并论。2006年，县委宣传部让县文联策划一套丛书，以反映我县在党建、精神文明、工业、农业、旅游业上取得的成就，我全程负责了稿件的统筹。在跟创作农业方面的作家朋友交流时，我提出齐河的农业发展各方面都有可称许之处，但应该集中表现其中最精彩最重要的部分。最后我们确定以高产创建为主要内容，题目为《黄河粮仓》。齐河在农业上创造了历史，刷新了一个个纪录，一个个国字号荣誉实至名归。今天的黄河粮仓，依托"吨半粮"产能建设示范区，变得更加丰盈充实。这是齐河人承前启后写下的壮美诗篇，是齐字诞生的又一奇迹，是交给历史的答卷，是献给当代的箴言，是托付于后代的羊皮卷。

"齐"字，虽一出生就与农业发生了千丝万缕的联系，但它的触角并非局限于此，而是延伸到了齐河县发展的方方面面，它就像一棵根植于沃土的大树，分蘖着春天的希冀，招展着浓夏的热情，捧献出金秋的硕果累累：工业经济的壮大、商贸经济的繁荣、旅游业的异军突起、人与自然的和谐共生，等等。

从一个平凡的汉字到一个个看得见的奇迹，从齐到奇，今天的齐河人用实实在在的辛劳和敢教日月换新天的豪情壮志，为这个火热的时代下了一个金子般的注脚。

"齐"说"黄河粮仓"

石 勇

一直以来，齐河县名称中的"齐"字往往被解读为与济水有关，是"济"字的假借字——齐河者，济河也。这是有道理的，因为目前黄河所在的河道，在隋唐之前，就是四渎之一的济水的河道。因济水而得名的城市不在少数，譬如，济水发源地的河南省济源市，山东省城位于济水之南，故名济南，济阳县位于济水之北，水之北曰阳，故名济阳，等等。齐河县城位于济水之左，现在的老齐河城宋朝时称济河镇。

然而，"齐河"之"齐"还有另外一层含义，却被人们忽略掉。据《说文解字》解释，齐，是指"禾麦吐穗上平也"，是个象形字，意思就是"禾麦吐穗时穗子上端处于同一高度，穗子整齐一致的样子"。徐锴曰："生而齐者莫若禾麦。"

因此，"齐"倘若用现代齐河方言来解释的话，那就是"庄稼长得齐，穗子长得好"。如此说来，齐河之名历来就与农业耕种、农业丰收有着绵绵的历史渊源。截至今天，包括全国农田建设现场会在内的7个农业农村领域重要会议活动在齐河举办，齐河成为全省唯一一个同时入选国家农业现代化示范区、国家现代农业产业园、山东省农业十强县的县。2021年，全县粮食总产27.7亿斤，连续19年实现丰产丰收。纵观齐河农业，实可谓

"禾麦吐穗上平也"。

齐河农业凸显"齐"字之含义，是近些年的事。在历史上，甚至新中国成立后相当一段时间，齐河农田一直忍受着"旱""涝""碱"三把利刃的戕害，农业收成低得令人痛惜。

"旱灾如蝗"。据县水利志记载，从1949年至1985年37年间，齐河共发生年降水量小于500毫米的气象旱年12次，其中，造成减产五成以上重灾的年份一次（1960年）。这一年，齐河总降水量499.5毫米，但有灌溉15万亩田的需求，地随浇随干，麦秋两季歉收，全年粮食总产量只有13066.8万斤。

"涝祸泱泱"。从1949年至1985年37年间，降水量700毫米的涝年11次，造成减产5成以上重灾4次。1961年濒临绝产，全年粮食总产量2443.8万斤，平均亩收16.7斤。

"碱灾茫茫"。在历史上，齐河盐碱地面广量大，村村皆有。民国《齐河县志》记载："濒临黄河四五里之村庄，日浸月渗，尽成碱地，早春野望，一白无际。"据1962年统计，全县盐碱地面积达到55.3万亩，占总耕地面积的37.2%。

近年来，齐河历届党委政府充分认识到，粮食安全是最大的安全，正所谓"中国人必须把饭碗掌握在自己手中"。把农业作为齐河的拳头产业，优先发展，实施保土、排水、治碱工程，成为全国知名的一张靓丽名片。如今，坚持以工业化思维抓农业，推动农业向规模化、组织化、标准化、智能化、品牌化、产业化"六化"发展，计划2025年基本实现农业现代化，打造乡村振兴齐鲁样板的齐河经验。

齐河做大农业，往往是跟做靓农村、做富农民为一体的。因为，齐河拥有人口70余万，农村人口近50万。农村是齐河的压舱石，农民是齐河的生力军。所以，齐河在建设百万亩粮食高产创建示范区、粮食绿色高产高效示范区的同时，推行农村乡村文明建设，党组织领办代办合作社，"村村通、户户通公路"工程，每个乡镇建设粮食烘干仓。建成全省唯一国家农业现代化示范区，国家现代农业产业园。做大了农业，扮靓了农村，致富了农民，乡村振兴齐鲁样板的齐河经验呼之欲出。阐释"齐河"之"齐"，打造乡村振兴的齐鲁样板，这是势在必行、顺理成章的题中之义。

齐河之"齐"如何能够得到保障？在于它与"河"发生了天然的联系。"齐"一旦与"河"字联系在一起，自然就能联想到禾穗和水的关系。

"河"在古代专指黄河。齐河之"河"，亦指黄河。前文谈过，"齐""济"同源同韵，齐河者，济河也。因济水而名的齐河，如今是德州唯一沿黄县，纵观几十年的农业发展历史，可以说，是黄河成就了齐河农业。当年的引黄行利，大水漫灌，让齐河尤其是沿黄带盐碱地全部改为良田。

在齐河引黄之前，由于黄河侧渗，造成齐河尤其是沿黄地下水位太高，导致盐碱上泛，形成广泛的盐碱地。加之，黄河在历史上"三年两决口，百年两改道"。黄河之害曾令齐河人民又怕又恨。

历史为据。早在1891年，山东巡抚张曜在祝阿镇油坊赵村黄河大堤上督修一座石闸，并且挖掘南北河一道，下连徒骇河，用以分洪一部，并引黄灌溉。结果石闸修成之日，当地群众跑来躺在石闸前，阻挠放水，说："与其开闸后我们被黄水淹死，不如今天就让河神来杀了我们吧。"这座石闸因为群众反对，一直未用，直到 1964 年拆除。

同样，1946 年，蒋介石意图堵复花园口口门，令黄河水重回山东故道。当时，就山东黄河沿线群众来看，对这条自 1938 年就离去的黄河，是十分不欢迎的。

然而，如今来看，黄河成为齐河的一张名片。"黄河水乡，生态齐河"的名头，让齐河人为之骄傲为之喜悦。据县农业农村局高级农艺师王义介绍，"今天齐河的发展成就，特别是农业发展成就，离不开黄河，得益于黄河。"是黄河滋润了齐河的百万亩粮田，是黄河满足了齐河 70 万人民群众的生活用水，是黄河满足了齐河"全国综合实力百强县"的工业用水。"没有黄河，这一切将无从谈起！"

那么，认识透了"齐"的含义，识透了"齐"与"河"的密切关系，就意味着认识了齐河的两大发展战略，一是乡村振兴战略，二是黄河流域生态保护和高质量发展战略。这两大战略是"齐"与"河"的自然衍生，也是齐河人民的巨大福祉，将来继续做大做好，才是顺天应时之举。

"齐"的精神图谱

沈仁强

查阅资料，在我国版图上，以"齐"开头的城市不多，我们知道的有两个：一个是地级市齐齐哈尔，另一个是县级的齐河。地级市的齐齐哈尔来源于达斡尔语，意思是"边疆"或"生态牧场"。而作为县级的齐河，与"齐"字渊源却极为深远。齐河是全国唯一以齐命名的县，名列2021年全国综合实力百强县第75位，是德州市综合实力第一县（市）。

齐河之"齐"最远可追溯到西周初年之齐国。因为西周实行分封制，周王把王族、功臣、先代的贵族分封到各地做诸侯，建立诸侯国。而我们山东这个地方，就分封了两个有影响力的诸侯国，一个是齐国，一个是鲁国。这也是山东被称作齐鲁大地的原因。齐国是西周最大功臣姜太公的封国，鲁国是周武王弟弟周公的封国。建国者的不同造就了执政风格的差异，形成了不同的文化形态：齐文化与鲁文化。

而齐河这个地方原属于齐国之地，其现在的县城晏城就是当时辅佐齐灵公、庄公、景公三位君王的齐国正卿晏婴的封地，也是目前国内唯一以晏命名的县城。因此齐河深受齐文化的影响，加上离鲁文化中心曲阜也不远，同时又有北方燕赵文化的渗透，所以齐河深受齐鲁文化和燕赵文化的双重影响，形成了忠义、孝义、仁义、信义、侠义的文化特点。齐河之所以称为"劳模家乡、英雄故里",肇因于此。当然对齐河影响较大的还是齐鲁文化,尤以齐文化为最。齐文化是齐人在东夷文化、殷商文化、周文化等多种文化基础上,吸收、融合其他文化因子形成的文化体系。我们谈齐河的精神源头从齐文化谈起,是因为水有源,树有根,只有从历史的纵深挖掘,才能认识得更深更透。

一个时代有一个时代的精神,习近平总书记要求文艺工作者"描绘我们这个时代的精神图谱",反映时代精神也是我们的历史使命。

十年前,齐河曾经总结过齐河精神,共十六个字:厚德重义、开放包容、务实创新、拼搏争先。后又增加了"爱国爱乡"。2022年齐河县第十五次党代会,又对"齐河精神"做了新的提升:"崇德尚义、务实进取、开放包容、敢为人先、爱国爱乡。"这些凝练的文字中处处都有齐文化的影子。

比如开放包容,齐国便是开放与包容的典范。从太公立国起,就没有封闭保守过。当时齐国并不富裕:人少,地狭,土壤碱化,五谷不生……但太公认识到,要发展就必须开放,无论是太公自己,还是后来首先称霸的齐桓公和大臣管仲,都采取了较为开放的政策。当时开放的重点在经济。齐国虽然贫瘠,但也有优势:近海,有鱼盐之利;多山,拥桑麻之饶;地处交通要道,商旅往来频繁等,这些都为齐国的对外开放提供了有利的条件。因此太公积极推行"通工商之业,便鱼盐之利"的政策,从而奠定了齐国开放的经济模式。管仲执政期间,不仅继承了姜太公这一对外开放的经济政策,而且给这一政策注入了更大的活力,他积极地开展对外贸易。战国时期,齐国的商品经济和对外贸易发达，齐都临淄成为当时商贾云集的一大都会。

同样，当下齐河的开放，仍有齐文化影响的痕迹。齐河的开放，令外地客商印象深刻。全县经济工作会议上，原属于外地人的刘锋、秦庆平、李海锋等企业家在发言中谈起齐河的营商环境，赞不绝口。可以说，齐河发展的历史就是大力招商引资，不断开放的历史。从三十年前引进寿光晨鸣板纸，到后来引进永锋钢铁、金能煤炭气化、坤河旅游公司……一个个顶天立地的企业落户齐河，成为齐河经济发展的"四梁八柱"。从"进了齐河门就是齐河人，进了齐河县事事都好办"到"进了齐河门就是齐河人，进了齐河县好事要快办"，齐河人开放的意愿越来越强，层次越来越高。

齐河的包容同样如此，开放和包容是一个事物的两面，要开放必须包容，能包容，才能更开放。追溯到齐国时期，包容便有明显体现。最典型的例子就是稷下学宫，各派的思想家：墨家、儒家、道家、法家、纵横家、阴阳家、兵家、农家……纷纷从各国来齐国稷下学宫讲学，呈现出百家争鸣的繁荣局面。齐王不但不消极对待，而且给予大力支持，同时向稷下先生们虚心请教治国理政之道。包容促进发展和繁荣，如今的齐河同样如此。走在齐河大街上，你会听到南腔北调的方言。因为经济发展，外来人口越来越多，加上县委县政府因势利导，大力实施人才引进战略，尤其是 2021 年一年引进的人才，就超过了过去十年。此外，对教育的重视，力度之大前所未有，"学校应建尽建，教师应招尽招，待遇应保尽保"。

从"拼搏争先"到"敢为人先"，体现了齐河的气势。齐河人一直是学习上的尖子生。因为要"省内看齐寿光"，他们学到了"寿光精神",即"艰苦奋斗、敢于担当、创新求变、不懈奋斗"。因为"全国学习张家港",他们深刻理解了"张家港精神",即"团结拼搏、负重奋进、自加压力,敢于争先"。这些都丰富了齐河精神,让齐河人更加敢为人先,争创一流。一个"敢"字体现的是勇气与胆识。齐河人从不怕与强者比较,弄斧到班门,耍刀找关公,是齐河人不服输精神的体现。"省内看齐寿光,全国学习张家港",齐河人学习的脚步从未停歇;"三年进入全省30强,五年进入全国综合实力百强县50强,冲刺全省20强,力争10强",齐河人进取的精神从未消退。从"黄河水乡,绿色齐河",到"上风上水上齐河""天下黄河,齐聚齐河",齐河人宏大的格局从未缩小。格局一旦扩大,再也回不到原来的大小。目前齐河人的自豪感写在脸上,烙在心中。从劳模精神、劳动精神、工匠精神、教育基地到黄河文化博物馆群,从安德湖小镇到黄河水乡湿地公园,从双向十车道的黄河大道到气势雄伟的黄河大桥,从泉城海洋极地世界到欧乐堡梦幻世界、动植物园,从碧桂园到中国驿泉城中华饮食文化小镇……每一个项目都支撑着齐河人的傲骨雄心。

　　齐河人的务实进取与不断创新,首先是理论和理念上的创新。理论创新是一种根本的创新,也是最有影响力的创新。是"以道驭术"中的"道"。创新是一个民族进步的灵魂,是一个国家兴旺发达的不竭动力。齐河人的理念创新,往往让人精神一振,比如"上风上水上齐河""天下黄河,齐聚齐河""不争第一就是在混""有第一就争,有红旗就扛,有先进就学,有经验就借,有问题就改,有短板就补""幼有善育、学有优教、劳有厚得、病有良医、老有颐养、弱有众扶"。哪怕是灵魂三问:"你是齐河人吗？你爱齐河吗？你愿意齐河好吗？"都同样振聋发聩！至于齐河人的"崇德尚义"，更因为"大义齐河"，而闻名遐迩。

近年来，齐河的社会生活和精神面貌变化巨大。从追求"吃得饱""吃得好"，到现在"不知道吃什么好"，遍布齐河的大小酒店，鲁菜、川菜、粤菜层出不穷，中餐西餐，餐餐丰富。年轻人办婚礼，从简单办席，到请婚礼公司精心设计，无论是中式婚礼、西式婚礼，令人目不暇接，有穿越之感！

走在沁园湖边，大清河河畔，或者随便一个小小游园，不时会冒出一群中老年人，或是跳起广场舞，或是唱起流行曲。齐河人就业的观念也在转变，从"孔雀东南飞"，外地去打工，到守住妻儿老小，本地就业创业，从向往大城市到哪里不如家乡好，齐河照样挣元宝。一切都在悄悄变化着。

写到这里，想到了齐河县城的变迁，据资料记载，1973 年齐河县城从老齐河迁往晏城，城区只有区区 2 平方公里，9896 人。到 2021 年齐河城区 50 多平方公里，人口不下 30 万，在党的领导下，仅仅几十年，超越千年。

这正是：

往事越千年，

魏武挥鞭，

东临碣石有遗篇。

萧瑟秋风今又是，

换了人间。

大河奔流向海阔

王长月

或问：齐国号称天齐之国，齐河可称作天齐之河吗？

或者换言问之曰：齐河之"齐"与齐国之"齐"相通吗？

在研究地名的学者看来，齐国之"齐"与齐河之"齐"并不是同一个"齐"：前者之"齐"是本字，而后者之"齐"则是由"济"字演化而来。既然齐河之"齐"原为"济"，"齐河"可还原为"济河"，再一步复原为"耿济"，即齐河的本名称作"耿济"——这当然是有历代史书的权威记载。但接下来的一个问题是："耿济"演变为"济河"以后，为什么没有像济源、济宁、济南、济阳等一样保留着"济"字，而是被"齐"字替代，变济河之"济"为齐国之"齐"了呢？

一个最现实同时也是最可能的答案是：齐（国）文化使其然——即强盛的齐文化使齐国之"齐"与齐河之"齐"相互交通了。这个答案，是基于今齐河县域与古齐国之间的血亲渊源提出来的。

自公元前 1045 年姜太公封齐立国到公元前 221 年秦统一全国，作为"春秋五霸之首、战国七雄之一"的齐国，像行不更名坐不改姓的君子，洋洋乎立于天下 824 年；从公元 29 年东汉开国大将军耿弇于朝阳桥济师东讨张步而得名"耿济"起，到 1130

年横空出世，像莽昆仑一样扬名立万，齐河县巍巍然至今892年。这两个800余年，分别是从齐国封建和齐河镇升县算起的，然而向上追溯，看似甚多的800年，不过是在历史的一呼一吸之间。

今齐河地域远古时代的隶属，清康熙版《齐河县志》记载：初属少昊氏，爽鸠氏之墟；到原始社会末期的唐虞时代，属兖州之域，隶季萴氏。到夏，仍兖州之域，隶季萴氏；殷，兖州之域，初隶逢伯陵、末隶蒲姑氏。

周朝以前的今齐河县域和齐国未建以前的齐国地域（下简称"两齐"），无论历史怎样分合，时空如何转换，都稳稳地同属一个部落或同族同国，"两齐"的芸芸众生是共族、共祖、共宗的血亲关系。

齐国封建以后，今齐河县域和齐国又是什么关系呢？民国《齐河县志》载："齐河地自周改封尧后以来，始终隶齐。""改封尧后"是何意暂且不论，咱只说"始终隶齐"。"始终隶齐"的意思是始于周之初建，终于秦灭六国，齐河地都属于齐国，即周初隶齐，春秋隶齐，战国时仍隶齐也。

总之，齐国封建之前，"两齐"之域都是后来的齐国地，"两齐"民众都是后来的齐国人；齐国封建以后，齐河地属于齐国，齐桓公封地赐"晏"以后，晏邑是为齐国的战略要地，名相晏婴承袭食邑于此。

可以说，假如把齐文化比作生长在齐国而广荫齐文化圈的一棵枝繁叶茂的参天大树，那么它的根亦同时深深地扎在齐河的大地里；齐河人同齐国其他属地的人一样，在这棵大树下瓜瓞绵绵，代代生息，受其熏陶受其影响。

一、晏城千古属斯贤

被称为"千古廉相"的晏子（《齐国故都临淄》），是齐文化的重要代表人物之一，晏子对齐河有形无形之影响，可谓巨大。

晏子本桓公族，姜姓，晏子的祖辈被封于晏邑，因得"晏"为氏；到晏婴官至齐相，他虽然主要在齐都上班，但仍采食于此。那时的食邑并不单纯是今人戏说的"领工资的地方"，相对于齐都公室来说其实是一个五脏俱全的独立王国，"晏大夫采邑，历代沿革，非复吹竽蹴鞠之胜，而人烟丛集，亦洋洋一大都会也。"（《齐河县志》清康熙版）晏子是晏邑的主人，或可称为晏邑人。晏邑即今晏城，尽管这里早已没有了晏姓，但是作为地名，历2500年之林谷变迁而未稍移，足见晏子影响之巨。再一个看得见的例子是晏婴冢。晏婴冢在明万历志和清康熙志上均无记载，而民国《齐河县志》却把它收录进来，述其"大可数亩，高二丈余……相传为晏婴冢云。"按说志书不应载"相传"的东西，民国志的编辑们多为前清遗老，他们不光把该传闻收入志书而且列入正目，可见乾隆帝拜谒晏婴祠、手书晏婴碣前后，县内崇仰晏子之风已达到鼎盛的程度。近岁晏婴冢得到了很好的保护，1992年6月，以"尹屯遗址"为名被山东省人民政府公布为第二批省级文物保护单位。晏氏后人宁可信其有，2015年新晏婴祠落成时，他们不远千里结伴到晏婴冢祭奠。此后，县电视台推出《寻访晏婴》系列电视片，随着这部收视率颇高的电视片获奖，县内崇仰晏子之风在新时代达到峰点。

晏子对齐河之影响一两句话难以概括。一般认为，齐河文化中的"大义齐河"，有一个从"余子"到"晏子"再赓古续今的

晏婴与晏城的渊源深远，这里的人们深受其精神的影响　高义杰／绘

脉络承传。其文字记载的源头，可追溯至公元前 589 年齐顷公时期发生的齐晋鞌之战。该战齐虽败绩，但后来的《吕氏春秋·离俗》篇中记载的一个《亡戟得矛》的故事却流传至远，感人至深。这篇古文讲述齐晋两国交战，平阿之余子亡戟得矛脱离战场后，在要不要继续参战的犹豫中，受高唐之孤叔无孙点拨，趋返战场而战死，叔无孙亦疾驱参战死而不返。据推论，该"余子"为今县域人，其身份相当于现在的预备役人员，不是正式军人而为国之荣辱主动参战且返战"死义"（《吕氏春秋·离俗》），其精

神当千古不朽！之后十数年，晏子登入齐国庙堂，成为齐文化的一面旗帜。晏子虽其貌不扬但境界极高，他为国家外不畏强权，内不惧强臣，生死关头面不改色心不跳；其义薄云天之壮行烈举，在今天县城的街头巷尾、学校社区，无论白发老者还是束发少年，多能数说一二。此亦足见齐文化影响之广泛、之深刻。

二、"尊贤尚功"英烈辈出

"尊贤尚功"是太公封齐时的既定国策，由此而渐成为齐文化的本质特征。齐河受"尊尚"文化熏陶已久，由"余子""晏子"而一脉相传的"尊尚"精神，带动齐河忠烈之士层出不穷。自明万历十一年（公元 1583 年）齐河县有志以来，这些忠烈之士有幸被志书记载而得以流芳百世。1273 年，县人刘复亨（其故乡疑为今焦庙镇小寨村）任东征左副都元帅，"统军四万，战船九百"，大败十万倭兵，以功升镇国上将军，清雍正时（1726 年）入祀忠孝祠。齐河县历史上被记载的第一个武进士尹秉衡，任保定等处总兵，他勇敢、坦诚，忠诚履职时无意得到皇帝的关注，皇帝受到感动对他大加赏赐，出生入死时以鲜血捍卫民族的土地，"神气勃勃，提刀冲万人军"，被其打蒙了的倭寇认为他是关公再世将其尊为神灵。（《当年会盟地 历代歌咏多——齐河史上诗歌蕴藏的故事》）

史入近代，国势日坠。《中国历代名人辞典》《清史稿》《齐河县志》所记"东北乡三官庙人"韦逢甲，于 1842 年 5 月 18 日在浙江乍浦东光山抵御英国侵略军，奋勇当先，激战中左胁中炮牺牲，御赐"守土为法""永垂为鉴"匾额，入祀昭忠祠。1900 年

"洋兵内侵"，不少权势之臣随着西太后逃命去了，而潘店王门二进士之王芝兰则"慨然捐廉万金以充军饷，上书云：自恨宿疾缠绵，不能囊笔荷戈，以偿上马杀贼、下马作露布之志；情愿将历任所储薪金充作军糈，藉申报效"。重病缠身的王进士，不能实现上马杀敌、下马报捷之雄心，乃自愿将历任县知事之所储薪水捐出，借此报效国家，了却凤愿——这是什么样的境界，又是多么崇高的"尊尚"情怀啊！

现当代以来，党领导人民群众进行改天换地的变革，齐河人积极参与其中，在抗日战争、解放战争、抗美援朝、边界防御作战以及和平时期，计有 1882 名子弟（《山东省齐河县烈士英名录》2015 年 4 月）英勇地献出了宝贵的生命。《山东省齐河县烈士陵园资料汇编》之"卷二"卷名为"大义齐河血凝成"，集中记述 1938 年至 2009 年间齐河县舍己救人烈士事迹，其中战场上舍己救人 13 名，著名的有带伤救出负伤营长的刘桥镇史庄人、一等功臣史长贵和淮海战役上的华店镇宋庄人宋继志。被提拔为班长已荣立一等功的宋继志，冲进弹雨中抢救负伤的营长，不惜用自己的身体为营长遮挡子弹而壮烈牺牲，年仅 19 岁，其事迹陈列于淮海战役纪念馆，是齐河人永远的怀念和骄傲！

和平时期舍己救人者 11 名。和平时期舍己救人需要的勇气绝不亚于战场上，特别是在风景秀丽、游人不绝的婺江桥上的那纵身一跳，胜却人间多少故事——孟祥斌这个名字将永远活在全国人民的心中！

三、晏婴祠、金华寺及"易'济'为'齐'"之联想

第一件事：我们知道，"耿济镇"于宋代演变为"济河镇"，后称"齐河镇"（参见《德州地区县市名考与乡情》山东大学出版社）；第二件事：我们还知道，古晏城有晏婴祠和金华寺，"宋代，'金华寺'移至晏婴故宅，与晏婴祠东西相对，相映媲美"。（《齐河县志》1990年版）试问：齐河在宋代发生的这两件事，可以联系起来看吗？假如联系起来看，或许能再次回答篇首之问。

宋朝皇帝赵匡胤开国之初，为保皇位永继，在抑制武将兵权的同时，重科举、办学校，"以文臣知州事"（周谷城：《中国通史》上海人民出版社），县一级官吏或县下诸职由文人担任的概率可能会更大。文人活跃，必定会在弘扬传统文化上做出贡献，于是就有了"金华寺"移至晏婴故宅，与晏婴祠相对"之美举。晏婴祠、金华寺都是齐文化的产物，天齐之古风劲拂，是不是彼时就有了改"济河"为"齐河"的动议而且就真的改成了呢！

将"济""齐"联系起来进行猜想且见诸笔端的并非始于笔者。赵方新先生曾在十几年前所作之《齐河赋》中说道："由济而一变为齐者，可窥其赓续古齐韵之大概也。"更早者如清雍正年间任县训导的潍县人韩沩，曾为县第三部志书作序，其中写道："……窃有言焉。齐故齐域也。齐之名始于殷，周太公履河距海，土宇益广。邑之以齐河称，则始金之刘豫。山东故齐鲁遗封，应号为齐者。地固不一，而独斯邑仍名为齐意者，地虽偏小尊贤尚功其意犹独存乎？抑功利田猎其习为尤甚乎？"该引文之首的"窃有言焉"与引文末的两个问号，是韩训导猜想的佐证。

笔者多年前读过一篇考证"扎裹"出处的文章，结论源自齐

文化，而"扎裹"已被归入齐河的方言中。仅此可知，齐文化之于我们，犹人之于空气须臾难离而不自觉。进入新时代，淄博市齐文化研究中心用"变革、开放、务实、包容"等八字描述齐文化之特色，这与我县的"齐河精神"的表述十分接近。齐文化之古风吹拂齐河大地，齐文化之精髓已植入齐河人基因中——读了上述文字，可以得出这样的结论。

最后需要说明的是，"齐河与齐文化"是一个博大的课题，不是三五千字的文章就能说清楚的，笔者不揣浅陋，试写了以上的文字，期冀抛砖引玉，助推全县文化事业的发展。

名家笔下的齐河

湿地上的博物馆群

高建国

居泉城济南既久，周边区县风景便成了一本时常翻阅的枕边书——南行 60 公里至泰安市，登泰山而小天下，游目骋怀身心俱泰自不必说；东去章丘区，游览金代《名泉碑》所载济南 72 名泉"三鼎甲"之一，名列趵突泉、五龙泉之后的百脉泉，山水文化园林胜景令人心旷神怡；西抵长清区万德镇，始建于东晋的"海内四大名刹"之首灵岩寺的深厚文化底蕴，使你由衷感叹前人所言"游泰山不游灵岩，不成游也"的精妙……三方佳境各有千秋，但眼下对我最有吸引力的去处，还是黄河北岸的齐河县。

齐河县现隶属于德州市。但无论是就历史渊源而言，还是从地理位置上看，县城距济南市中心仅 28 公里的齐河，更像是济南的一座卫星城。志书载，齐河夏商为兖州之域，西周属齐国之地，唐改名禹城县，宋改称济河镇，后因"齐故齐域"改济河镇为齐河镇，金天会八年升镇为县延续至今。随着济南齐河间黄河五桥一隧六条通道陆续建成，从济南去齐河车程仅 30 多分钟，看风景，到齐河，成为济南新时尚。齐河对济南人的吸引力与日俱增，究其原因，不仅因为黄河生态湿地水草丰美、鸢飞鹏落，每每使造访者乐而忘返，还在于湿地东侧的文旅小镇建设起蔚为壮观的博物馆群，从而赋予了信而好古的济南人太多想象空间。

生态美景叠加人文精华，焉能不令人心驰神往！

坊间有云："认识一个地方最好的方式，是去菜市场和博物馆。"去菜市场，是感受此地的烟火风情；去博物馆，则是亲近迥异他乡的民俗文化。览胜探宝是一项需要借助历史文化羽翼飞翔的智慧之旅。于我而言，辛丑金秋造访湿地上的博物馆群，还是小康梦圆之际记录历史进程的独家视角，行前自然要做好功课。

"博物"一词最早见诸反映战国时期至汉代初期上古社会生活的百科全书《山海经》，原本是指能辨识多种事物。不过，博物馆之于中国，则属于舶来品。公元前4世纪，马其顿亚历山大大帝在南北征战中掠获大批珍贵艺术品和文物，一并交给其师亚里士多德整理研究。亚里士多德去世后，其部下托勒密·索托建立了新王朝，于公元前3世纪在埃及亚历山大城建起一座专门收藏积累文化珍品的缪斯神庙，该庙被公认为人类历史上最早的博物馆。"博物馆"一词即由希腊文"缪斯"演变而来。1753年，拥有8万件藏品的大英博物馆在伦敦建成，6年后成为世界上第一个对公众开放的博物馆。中国是世界四大文明古国中唯一没有中断文明进程的国家，也是享誉世界的文化遗产和文物大国。1936年6月6日，蔡元培倡导兴建的国立中央博物院（今南京博物院）正式向社会开放，成为中国首座仿照欧美一流博物馆建成的现代大型综合类博物馆。然而，由于历史原因，我国博物馆的数量，长期低于世界平均水平。

衣食足而文化兴。进入新时代，中国迎来文博事业的春天，大江南北的博物馆如雨后春笋般兴起，成为小康进程的新标识。数据显示，"十三五"期间，全国博物馆备案数量由4692家增至 5535 家，增长率 17.9%；免费开放博物馆由 4013 家增至 4929 家，增长率 22.8%；非国有博物馆数量由 1090 家增至 1710 家，增长率 56.9%；文物藏品由 4139.19 万件／套增至 5127.38 万件／套，增长率 23.9%；博物馆陈列展览数由 21154 个增至 28701 个，增长率 35.7%。目前，中国博物馆总量已跃居全球前五位，与美国、德国、日本、俄罗斯四国共同跻身世界前列。

汽车沿京台高速公路过黄河大桥驶出齐河生态城收费站出口，齐河县文联主席、县作协主席赵方新和县文联副主席陈潇姝女士，已经热情地在出口处迎接了。车子与黄河并行西驶，方新主席介绍说，地处黄河北岸的齐河湿地，原是悬河下为确保汛期济南安全而用于泄洪的北展区。2008 年 7 月，国务院批准解禁齐河北展区泄洪功能。2009 年 4 月，黄河小浪底水利枢纽工程建成后，郑州花园口防洪标准由 60 年一遇提高到千年一遇，黄河中下游汛期洪水威胁得以解除。经济鲲鹏展翅年代喜获偌大发展空间，确是意外惊喜。县委、县政府十分珍惜来之不易的生态资源，将北展区定位为泉城之肾、齐河之眼。2014 年，齐河黄河水乡湿地公园开始建设，不再进行其他功能开发。黄河文化博物馆群遂成湿地东侧文旅小镇的画龙点睛之笔。

东道主要言不烦的介绍，给我描绘了齐河湿地发展的路线图。近年来，一些城市化废为宝，将采煤塌陷区建成湿地或水上公园，成功实现了城市格局和生态文明的逆袭。而齐河小康进程的新亮点，是发挥后发优势和独家优势做好"生态＋"文章，以优质文旅要素升华生态资源，创造了自然洼地变文化高地的奇迹。

车行六七分钟，一座宫殿般飞檐翘角的宏伟建筑赫然出现在眼前。这座酷似唐时长安城大明宫的巍峨建筑，就是齐河新近崛起的黄河文化博物馆群。从网上信息得知，"十三五"以来，中国博物馆以平均每两天新增一家的速度快速发展，全国每25万人可拥有一座博物馆。随着展览内涵与形式不断丰富，博物馆这一历史文化重镇，正成为不同年龄段观众最向往的打卡地。2020年度，中国各地博物馆还是推出陈列展览2.9万余个，开展教育活动22.5万余场，接待观众5.4亿人次，网络观众数以亿计。尽管动身前我对博物馆的前世今生已有所了解，但目睹规模如此宏大、特色如此鲜明的博物馆群，惊喜之余还是禁不住连连赞叹。

汽车驶过护城河饰有汉白玉护栏的桥，沿穹形城楼大门进入宫阙环峙的博物馆城，但见方正对称的院内湖波荡漾，奇石错落，与四面仿古建筑天然交融、相映成趣，使人顿生重返大唐的穿越之感。显然，这座集自然博物馆与古典园林景区于一体，以富丽典雅的风姿矗立于河滨湿地的博物馆城，在设计与构筑上已先声夺人，成业内翘楚。据介绍，2019年，山东已拥有567家博物馆，数量居全国之首。试想，齐河博物馆群惊艳面世，将会给蓬勃发展的山东文博和旅游业平添几多惊喜？

从讲解员口中得知，齐河黄河文化博物馆群由山东坤河旅游开发有限公司投资兴建，清华大学历史与文物建筑保护研究所规划设计，拟建黄河文化博物馆、红色文化博物馆、黄河古生物化石博物馆等20个博物馆及展示区，堪称山东文博事业的大手笔。2015年以来，经6年建设，这座以中国传统文化为载体，着力打造国内古建筑规模最大、藏品类型最丰富的大型文化博览基地，已初具规模。博物馆内储备有各类藏品3万余件，其中国家一级文物26件，二级文物152件，古生物化石、珍奇矿石、青铜器1.1万件，明清两朝状元、进士、翰林墨宝1200多幅，极具科研和文化价值。目前，黄河文化博物馆群已建成书画艺术馆、齐鲁书院、根雕博物馆、地矿博物馆、紫檀博物馆、珍宝馆、家具博物馆7个馆。宋瓷奇珍博物馆、沉香木博物馆等13个博物馆，预计2022年底建成运营。

博物馆的吸引力和知名度，归根结底是由藏品的珍稀度和丰富度决定的。来到独占博物馆群鳌头的珍宝馆，其镇馆之宝果然名不虚传。步入一阔大无窗的密室，展台上两颗浑圆呈淡绿色的巨型夜明珠赫然入目。印象中的夜明珠，是把玩于掌间的稀世珍宝，猝然与巍巍若小山的宝物零距离、面对面接触，震撼、惊愕、神奇等情感像汹涌的湍流，瞬间将你裹挟和融化。讲解员介绍，现代科学已经证实，千百年来被传得神乎其神的夜明珠，通常是指荧光石和夜光石。经鉴定，这对巨型宝珠属于荧光石，每颗直径长1.5米，重6.5吨，单体为国内迄今所见最大夜明珠。硕大无朋且双璧同质同款，更使眼前一双珠王独领风骚而成无价之宝。

说话间，密室的灯光悄然关闭，方才还矜持淡定的巨珠，霎时神采焕发，变得灵动无比，通体漫射出温婉、柔曼、华贵、奇妙的光。那闪烁波荡的荧光绿色，生机盎然又不乏玄幻色彩，使人顿生超然世外之感。时间停止了，凡尘喧嚣飘然远去，人们仿佛骑鲸蹈海来到了五光十色的龙宫宝殿，又像是羽化升仙置身于白雪晶莹的童话世界。在静谧、奇异的旅程中，碌碌生灵变得简单、宁静、安适，偌大宇宙显得那样空旷、寂寥、澄澈……

过了一会儿，室内的灯光再次亮起，梦幻中的游客这才回过神来。从讲解员口中得知，神奇的夜明珠之所以能发光，是因为固体内富含丰富的稀土元素，而看上去像小溪汩汩流淌的光波，则与矿物体内电离子的移动有关。

根雕博物馆令人震撼不已的，是有着排山倒海气势的壮阔木雕方阵。走近这个用刀锋将神话与现实、历史与当下、虚拟与生活、海内与海外巧妙结合连缀的艺术世界，仿佛来到了狮虎争雄的史前世界，又像置身于有着永远演绎不完故事的神话王国。

雕刻在原始社会早期随着"图腾崇拜"萌生，以木头、石头、骨头为材质，根据个体审美需求取舍造型，在三维空间展示立体美感的一种艺术，其源远流长，甚至早于绘画、文学、书法等艺术形式，见证并伴随了人类从蒙昧走向开化、从野蛮走向文明的全过程。馆内陈列的近50个巨型狮、虎木雕图腾，还有诸多栩栩如生、形神各异的麒麟、凤凰、十二生肖等珍禽瑞兽，徐徐展开了一部不著一字但却绚烂多姿的中外雕刻史。这些体量巨大但做工精湛的艺术品，均取材沉香木、黄金樟木、金丝楠木、香樟木、沉船木等珍稀巨树树根和躯干，因材就形巧雕而成，十足的"七分天然、三分人工"。所用巨树树龄均在千年以上，其中深埋海底的沉船木树龄已超过两千年，具有防水、防蛀、防腐的非凡品质，重如石、坚如铁，敲之铿然有声。

乐享木雕饕餮盛宴间，一对仰天劲吼、跃跃欲试的雄狮引我驻足。这对巨无霸不仅形体超群，馆内无双，而且造型生动，雕刻传神。我佩服巧夺天工的匠人可以抓取雄狮决斗或攫食瞬间的神情样貌，用刻刀准确定格并生动呈现。细看这放大数十倍且极致渲染的兽王，满头蜷曲的鬃毛像瀑布怒泻，睚眦欲裂中目光如炬，奋力腾跃的四肢肌腱凸起，飞甩成弧的尾巴透着钢鞭的力道。讲解员说，两座木雕雄狮均取材于两棵千年黄金樟木主干及根部材料，分别长17米，头高3米多，重13吨，由南洋20多名工匠历时3年打造而成。颇为传奇的是，两座来自东南亚的木雕雄狮，漂洋过海沿长江溯水而上到达张家港卸载后，装车运往山东途中，拆了3座收费站才运达济南！器宇轩昂的南洋雄狮，何以水陆兼程径赴中国，以南瞰泰山北枕黄河的福地为归宿？我想起了拿破仑说过的一句话："中国是东方的一头雄狮。"在博大精湛的中华文明中，雄狮是一个有着特殊内涵的意象。百年中兴，风鹏正举。眼前这个威武霸气、震撼腾跃的雄狮，不正是走上中兴大道的中国国运的艺术写照吗？

雕刻与绘画同宗同源，是孪生姐妹。不同的是，绘画是用笔来安排和处理造型进而创作出艺术品，而雕刻则以刀代笔塑造作品并赋予其美学意义。雕刻比起绘画创作更费时费力，艺术家和工艺大师除了殚精竭虑进行艺术构思外，还要亲力亲为运用刻刀、凿子、锤子、斧头、木石等工具和材料，借助艺术禀赋和经验进行艰苦卓绝和旷日持久的体力劳动。一件美轮美奂的雕刻艺术品，是艺术家和能工巧匠脑力与体力劳动的凝结物。目睹这些材质珍贵、造型宏大、工艺精巧的巨型木雕，你会由衷赞叹雕刻艺术的深厚伟力，也更加信服高手在民间的哲理。

根雕博物馆最精美的宝物是海南沉香木雕刻的观音和金童玉女像。这组高近4米一主二从但浑然一体的艺术品，构思精巧、工艺细腻，熟练运用传统的圆雕、浮雕、镂雕手法，把观音眉如小月、眼似双星的神态，以及金童玉女两小无猜、天造地设的情状，惟妙惟肖展现出来，观之久久不忍离去。

将近20年前，我曾在开封大相国寺看到一尊高3米多、重约 2000 公斤的千手千眼观音木雕像，雕像四面造型相同，每个面各有 6 只大手及扇状小手三至四层，每只手掌中均刻有一眼，共计 1048 只眼，相传是一位能工巧匠倾其毕生精力雕琢而成。眼前的沉香木观音和金童玉女雕像，体量较开封大相国寺千手千眼观音略小，但材质却远胜前者。不知这一传世之作是否出自一人之手，又耗费了操刀工匠多少岁月流年？面对香气四溢的观音菩萨，我不由想起那句"一生做一事"的老话，似是先贤在告诫尘世凡夫俗子，惟锲而不舍、敬终如始，方能成就一番事业。岁月从黄河中下游分界处起步，波澜不惊淌到黄河将要注入渤海的尾段，20 年时光焊接起来的两尊用岁月乃至生命雕制的形异神同的雕像，无声但却坚韧地将人生至理渗入你的脑海。

明清瓷器馆荟萃了中国瓷器黄金时代两朝官窑数量不菲的精品重器，尤以清代颇具宫廷气势、规整对称的瓷器令人眼界大开。我用目光抚摸历史动荡中幸存的瓷林遗珍，眼前闪过了工坊良匠、官窑柴火、江湖传奇、王朝背影……这些时光隧道穿巡者和历史风云见证者，立足博物馆时尚文化平台，日复一日演绎陶熔鼓铸的神话，不经意间就把文化种子播入公众心田。

在林林总总的瓷器精品中，长 2.15 米、宽 1.17 米的瓷板画《乾隆观孔雀开屏图》，遣宫廷奇珍于尺幅，撷皇家日常成经典，以雍容华贵的皇家气派和涉笔成趣的巨匠手法，惟妙惟肖展现了乾隆帝政务之余观赏孔雀开屏的生动场景。版画由融中西绘画技法于一体的宫廷画师、意大利人郎世宁等人联袂绘制，图中华贵而简约的复式宫殿，端坐一楼回廊入口处的乾隆和侍立身边的随从，两只分别开屏炫耀和昂首敛尾的孔雀，皆出自郎世宁之手；舒朗有致、散布苑囿的假山、小溪、劲松、花草，则由宫廷画师金廷标和沈源补绘。聚景为锦与中西合璧并存，工笔勾勒与写意置景同在，是板画的鲜明风格和非凡价值所在。整幅画作构思精巧、造型生动、线条流畅、设色逼真，大清盛世宫廷画师深厚的构图与写生功力，令人倾倒。

书画艺术馆最抢眼的精品，是清代有"一门三公、父子同宰"美誉的刘统勋、刘墉、刘镮之三人的墨宝。刘统勋生于1700年，字延清，号尔钝，山东诸城人，雍正二年（1724年）进士，乾隆二十六年（1761年）后任东阁大学士、首席军机大臣兼管礼、兵、吏、刑部，在吏治、军事、治河、修史等方面均有重要建树。他以清廉直谏著称朝野，是被乾隆帝称作"真宰相"的第一人。馆藏刘统勋书于红底描金宣纸的诗句条幅，笔锋舒展，雄浑苍劲，官场中铸就的笃定跃然纸上。刘统勋长子刘墉生于1720年，字崇如，号石庵，乾隆十六年（1745年）进士，入仕后，颇有乃父之风，任江宁知府、陕西按察使等职，为官清廉，深得民心，官至礼部尚书、体仁阁大学士。刘墉书法造诣深厚，是当时著名帖学大家，有"浓墨宰相"的美誉。馆中陈列的刘墉四扇屏行书真迹，貌丰骨劲、格调静穆、气韵灵动，书法造诣世称清朝翘楚，是宦海沉浮出淤泥而不染品格的艺术再现。刘墉抚育的侄子刘镮之，字佩循，号信芳，乾隆五十四年（1789年）进士，曾任兵部尚书、吏部尚书，其书法条幅丰腴而内敛，为"一门三公"佳话平添异彩。

匆匆过目便令人思接千载、视通万里的珍宝，不过是海量馆藏精品的冰山一角。遥想20座古色古香、美轮美奂的博物馆盛大开放时瑰宝琳琅满堂生辉的场景，那将是怎样一幅令人心驰神往的盛世画卷！一个博物馆就是一所"大学校"，不进博物馆是难以领悟"大学校"真谛的。闻名世界的故宫博物院成立近百年,不惟培养了大批享誉海内外的文博巨匠,而且独辟蹊径创立故宫学,成为发掘、研究、传播中华文明的文博名校与讲堂。在向"大学校"迈进的壮阔征途上,承载民族发祥地灿烂文明的黄河文化博物馆,必将成为化育国民并将历史导向未来的光荣使者。

一方水土养一方人。每一地的古今贤达和著名人士,都是那片土地引以为傲的名片和旗帜。来到齐河,人们自然会说起齐河人民的优秀儿子——从这里走出的全国著名劳动模范时传祥,而说起时传祥,就不能不对位于齐河县城的时传祥纪念馆和由此衍生的劳模精神、劳动精神、工匠精神教育基地心向往之。

时传祥1915年生于齐河县赵官镇大胡庄村一个贫苦农家,14岁那年为生活所迫流落京郊当掏粪工。新中国成立后,他以"宁愿一人脏,换来万家净"的高尚情怀和诚实劳动,在京城环卫工人岗位上生动诠释了劳动光荣和生命的价值,成为飘扬于神州大地中国劳模的一面旗帜。1995年,时传祥获首届"中国雷锋"荣誉称号;2009年9月,时传祥入选"100位新中国成立以来感动中国人物";2019年9月,时传祥入选"最美奋斗者"。

深受大河哺养的齐河人敬畏历史,并且格外尊崇这片土地养育的平民英雄。1999年5月20日,中共中央有关部门批准在齐河县建立时传祥纪念馆。2000年9月9日,时传祥纪念馆建成开馆,成为载入齐河史册的一大盛事。国家有关部委和省、市、县领导和各界代表2000多人参加开馆仪式的盛况,创造了当地有史以来各种纪念活动规格最高、规模最大、人数最多的纪录,至今仍是令齐河父老陶醉的文化记忆。

再访齐河，已是林寒洞肃的腊月了。在距黄河文化博物馆10公里的时传祥纪念馆，我看到一张熟稔但已久违的照片——上面记录了1959年10月26日，国家领导人在全国群英会上亲切接见时传祥的情景。富有质感栩栩如生的画面中，发掺银丝的国家领导人，紧紧握着时传祥那双因经年累月掏粪而布满老茧的双手，同站在右后侧的委员长一起，满含嘉许地看着来自首都环卫一线的英模，脸上的笑容透露着慈祥、关爱。时传祥右侧英姿勃勃的英模就是来自首都建筑行业的青年突击队队长张百发。记者定格的这一珍贵瞬间，伴有国家领导人著名的画外音："你掏大粪是人民的勤务员，我当国家领导人也是人民的勤务员，这只是革命的分工不同，都是革命事业中不可缺少的部分。"音画互证，这幅照片，成为人民是国家主人和党的干部永远是人民公仆的经典而感人的宣示。

时传祥纪念馆的落成，是小康大业起步之初大河之滨燃起的一枚火炬。如今，这枚将劳动精神燃耀到极致的火炬，在熊熊燃烧20多年后，终于催生出一座辐射力远超所在地域的精神圣殿——全国独一无二的"三种精神"教育基地。该基地将于建党百年和全面建成小康社会收官之际揭幕。这座有着开先河意义的教育基地，占地逾300亩，主要由劳动广场、劳动公园（含时传祥纪念馆、县革命烈士陵园及纪念碑）、基地主体建筑3部分组成。其中基地主体建筑面积3.9万平方米，包括主题展览和工人文化宫两大功能区，堪称全国规模最大、功能最全、最具特色的"三种精神"教育基地。我逐一参观主体展览馆序厅、劳动精神馆、劳模精神馆、工匠精神馆、山东馆"一厅四馆"，辄觉展览居一域观全局，说当下兼过往，把看不见、摸不着的"三种精神"，由抽象变具象，事理交融、点面结合阐明精神缘起及价值，在开掘力量源泉、传递建功密码、强化主流价值、引领社会风尚等方面取得可喜突破，是为"三种精神"传神写照的出彩工程，也是催人奋进的嘹亮号角。小康大业攻坚时燃起的精神火炬，与世纪夙愿如期实现时风华初现的博物馆群相得益彰，面向泉城隔河打造新型文旅重镇，显著抬升了齐河精神文化的天际线。

从县领导处得知，湿地博物馆群正南黄河上，又准备兴建一座新的跨河大桥，届时，从济南直达黄河文化博物馆将更加便捷。雄心勃勃的齐河人，决意将博物馆群打造成传世之作，为子孙后代留下珍贵文化遗产，在黄河之滨树立一座文化丰碑。新崛起的博物馆群，连同坐落在齐河湿地的泉城欧乐堡梦幻世界中的动物王国、水上世界、养生温泉、度假酒店、海洋极地世界和即将落成的五星级大酒店，以及文旅小镇周边星罗棋布的特色建筑，与"三种精神"教育基地遥相呼应，相映生辉，共同打造了黄河下游璀璨夺目的文旅明珠，构筑了泉城最具魅力的后花园。

齐河流连使我想起，2021年5月24日，国家文物局等9部门发布指导意见，提出到2035年，我国将基本建成博物馆强国。从世界博物馆大国到强国，那是怎样的飞跃？或许可从齐河湿地上的博物馆群窥见一斑。

大义之城

许 晨

一

"救命啊,快救救我家孩子啊!"

"啊?!孩子怎么啦?"

"掉沟里了,看不见了,呜呜……"

"在哪,在哪儿?"

2021年9月14日下午5时30分左右,太阳西斜,橘黄色的余晖安详地洒在黄河下游北岸上,突然一阵凄厉的女子哭喊声,打破了这里的宁静。正准备下班回家的齐河刘桥镇青年赵虎,循着求救声迅疾跑了过去。

原来,刚才这位妇女带着3岁的儿子在街头卖菜,一时没注意,孩子跑到沟边上玩,"砰"地一下,从一个破口跌进沟里,被湍急的水流冲走了。更要命的是:这是一条暗排水沟,上边铺着一层厚厚的水泥盖板,落水男童眨眼间就没了踪影。

人命关天,刻不容缓。

赵虎从入口处望了望,一片漆黑。他担心孩子被冲到远处,一口气向下游跑了20多米,三下五除二,使劲撬开一块水泥板,想都没想就跳了下去。沟里污水很深,没过了他的头顶,又脏又臭，水底下都是淤泥，一不小心就容易陷进去。他艰难地向前摸索，里边空气流动性差，不一会儿，赵虎就感到呼吸困难，头晕目眩。但情况紧急，他咬紧牙关坚持着。

此时，住在刘桥镇上的徐兴清，正巧去接孩子放学，路过这里，看到眼前这一幕，二话不说，将自己孩子放在一边，立即从小男孩落水口跳了下去，与赵虎两人一个从东向西，一个从西向东"双面夹击"。水越来越深，没走几步，污水就到了徐兴清的嘴巴处。不会游泳的他接连呛了几口臭水，只好尽力踮起脚尖，仰着脸，在黑暗中寻找男童的身影。

终于，他们在距离落水处七八米的地方找到了尚有气息的孩子。两人合力将孩子托举上岸后，已经没有了任何力气，只能靠别人把自己拉到岸上。赵虎刚上来就一屁股坐到了沟边，大口大口地喘着粗气，而徐兴清则直接躺在了地上，一直躺了好几分钟，却全然不知自己的胳膊、膝盖等部位已被划伤，布满道道伤痕。

犹如一石激起千层浪。

两位青年见义勇为、奋不顾身救人的感人事迹，迅速传遍黄河两岸、泰山南北。各大报刊网站等新闻媒体以"这就是山东：'祥斌精神'再现齐河！两男子'双面夹击'勇救3岁落水儿童""齐河两小伙儿以身涉险救出三岁男童，大义精神薪火相传"等为题，报道此事，引来了人们异口同声地赞扬。

尤其值得大书特书的是：这是发生在十几年前享誉全国的"感动中国"人物、"舍己救人模范军官"孟祥斌的家乡——山东省德州市齐河县。家住晏城街道桑园赵村的赵虎，距离"祥斌精神教育基地"展厅仅300米，而本是刘桥镇孟店村人的徐兴清，则与孟祥斌更是实打实的同乡。由此可见，两位青年人的大义之举绝非偶然。

三天后——9 月 17 日，齐鲁晚报·齐鲁壹点联合阿里巴巴天天正能量授予徐兴清、赵虎"天天正能量特别奖"及一万元奖金。

十天后——9 月 24 日，德州市见义勇为先进分子表彰仪式在齐河县综合治理中心举行，授予赵虎、徐兴清两名同志"德州市见义勇为先进分子"荣誉称号，并分别颁发奖金 5000 元。省、市、县 10 余家媒体还联合开展了采访全县综合治理工作。

一个月后——10 月 23 日，我应邀与来自省内外的诸多文朋诗友，参加了"著名作家齐河行——纪录小康工程主题创作活动"，其中一项内容就是参观"三种精神（劳模精神、劳动精神、工匠精神）教育基地"和"孟祥斌烈士纪念馆"。在这里，我又一次看到了英俊威武的部队战友、时代楷模孟祥斌。自然，那是他永远年轻的照片和塑像了。

然而，当我听到刚刚发生的赵虎、徐兴清奋不顾身救助落水儿童的故事之后，眼前又浮现出当年那个义无反顾跳进冰冷江水的孟祥斌的形象。这就是见义勇为、舍己救人的"祥斌精神"的赓续与传承。

时光退回到 2007 年 11 月 30 日，正在浙江金华某部服役的山东齐河人孟祥斌，难得休假，陪着前来探亲的妻子叶庆华和 3 岁的女儿妍妍去商场。身着便装的孟祥斌抱着孩子，亲昵地说："爸爸给你买双红色的公主靴，然后去吃肯德基，妍妍说好不好？"

"好啊，好啊……"妍妍小手拍得响亮，热乎乎的小嘴巴一个劲儿地往爸爸脸上凑。

叶庆华看着这对聚少离多的父女，笑着帮丈夫掸去肩膀上的灰尘，一家人沉浸在难得的欢聚中。然而，谁也没有料到，不幸有时潜藏在幸福之中。当他们经过市区婺江通济桥的时候，突然听到一阵叫喊声："快来人啊，有人要跳江！"

抬眼一望，他们被桥上的情景惊住了：一名年轻女子不知受到了什么刺激，愤然摔掉手机，跨过护栏跳了下去，在水面上挣扎。孟祥斌立即把孩子交给妻子，快步冲向栏杆，一边跑一边甩掉鞋子。叶庆华担心地喊道："祥斌，叫人帮忙啊！"

正路过此地的一位市民大姐也急忙阻拦："这么高，水这么冷，危险，还是叫只船吧！"

只听得孟祥斌回了一声："来不及了！"便从 10 米高的大桥上纵身一跃，跳进了滔滔江水中。

正值入冬季节，水凉刺骨且湍急，加上下水前没有做活动，舒展身体，孟祥斌虽然身强体壮，但也只能勉强拉着落水女子往回游，浸过水的棉衣又湿又重，一会儿就十分吃力。此时，一只水上摩托艇闻讯匆匆驶来。孟祥斌用尽最后一丝力气，将女青年托出水面，说了声："把她拉上去，我不行了！"

轻生女青年得救了，孟祥斌却瞬间沉入了江底，年仅 28 岁。

城南桥上，他的妻子叶庆华瘫倒在地上，她万万没有想到：心爱的丈夫，就在自己眼前为了一个素未相识的人而丧失了性命。她抱着孩子哭成了泪人："啊……爸爸没有了，爸爸没有了！"

小妍妍提着爸爸脱下的白色旅游鞋，哇哇地哭叫着："爸爸、爸爸……"

一个人感动一座城。

英雄的壮举迅速在社会各界引起强烈反响。婺江之畔、城南桥头，一夜之间摆满了花圈，人们自发通过各种方式哀悼英雄。灯箱广告撤掉了商业广告，换上了孟祥斌的大幅军装照片和"向英雄孟祥斌致敬"的标语。

当晚，许多金华市民来到英雄救人的地方，冒着寒风为他"烛光守夜"。人们还络绎不绝地去看望孟祥斌的妻子和女儿，自发捐款捐物。听说他们夫妇当天都没来得及给孩子买鞋去，爱心人士还悄悄给小妍妍送来一双双各种样式的小红鞋。

追悼会那天，200多辆出租车和公交车自发免费接送参加追悼会的人，3万多名群众自发赶到殡仪馆，原定1小时的悼念活动持续了5个多小时。每人手上都攥着一束菊花。这是全市规格最高最隆重、悼念者最多的一次送别。

当烈士的骨灰在妻子叶庆华和女儿的陪伴下，在部队战友和金华市民代表护送下，送回家乡山东齐河县时，当地同样有30000多名群众自发地矗立在寒风中，在长达5公里的道路两旁迎接英魂。

不断涌现英雄、不断崇敬英雄的民族，才是有希望的民族。孟祥斌三个字呼唤了人们"道德回归"的激情。这一次所表现出来的强烈的集体感动和大众回应，正体现了人们对社会责任感和道德感的热盼。英雄就在我们身边。

孟祥斌救人牺牲后，他所在的部队——第二炮兵（现火箭军）党委、浙江省委、山东省委先后做出向孟祥斌同志学习的号召，并追授他"浙江青年五四奖章""山东省道德模范"。随后，中央军委追授他"舍己救人模范军官"荣誉称号，并且将他选入

"感动中国 2007 年度十大人物"。"感动中国人物"组委会授予孟祥斌的颁奖词是：

> 风萧萧江水寒，壮士一去不复返。同样是生命，同样有亲人，他用一次辉煌的陨落换回另外一个生命。别去问值还是不值，生命的价值从来不是用交换体现。他在冰冷的河水中睡去，给我们一个温暖的启示。

花儿谢了又开，叶儿黄了又绿，一晃数度春秋过去了，见义勇为，舍生取义的孟祥斌精神，已经如同雷锋、王杰、欧阳海的名字一样，熠熠生辉，成为一代又一代人学习的楷模。

英雄的故乡——山东省齐河县刘桥镇，建立了孟祥斌烈士纪念馆，树起了英雄孟祥斌的铜像，将刘桥镇中学命名为"祥斌中学"，规划建设了集教育研学、实践体验于一体的"祥斌精神红色教育基地"。传承红色基因，弘扬祥斌精神。

如今的齐河涌现出许许多多像孟祥斌一样充满正能量的英雄模范。前边提到的最近发生的赵虎和徐兴清两位青年，就是最好的印证。我们来到齐河之后，感受最深的就是这四个字：大义齐河。这不仅是全县道德建设的闪光品牌，也是这方土地上人们的品格写照，为平安山东经济社会发展增光添彩。

二

说起来，我与齐河一点儿也不陌生，齐河甚至可以说是我魂牵梦萦的第二故乡。二十世纪八十年代初，我父亲许焕新在齐河任职县委书记兼武装部第一政委，而那时我正在原济南军区空军某部服役，节假日常常前来齐河探亲。

那是一个中国农村大变革的时代，联产承包责任制如同疾风暴雨一般洗刷了贫穷的阴影。父亲一班人带领全县数十万父老乡亲扬眉吐气搞生产，粮棉连年大丰收，农民平常日子也吃上了白面和猪肉。三十多年过去了，大家至今还经常提起我父亲的名字，念念不忘老书记。

时光流逝到了二十世纪九十年代中期，我已转业来到山东省作家协会工作。当时恰逢省委组织部调配干部下放挂职锻炼，又把我分到齐河县委宣传部任副部长，一待就是一年半，成为名副其实的齐河干部。当时我分管新闻报道和群众文化工作，时常下乡跑基层，曾为这片土地洒下过辛勤的汗水，而这里的水土也滋养了我的人生。

齐河人好，齐河人忠诚仗义，早已深入到我的血脉里……

因为这段情缘，进入新世纪的齐河怎样了？这种"牵挂"时常拨动着我的心弦，犹如远离故土的游子，午夜梦回，往事历历。这方土地一定变化更大了，人们生活会更加美满幸福了。是的，早在2013年初夏，我随中国散文学会采风团走进齐河，不用说首次前来的著名作家们，就连我这个曾经的"齐河人"都惊叹于齐河的发展。

一片片碧绿的树林，一丛丛嫣红的鲜花，一条条宽阔的公路，一幢幢挺拔的楼房。街心广场上，悠闲的人们在散步娱乐；现代庄园里，新型的农民在愉快劳作。当年那个"面朝黄土背朝天"的农业大县，正在向农工商科贸一体的现代化城市大踏步迈进。

更为令人激动的还是这里的人文内涵和精神文明建设。历届齐河县委县政府一脉相承，大力抓好经济社会科学发展的同时，认真总结提炼地域精神，繁荣本县文化。齐河精神犹如树起一面高高飘扬的旗帜，引领着这里的人们齐心协力、一往无前。

经过一番辛劳而深刻的调研论证，一张亮丽的地域名片，一座高耸的精神地标喷薄而出："时传祥故里、孟祥斌家乡——大义齐河！"

好一个"大义齐河"！

"义"，一看到这个字，正直的人们就会血脉偾张、壮怀激烈。古代先哲孔子最先提出，孟子继而阐述，概括了国人道德良知之大成。正义、道义、信义、义士、义举、义不容辞等，这些名词动词形容词，如黄钟大吕、江河奔腾，摧枯拉朽，震撼人心。

当时接待我们的齐河县委常委、宣传部部长李文豪，尽职尽责，不遗余力地宣传倡导"大义齐河"。他说："齐河是出好汉的地方。古往今来，英雄模范人物层出不穷。结合这种文化底蕴和时代精神，我们提出了'大义齐河'的道德建设品牌，目的就是使英雄崇拜、好人现象成为风尚，从而去创造美好的明天。"

而今，他已是德州市委宣传部副部长兼广播电视台台长了。得知作家采风团又来齐河参观体验，他专程赶来相见，再续前缘。这位名叫"文豪"的部长，无愧于他的名字。虽说并不是专业作家或学者教授，但擅长总结归纳提炼，且写了一手好文章，他把"大义齐河"的理念和意义阐述得通俗易懂、切实可行。

参加采风的作家诗人们深受感染，饶有兴趣地纷纷表示："'大义齐河'提得好！它高度概括了齐河人的精神实质。我们这次米也沾沾李部长名字的福气，争取成为'文豪'，写出有情有义、微言大义的作品来。"

"呵呵，我只是担了个虚名，你们才是真正的文豪作家。希望借助于各位的大手笔，把我们的'大义'喊得更加响亮、更加深入人心。"

事实上，齐河文脉久远，底蕴深厚，是完全可以高擎起"义"之大旗的。千百年来，黄河从齐河流过，黑陶在齐河出土，晏婴受封于齐河。"一河一陶一贤人"，这是齐河历史文化的写照。近代以来，全国劳模时传祥，爱岗敬业干工作，是忠义的化身；见义勇为孟祥斌，舍生忘死救他人，是仁义的象征。

一代又一代的齐河优秀儿女，继承和发扬古圣先贤和道德模范的大义精神，提炼出"厚德重义、开放包容、务实创新、拼搏争先"的"齐河精神"，打造了以"仁义、忠义、信义、孝义、侠义"为主题的"大义齐河"品牌。而这些内容，恰好与"助人为乐、敬业奉献、诚实守信、孝老爱亲、见义勇为"等道德要求相对应。

时光如流，重情重义的齐河人不断完善品牌建设，相继组织了"大义齐河——最美齐河人"、齐河"双十佳模"（"十佳道德模范"和"十佳劳动模范"）评选活动，推出了《人义齐河道德三字经》和《大义齐河》歌曲，将"大义齐河"精神与新时代文明实践志愿服务活动相结合，充分调动群众参与积极性，形成了"人人崇尚见义勇为，人人支持见义勇为，人人参与见义勇为"的良好氛围。

尤其是"祥斌精神"薪火赓续、砥砺传承，涌现出一大批像孟祥斌这样的英雄模范。他们用行动诠释着"祥斌精神"，前赴后继，继往开来，"大义齐河"，已经成为全县全市乃至省内外闪亮的地域道德名片。

如此，齐河作为中国第一个打造"大义"品牌的城市，昂首走进了当代史册中。"大义"已经深入进全县人民群众的精神骨髓，无数"大义"典型纷纷涌现，好人好事层出不穷。

在英雄孟祥斌壮烈牺牲、魂归故里一年之后——2009年1月28日，齐河县赵官镇水东村巴公河桥上，再次上演了同样惊天地泣鬼神的一幕：一名儿童不慎落入巴公河中，路过此地的赵官镇大胡村村民胡军（25岁）、胡敏敏（22岁）兄妹二人，毫不犹豫地先后从4米高的大桥上跳下去救人。

正值朔风凛冽冰天雪地之时，巴公河水寒冷彻骨、深不见底，经过一番奋力拼搏，落水儿童得救了，可胡家兄妹俩却献出了自己年轻的生命。当时胡军刚刚当了父亲，一对双胞胎儿女还不到三个月；胡敏敏则订婚不久，正在筹办自己幸福的婚礼。

危急关头显精神，英雄青年的高尚品质在瞬间闪光，让这个冰冷的冬天传递出人间的温暖和无疆的大爱。这是源于斯长于斯产生无数英模好人的热土，更源于一个伟大的母亲——任现平。她是一位普通的农家妇女，小学文化程度，没有值得骄傲的文凭，没有惊天动地的业绩，但她身上却继承了中华民族传统女性的美德，仁慈厚爱，忠义诚信。

任现平经常告诉孩子，永远要有感恩的心，让他们懂得"百善孝为先""孝亲尊师"这些传统美德、做人准则。"老吾老以及人之老，幼吾幼以及人之幼"，这句话的含义也许任现平并不理解，但十里八乡的人却知道，她是村里有名的孝顺媳妇、好嫂子、好妯娌、大好人。公婆逢人便夸："不知几辈子修来的福，给了俺们这么个好媳妇，比俺亲闺女还亲呐！"

正是受到母亲的影响，胡军兄妹从小就立志做一个自强自立、正直善良和对社会有用的人。学习上，兄妹俩刻苦认真；生活中，两人更是热心帮助同学和他人，年年被评为模范标兵。

两个孩子念及家庭困难，初中毕业后就分别出去打工，自食其力。胡军考了汽车驾驶证，在煤矿当上了一名司机。胡敏敏在济南金德利快餐店做服务员，虚心学做面点，还参加了历下区的面点师竞赛，获得三等奖。她一直憧憬着自己开一家快餐店贴补家用。

胡军兄妹虽然都是平凡的孩子，但他们在任现平的影响下，短暂的生命焕发出永恒的光辉。兄妹救人遇难的噩耗传来时，任现平一下子晕了过去，很久都接受不了这个现实。那段煎熬的日子里，每天晚上她都不让关大门，说俩孩子还没走远，要等着他们回家。

但深明大义的任现平没有倒下，她强忍着心中的悲痛，每天清晨她都坚强地站起来，继续照顾病榻上的公婆，关心、宽慰整天以泪洗面的儿媳。她这样对众人说："自古忠孝不能两全，俩孩子是为救人牺牲的，他们死得光荣，我为有这样的好儿女而骄傲！"

无独有偶。

2013年3月12日下午3时左右，一辆由临清开往济南的客车，经过长途跋涉，来到了齐河县华店乡。即将到达目的地了，加之午后乘车，旅客们大都昏昏欲睡。突然，意外发生了，由于机械故障，司机处理不及，客车"轰"地一下翻入路旁7米深的水沟里。

当时，沟内水深约有两米，浑浊的水流立即从关闭不紧的门窗里涌进车内，车上九名乘客毫无防备，一下子陷入了束手无策之中，生命危在旦夕。好在是大白天，路上有不少行人看到这一幕，立刻大喊起来："翻车了，救人啊！"

正在附近的齐河县华店乡的村民郭勇、王明利振臂一呼，"呼啦啦"涌来了十二个人，他们迅速跑到现场，义无反顾地跳入冰冷刺骨的水中，奋力砸开车窗，将乘客一个个接出车外，拉到沟岸上。仅耗时十分钟，所有乘客就全部获救。当救护车接到报警电话奔驰而来时，这些救人者却悄然离开了。

中央电视台记者听说了这件事，专门赶来采访报道。这年3月29日，央视新闻联播节目播出了"齐河县华店乡郭庄村村民郭勇等12人勇救落水乘客"的事迹，评论说："齐河村民救起落水乘客，在别人的危难关头，你一伸手，便是春天；做好事并不难，更不孤单。"

面对央视记者的话筒，朴实憨厚的郭勇说："遇上这样的事，咱跳下去救人是应该的，每个齐河人都会这样做。"

三

见义勇为的英雄孟祥斌远去了，可他的名字和精神，与天地永恒，与日月同辉。

2012年7月4日，齐河县孟祥斌烈士纪念馆收到一幅硕大的十字绣，上面绣有"恩人故里，大义齐河"八个大字，落款为"李小月"。

这是谁呢？她，就是当年在浙江金华孟祥斌舍生搭救的女孩。

一份特殊的礼物，再次牵引人们的目光回到5年前的婺江桥头，回到未曾露面的失恋轻生的李小月身上。笔者一番走访揭开了孟祥斌妻子叶庆华与李小月几年来相互鼓励的感人故事。

2007年11月30日的英雄壮举，在全国掀起了学习、宣传孟祥斌的热潮。面对强大的舆论压力，万分愧疚的李小月只能选择秘不露面。当得知救命恩人的家属住在锦华园时，她在亲属的陪伴下悄悄赶了过来。见到叶庆华后，一行三人跪倒在地上，泣不成声。

李小月哭着说："我对不起你呀，是我害了你的丈夫。"

叶庆华泪流满面，却大度地说："你们都起来吧，我的丈夫是军人，他应该这样做！你还年轻，要珍惜生命，只要你以后能好好地活着，就是最好的回报！"

从那以后，叶庆华经常与李小月电话联系，还抽暇前去看望，给她送去安慰和鼓励。时间长了，李小月慢慢走出了心理阴影，她也常去看望叶庆华母女，与叶庆华成了无话不谈的朋友。

2008年底，叶庆华告诉李小月，在孟祥斌的家乡山东省齐河县，又出现了胡军、胡敏敏兄妹跳水救人而牺牲的感人事例。李小月被英雄家乡的凛然大义深深感动。

自此，叶庆华经常告诉李小月齐河县新涌现的好人好事：80多岁的张光城17年义务送学，普通保安王成29年如一日照顾孤寡老人，12名村民勇救落水乘客登上央视新闻联播，等等。

李小月打开了网络，她看到在山东省，"大义齐河"已经成为远近闻名的道德品牌，受全省表彰的就有数十人。

一件件好人好事，一幕幕救人场景，"大义齐河"在李小月心中变成一个英雄引领风尚、好人层出不穷的重情尚义之地。2013年春节刚过，她想起祥斌大哥去世五周年了，于是便拿定主意通过一种特殊方式，表达对英雄和英雄家乡的感激与崇敬。

心灵手巧的江南女，刺绣是她的强项。李小月利用两个月时间，一针一线精心绣下了"恩人故里，大义齐河"的十字绣作品，寄到了英雄孟祥斌的故里。

如今，这幅精致的绣品陈列在孟祥斌纪念厅，以其背后的故事感染激励着一位位参观者。

事实上，叶庆华一直没有与孟祥斌"分开"。

丈夫牺牲的最初日子里，她晚上根本无法入眠，白天又不能在女儿面前流泪，只能在夜里暗暗哭泣。

好在各级组织和亲友的温暖关怀，还有无数认识与不认识的人士的安慰、帮助，使叶庆华从失去亲人的痛苦中清醒过来。她默默做出了一个重要决定：君已许国，吾将用余生与君一起许国。我要延续祥斌的大爱之情，替夫行义，为夫报国，将爱之接力进行到底。

部队党委经过研究决定，破格招收叶庆华入伍。她具有了"军嫂"和军人的双重身份，部队成了她最温暖的家，给予她坚强的力量。每当听到官兵们亲切地叫她"嫂子"，叶庆华心里总会淌过一股股春天般的暖流。

山东齐河县刘桥镇小学、中学是孟祥斌的母校，他生前曾和叶庆华到母校走访，看到母校图书室藏书十分有限，学生们的精神食粮比较匮乏，就说一定要给母校建一个像模像样的图书室。

人走情未了。叶庆华将社会捐赠给她的钱款转赠给孟祥斌母校，希望两所学校各建一个图书室，实现丈夫未了的愿望。年初开学，两所学校组织全体师生举行了一个隆重的"祥斌书屋"揭牌仪式，鼓励学生一定要勤奋学习，以最好的成绩告慰英灵。

孟祥斌生前是刘桥乡敬老院的常客，每次回家探亲总忘不了给老人们稍点土特产。结婚后，他还带着妻子叶庆华去过敬老院两次。那年年底，老人们听说祥斌小伙子为救人壮烈牺牲了，一个个哭成了泪人。

老人们的情意，让叶庆华感动。2010年秋天，她在济南参加完山东新闻人物特别奖颁奖仪式后，特意回到孟祥斌的老家齐河刘桥乡，将丈夫最后一个月的工资和奖金捐给了敬老院，表示以后她会像祥斌一样时常挂念着老人。

丈夫走后，叶庆华回山东老家的次数更多了，只要有时间她就会想到去看看公公婆婆。以前由于丈夫部队工作忙，他们结婚五年只回去过三次，而在丈夫走后半年里，她回山东老家的次数就有四次。她说："为了让老人不感到孤单，我应该比祥斌在的时候多尽份孝心。"

这些年里，即便是在最艰难的日子，叶庆华都不曾在女儿的面前哭过。她对亲友们说："我总是希望能把最阳光的一面展现给女儿，这样孩子才会更加坚强！"

起初，女儿诗妍还小，并不知道爸爸牺牲意味着什么。那时叶庆华告诉女儿，爸爸去了很远的地方工作了。直到女儿上了小学二年级，再也瞒不住了，叶庆华才第一次带她去了爸爸的墓地。

叶庆华还记得，小学三年级的一篇作文里，小诗妍用稚嫩的文字写了这么一句话："爸爸，中秋节到了，你在天堂过中秋，我做梦梦见你的大手拉着我的小手。其实我知道，太阳升起的地方，就是有你的地方。"

女儿逐渐长大了，可她不喜欢别人在看望的时候说："你爸爸是个英雄。"这并不是因为她不认可父亲的行为，而是因为她太渴望父爱了。有段时间她在作文里面就这样写道："不是我不想提起我的爸爸，而是我只想把他藏在内心的最深处！"

2017年，在孟祥斌救人牺牲十周年前夕，叶庆华思亲之情日益强烈。她带着女儿从外地调回金华市定居，这样可以离丈夫近一点，也可以常到婺江桥头看望、祭奠孟祥斌跳江救人的塑像。她说："这座城就像我和女儿的港湾，我住下就不想走了！"

而女儿孟诗妍已上初二，转学到金华，课业压力很大。学校里的领导、老师和同学们都非常关心她，使她进步很快。诗妍的理想是长大以后做一名军校的老师，因为她爸爸是解放军，妈妈是教师，她想把爸爸妈妈的职业合在一起。

自从丈夫舍身一跳离去后，叶庆华最大的心愿就是抚养好女儿。虽然过去一段时间经历过不少艰难和波折，可是这么多的爱心陪伴和支持使她对未来充满了信心。

时光飞逝，岁月如流，这些年很少有人知道这位烈士的妻子是怎么挺过来的。直到一位志愿者揭开谜底：叶庆华在做好本职工作，抚育女儿，孝敬双亲的同时，一直在默默帮助革命战争中牺牲的烈士寻亲。

有一次，她看到一条消息——《请求转发！为400多位志愿军烈士"寻亲"》，并附有烈士登记册。这些名单中，还有一些烈士家人一直在思念，在找寻。

叶庆华把这些志愿军烈士的登记册信息逐一对照，发现了其中一名东阳籍烈士李介民于1950年10月23牺牲在黄海道长丰郡江上面紫霞里问安洞，父亲叫李银宝。

她采取种种方式转发、寻访，在当地一位老兵志愿者的帮助下，很快找到了李介民烈士的家人。李介民本名叫李金民，父母早已不在。兄弟姐妹中，只有一位年老的弟弟还健在。得知哥哥的消息，他激动得老泪纵横。

时至今日，叶庆华已先后为100多位烈士（其中包含26位抗美援朝烈士）找到了"家"。在接受记者专访时，她深情地说："作为烈士家属，我比谁都懂得'家'的意义，更能理解这些失去亲人音讯的家属的渴望。我愿意做提灯者，照亮他们回家的路。"

四

榜样的力量是无穷的。

在齐河县委、县政府强有力的引导下，全县把公民道德建设纳入科学发展考评体系，下发精神文明建设年度工作要点，形成鲜明的价值导向、工作导向、考核导向；强化办大事、实事的力度，开展"创先争优""下基层，大走访"等活动，以好党风带动好民风。

与此同时，县财政投入1亿多元，建设时传祥纪念馆、孟祥斌纪念厅，并创作了现代京剧《时传祥》、电影《黄河儿女》和《孟祥斌》等文艺作品，让大义典型深入人心，可感可学。

在具体做法上，他们不但总结归纳出"大义齐河"的核心内容，还以有形机制开展道德建设，探索"评宣奖学"工作法。每年组织好人海选直推活动，逐步建起先进典型库，收录各类英模

在齐河，每年都发生着一件件大义之举，大义精神已成为齐河人的最重要文化坐标　高义杰/绘

和典型人物，对选出的先进典型强化宣传，开展进社区、进学校、进工厂等"六进"活动，扩大"大义"效应。

　　建立见义勇为基金，对数十名见义勇为模范进行抚恤、奖励。连续十年开展好婆媳、好家庭、好村镇评选活动，开展文明标兵、窗口、单位争创活动志愿者服务活动等，号召20万人参与义务献血、扶贫帮困等公益活动，自发成立了"齐河义工部落""绿蚂蚁行动队"等10个志愿者组织。

打造"大义齐河"道德文化品牌，树立的是仗义、信义、忠义、侠义和孝义。种种大义之美，内化为干部群众追求崇德向善，外化为越来越多人的自觉行动。远得不去多说了，只以近两年的事例为证：

2019年3月25日上午，正值齐河县刘桥镇大集，上午9点30分左右，一辆自东向西而来的电动三轮车，载着一对年近花甲的老夫妇行驶到超市门前，不知为何发生了口角，其中一位匆匆从车上跳下来，直奔近在几米之外的赵牛河。

开车的那位老大爷感觉不对，立即大喊："有人要跳河，救人啊！"

刘桥村西头开着一家祥瑞五金土产农资超市，老板李勇就是当地人，正在店里接待客户，听到呼喊声，即刻丢下手里的东西跑到河边，甩掉外套，"砰"地一下跳进赵牛河救人。

正值春灌时期，赵牛河又刚刚清淤，水面有六七十米宽，水深达4米多，李勇顶着彻骨的寒意朝落水者游去。此时落水者已被冲到离岸十多米的地方，头部浸在水中，水面上只露出下身。并且此时落水者已经呛水，不停地冒着水泡。

李勇咬着牙奋力游到她身边，一把将其翻了过来，发现她的脸色已经苍白，便赶紧一只手划着水，一只手拉着她向岸边游去。突然，落水者本能反应，伸手猛地抓住了李勇，两人同时开始下沉，情况十分危急。

湍急的水流，把他们冲到了闸门附近。说时迟那时快，李勇看准闸门边的石头缝，一把抠住了，而后定神喘了口气，一点一点地将落水者推到了岸边。最后在众人的协助下，将她拖上了岸。

上岸后，大家把她俯卧放在一块大石头上，不断地捶背控水，直到听到她"哇"的一声哭出声来，李勇才甩甩身上的水，捡起岸边的衣服，悄无声息地离开了现场。

当闻讯赶来的县融媒体记者，千方百计找到李勇采访时，他感叹说："这不算什么，谁碰上都会这样做的。我和孟祥斌不仅是一个村的，还是发小。"

这个刘桥村正是"舍己救人模范军官孟祥斌"的家乡，李勇从小是与祥斌一起长大的少年伙伴，感情很深。虽说十几年过去了，孟祥斌身影一直不曾离去，他的精神深深地烙在了一代又一代刘桥人、齐河人的心中。

2020年7月12日，一段见义勇为、火场救人的微信视频在齐河引起了极大轰动。

视频里的画面反映的是：前一天——7月11日下午，县城齐晏大街倪伦河桥上浓烟滚滚，一辆机动三轮车发生了侧翻，油箱破裂流出了汽油，电瓶发生漏电，瞬间燃起了熊熊大火，更令人揪心的是驾驶三轮车的老人摔伤后流了很多血，倒在地上无法动弹。

就在这危急关头，一名身穿行政执法制服的小伙子挺身而出，不顾可能发生爆炸的危险，大步飞奔而来，用尽全力把老人背到了安全的地方，又迅疾用手机拨通120电话，而后从路边车里拿出一台灭火器，跑过去"哔哔"地扑灭了火焰。

身手矫健，动作娴熟专业，这是谁啊？人们在微信里纷纷转发视频，留言点赞。县城圈子毕竟不大，很快就有人认出了视频里的小伙子。他叫焦令霄，是一名90后的转业军人，现任齐河县综合行政执法局办公室主任。

原来，那天正是周末，焦令霄在单位加班。结束工作后他开车回家，经过齐晏大街时，远远就发现桥上浓烟滚滚。他急忙过去一看，眼前一幕让他倒吸一口凉气：倒在地上的老人头破血流，身旁的火势越来越大。

没有时间多想，焦令霄立即将车停在路边，下车一个箭步冲了上去，想背起老人赶快跑，不料老人一阵哎哟叫疼。老人的腿部可能骨折了。小焦就让老人抱着自己肩膀，双手用力托着老人，一步一步地转移到周围安全区域。

随后，他拨打了120电话，又抓紧帮助灭火。不一会儿，救护车鸣着警笛开来了，小焦不放心，跟随着老人一起来到医院。当了解到经过检查抢救，老人身体状况基本稳定时，他才松了口气，感觉后背发潮，原来已经被汗水湿透了。

老人家属闻讯赶到，焦令霄没有同他们见面，也没有留下联系方式，而是选择了默默离开。回到家，他也没跟家人说起此事，可救人的过程被路人录下了视频，通过朋友圈和齐河群传播开来。

这件事很快便传到单位里，局领导和同事纷纷竖起大拇指。焦令霄却谦虚地说："在部队里当兵救人是常态，退伍后回到家乡大义齐河，传承'祥斌精神'见义勇为，更是一种责任。说实话当时真没多想，什么也来不及想，就是一心想着救人。"

这就是齐河人！

舍生取义，义在利先。这是传统的齐鲁文化、儒家学说的至理名言，也是汇入博大精深的中华文化的主流内容之一。

随着"著名作家齐河行——纪录小康工程主题创作活动"的深入进行，我对这片土地上的父老乡亲愈加崇敬，我为我的父亲作为曾经的"老书记"，为齐河县的繁荣进步付出过心血汗水，并且得到众人的拥戴而感到无比的自豪。

虽说在二十世纪八十年代，还没有出现舍己救人的孟祥斌，但真诚朴实、崇尚大义的民族基因是一脉相承的。一方水土养一方人。英雄在这里茁壮成长起来，同时，孟祥斌烈士又把这种见义勇为、舍生取义的精神传承下去，给当地的道德文化建设和经济社会发展带来无尽的活力。

我认为，这正是"小康工程"的精髓所在。

如今的齐河，富饶美好，政通人和，是全国生态文明先进县、全国社会主义新农村建设示范县、全国农田水利基本建设先进县、全省双拥模范县，还是中国新能源汽车制造城、新兴产业装备制造城、山东省经济欠发达地区唯一上榜的全国百强县。

我们每到一处——黄河国际生态城、文化博物馆群、美丽乡村示范村，无不欢欣鼓舞，心旷神怡。尤其令人欣慰的是，一些重点项目落户齐河，正是看中了这里重情讲义的人文传统。齐河因大义而受益。

其中，蓬莱八仙过海旅游公司董事长李海锋，当初就是在外出考察中，路过齐河，发现当地民风淳朴，有情有义，遂决定在此建设文旅项目。果然，他们得到了县委、县政府和人民群众的大力支持，后又连续追加投资，相继建设了泉城海洋极地世界、泉城欧乐堡梦幻世界和集古生物化石博物馆、书画艺术馆、根雕珍宝博物馆等为一体的黄河文化博物馆群。

中央电视台前来拍摄报道时，记者曾问及原因，李海锋董事长简而言之："这里人好！风气好！"

瞧，义与利是紧密联系在一起的。灿烂的精神之花，必将结出丰硕的经济之果。用老百姓的话说：好人自有好报。新时期的齐河日新月异、高歌猛进，已成为黄河之畔一颗晶莹璀璨的明珠。

就在我们前来采风前夕——2021年10月14日，2020年联合国生物多样性大会生态文明论坛在昆明召开，齐河县荣获第五批国家生态文明建设示范区称号，再添一张"国字号"名片。年富力强的县委书记孙修炜刚刚参加表彰授牌活动，载誉归来。他真诚表示："齐河文化底蕴深厚，是一座人文厚重、开放包容的魅力之城。希望大家多走一走、看一看，全方位领略齐河美景、深层次了解齐河发展，为我们再创佳绩加油助阵。"

几天来，通过一番深入了解和走访体验，参加采风的作家们深以为然。

上风上水上齐河，见仁见智见情义。

齐河，一座大义之城！

即将离开这片热土，我们又一次来到了黄河大堤上，边走边看，蓦然感到这九曲回旋、奔腾不息的河流，好似在中华大地上书写了一个荡气回肠、气贯长虹的"义"字！遒劲有力、源远流长，这正是齐鲁人的品格，也是炎黄子孙华夏儿女的魂魄……

记住，一定要给女孩戴上花环

红　孩

　　到了山东齐河县，原本是要好好看看黄河的。来之前，山东的朋友说，到齐河来吧，这里有六十多公里的黄河穿境而过，离黄河入海口也不远。等真的到了齐河，人们谈论更多的不是黄河，而是齐河的"大义"。

　　齐河是德州市下边的一个县，与济南毗邻，当地人把齐河比作是济南的后花园。当下，全国有很多的城市都在总结自己的城市精神，譬如北京有"北京精神"，河北、山东则提出"善行河北""美德山东"。那么，齐河为什么要提出大义呢？我开始以为，这里是不是在过去出现过七侠五义或梁山好汉那样的人物，待宣传部李文豪部长告诉我齐河是全国著名劳动模范时传祥和全国道德模范孟祥斌的家乡时，我这才恍然大悟。

　　今年上半年，有两位著名的劳动模范相继去世，一位是华西村党支部老书记吴仁宝，另一位是全国人大原常委会副委员长、全国总工会主席、著名劳动模范倪志福，他们二人是新中国培养起来的第一代劳动模范，一个是农业旗帜，一个是工业旗帜。当我第一时间听到他们去世的消息时，我的眼泪夺眶而出，我在想，他们的离去是不是意味着一个时代的结束呢？

　　现在的年轻人，不知道他们是否知道新中国有个叫时传祥的掏粪工人，他由于"宁可一人脏，也要换得千家净"而受到党和国家领导人的接见。记得我在北京市总工会工作时，曾接触过时传祥的儿子时纯利，其时他正担任着崇文区清洁队的队长。我还采访过全国纺织系统的劳动模范韩茶仙，目睹过北京市百货大楼张秉贵师傅的"一把准"。这些劳模的事迹，曾经激励着我们那一代的年轻人。每当我从王府井百货大楼门前经过时，我都会情不自禁地去张秉贵的铜像前深情地看上一眼。

五月二十九日上午，在与齐河人士围绕大义齐河座谈时，人们普遍有一种共识：厚德重义是中华文化的重要组成部分，不论过去还是现在，崇尚英雄，尊重劳动，都是人们要继承和弘扬的。我没有做过专门的调查，在各个城市精神的总结中，到底有多少市民表示认同。在齐河县，你只要在路边问一个普通人，人们都会说出"大义齐河"来。这是教化的作用吗？是，也不是。

五月二十九日晚，时逢齐河县首届十佳美德少年表彰大会在县文化礼堂举行。当我们一行采风的作家在县委领导的陪同下走进会场，看到五六百个孩子在欢快地期待着表彰大会开始的热烈样子时，我感到心潮澎湃，仿佛又回到自己的童年时代。这次表彰活动，是去年评出县十佳道德模范人物之后的又一次大举措。因为评选的主体是少年，所以就有了特殊意义。从放在桌子上的十佳美德少年的简介材料中，我看到有汶川地震后，每年用自己的压岁钱资助受灾女童的闫晨雨同学；有勇救落水同伴的白国庆同学；有从小失去父母，爷爷在外打工，一直跟奶奶生活，奶奶摔伤后照顾奶奶生活，料理家务的杨天天同学……在欢快而激昂的音乐声中，颁奖大会开始了。为第一个美德少年颁奖的是著名作家石英先生，由于没有准备，他为闫晨雨颁奖时，在把奖杯和奖金送到小晨雨的手中后，竟然把花环也送到小晨雨手中，而不是直接戴在孩子脖子上。也许是第一次登台领这么隆重的奖，小晨雨接过花环后也忘记把它戴在脖子上，她只是把三种奖品双手往空中一举。尽管如此，观众还是报以热烈的掌声。紧接着，主持人开始宣读第二位获得十佳美德少年的同学的名字和事迹，并宣布让我上台为其颁奖。这是一个正读小学五年级的女孩子，名字叫杨恩慧。她从九岁开始，已经连续两年照顾本村一个叫杨红兰的孤寡老人。电子显示屏上小恩慧为老奶奶炒鸡蛋、梳头的画面，着实让人感动。我站起身来，从人群中走向台口，我没想到，在这只有十几米的路程中，几乎每一个人都小声地提醒我："记住，一定要给女孩戴上花环！"

我怎么能忘记呢？走向颁奖台中央，看着跟我女儿年龄相仿的小恩慧，我感到是那样的亲切和美好。我在向孩子表示祝贺的同时，把那个鲜艳的花环郑重地戴在小恩慧的脖子上，然后我们同时把四只手举向天空，向领导和观众致意。掌声再一次热烈地响起来。这掌声是属于小恩慧的，她和其他的九个小伙伴们是今晚真正的主人。

这是我第一次为一个获得美德少年称号的同学佩戴美丽的花环！我想，我会永远记住这个瞬间。如果有可能，我愿为天下所有的美德少年都佩戴上美丽的花环，再一次衷心地祝贺天使般的小恩慧们！

山东黄河第一湾

王筱喻

暮秋时节，徜徉在齐河县南坦黄河之畔。放眼向南偏西的上游河道望去，浓浓的粮果之香微微飘来，在空中弥漫。河两旁无限展开的画轴被秋天的神来之笔染得黛色素笺，蔚蓝铺底，飞花研墨，金黄点缀，黄叶连连，黄得一串串、一行行、一片片。暮秋的夕阳，也为北岸依依垂柳换了一身着装，金黄色的叶子随风曼舞。一泓缱绻河泊静谧又把沧桑人间激滟成陈年美酒。斑驳陆离的河道活像一桩醉汉，在拐弯处连打几个漩涡后跌跌撞撞油然幻化成一条无尽的时空隧道，"大江歌罢掉头东"，似乎瞬间把人们拖进了那曾经桀骜不驯、不堪回首的古道远方。

水在低处流，人在岸边愁

曾几何时，一望无垠的华北平原，在这里被扭曲蹂躏得支离破碎。受黄河历次决口改道和泛滥的影响，再加近代行洪沉积，这里阴差阳错冲刷出一大片成河圈地，排水不畅，易碱易涝。20世纪70年代，就在人们的心灵里深深留下了一幅贫穷凄凉的画卷。

白茫茫的盐碱荒滩，种啥啥不长。孬好还长点耐碱的高粱，费了九牛二虎之力，到秋天参差不齐的高粱算是拔穗鼓粒了。不料一场大水灌来，滚滚波涛淹没了那一片片高粱地，只有星星点点的高粱穗头摇曳忽闪在一片汪洋之中。

但见岸边那一排愈挫愈勇的白榆树傲然顶风冒雨，树底下土坯茅屋里却传出阵阵叹息与泪语。

当地曾有一首歌谣：

> 水在低处流，
> 人在岸边愁。
> 祸水不断头，
> 十种九不收。

济南人北渡黄河，其实是 1855 年之后才有的事情。清咸丰五年六月十九日（1855 年 8 月 1 日），黄河在河南兰考北岸铜瓦厢决口，洪水先流向西北，后折转东北，夺山东大清河入渤海。在这之前，黄河经兰考、商丘、砀山、徐州、宿迁、淮阴一线入黄海，并不流经济南。历史上，流经济南的大河，最早是济水，后来是大清河，最后才变为黄河。

在泱泱历史里，这里遭受过无数次洪水的冲击，沿河百姓命途多舛、生灵涂炭。最厉害的一次，黄河决于金龙口，洪水溢入大清河道，"水势汛滥，澎湃湍激之声匄闻数里"。

2021 年 10 月 22 日，"齐鲁作家齐河行——纪录小康工程创作活动"一行 10 数人在山东省作协党组书记姬德君的带领下，从济南出发跨过黄河，从高速路上眨眼就到齐河"国际生态城"出入口下来抵达目的地。

说来也巧，也就在这天，总书记风尘仆仆刚好在山东黄河口考察，并在济南举行深入推动黄河流域生态保护和高质量发展座谈会，这些无不都在激励人们踔厉奋发、笃行不怠。

中华民族治理黄河的历史也是一部波澜壮阔的治国史，扎实推进黄河大保护，确保黄河安澜，是治国理政的大事。总书记尤为关切黄河治理和生态保护。党的十八大以来，他身体力行从黄河上游、中游到下游，实地考察黄河全线流域生态保护和经济社会发展情况，就三江源、祁连山、秦岭、贺兰山等重点区域生态保护建设多次做出重要指示批示。总书记反复叮咛强调，沿黄河省区要落实好黄河流域生态保护和高质量发展战略部署，坚定不移走生态优先、绿色发展的现代化道路。

山东省作家协会和山东省报告文学学会牢记"国之大者"的文学创作理念，连续几年深入基层的笔会活动一直都是围绕黄河做文章，从菏泽的黄河滩区搬迁一直做到东营黄河入海口蓝色经济发展，把改革开放、两个百年的文章做满了这天上之水。

三千年后智非禹，问胜此任谁能解

齐河素有"官道要冲，九省通衢"之称，史书记载："东屏会城，西连运道，南瞻泰岱，北拱神京；大清河盘与东南，长如垂虹；策肥路骋者，尽东西南北之人，击辑舟行者，多商贾鱼盐之客。"由于紧邻古济水（宋称大清河，今黄河），河运繁忙。自元以后，中国政治中心北移，齐河又成为京畿通往东南陆路通道上的重要节点，地理位置日渐凸显，当时是河中舟楫往来穿梭，陆路车马络绎不绝，齐河城商业发达，交易兴隆，三大古镇（晏城、刘宏、孙耿）"商业最盛时期，远在乾嘉之际，人歌乐际，世至承平。而布庄铁货之列肆于镇者尤多，冀南、岱北，固俨然一著名都市也。"齐河成为山左海右的一方繁华之地。

封建帝王们曾在齐河留下他们征战巡幸的足迹。明成祖朱棣登基前，为夺皇位曾率大军鏖战大清河两岸，设大帐于齐河。攻济南失利，幸得齐河龙兴寺僧吕智寿募得勇兵五千相助，扭转战局，一路过关斩将，直捣南京。

清康熙帝六次南巡，三过齐河，视察河工，观赏民俗，咨访吏治，康熙四十二年正月（1703年3月）南巡作诗《三渡齐河》："淑气霓旌绕，风光拂济川。曾经三次渡，未若十年前。疾苦劳宵旰，深恩赖保全。颇知民食重，安抚责臣贤。"这个有作为的皇帝，不仅对民间疾苦深有体会，还对齐河风光充满喜爱之情。

康熙之后的乾隆更是位热衷于实地考察的皇帝，他多次下江南，六次过山东，五次专门巡视，是到齐河次数最多的一位皇帝，齐河有多处他的行宫。这位喜欢游山玩水、访古寻幽的皇帝也为齐河留下不少诗篇。

清朝乾隆帝曾经写了首诗，名为《徒骇河》。

神禹治河乃最神，当时犹致人徒骇。

三千年后智非禹，问胜此任谁能解。

徒骇迤北暨津南，其间大都九河在。

相去乃至二百里，同为逆河方入海。

今河不过数里余，安得修防不日殆。

将欲弃地让之水，亿万生计嗟瓦解。

即禹至今何应难，是吾蒿目所以乃。

此诗将水灾严重及百姓面对灾情的急切无奈，都表现得淋漓尽致。

齐河独特的自然人文风光，也曾唤起南来北往文人骚客的诗兴文思，清朝末年，有一个人经常往来于省府济南和齐河之间，巡视水情，督办河工。公干之余，他悉心齐河民风民俗，细观齐河风物风情。他就是几年以后写出《老残游记》的"鸿都百炼生"刘鹗。在书中，他把熟悉喜欢的黄河"淌凌""雪月交辉"等自然景观写得逼真生动，在《老残游记》中，刘鹗还曾对"淌凌"做过真实而又生动的描写：

……只见那上流的冰，还一块一块的漫漫价来，到此地，被前头的拦住，走不动就站住了。那后来的冰赶上它，只挤得嗤嗤价响。后冰被这溜水逼得紧了，就窜到前冰上头去；前冰被压，就渐渐低下去了。看那河身不过百十丈宽，当中大溜约莫不过二三十丈，两边俱是平水。这平水之上早已有冰结满，冰面却是平的，被吹来的尘土盖住，却像沙滩一般。中间的一道大溜，却仍然奔腾澎湃，有声有势，将那走不过去的冰挤得两边乱窜。那两边平水上的冰，被当中乱冰挤破了，往岸上跑，那冰能挤到岸上五六尺远。许多碎冰被挤得站起来，像个小插屏似的……

世界上大江大河的确不少，但像黄河这样一条由一个国家、五十六个民族所拥有的大河，而且至少持续了两千多年的河流，似乎很不多见。黄河是这个国家社稷的大风景、大地貌、大空间。这风光博大宏丽之境，使民族大业的灵智片刻之间得以"开光"。因此，在黄河的怀抱里，在它九十九道弯里，云自飞翔水自流，花自开落草自荣。千江有水千江月，万里无云万里天。

济南向北，齐河向南

一个千载难逢的机遇终于眷顾来临。

2003 年济南提出"北跨"，实施跨过黄河的发展战略。

2007 年，德州市委市政府就提出了"融入省会城市群经济圈"的战略决策，齐河成为德州南融的桥头堡。一时间在济南的周边，齐河已经规划了成片的新城，力求与济南一体化发展。

滚滚黄河，自古便自然风光无限。仿佛一夜之间，在济南北，黄河岸，突然崛起一片自然生态原始之地——黄河国际生态城。这片 65 平方公里的土地，曾 40 年禁止开发，拥有济南周边最大的原始生态资源。

齐河南融，济南北跨，身处要地的黄河国际生态城已然成为济齐融城加速的核心。几十只火烈鸟在湖边闲庭信步，优雅的身姿与水中倒影交相辉映。

当走进位于齐河黄河国际生态城泉城欧乐堡动物王国时，一个依托原有的湖泊湿地地貌，集野生动物观赏互动、亲子游乐体验、科普研学旅游等为一体的动物王国已现雏形。目前项目正在进行商业配套建设以及路面硬化工作，预计近期进行试营业。

"我们致力于在黄河岸边打造一个旅游综合体。泉城欧乐堡动物王国项目中注入了黄河文化元素，彰显地域文化特色，目前正建设博物馆群。古生物化石博物馆展品包括黄河象、和政羊等黄河流域的骨架化石，让孩子们在研学同时了解黄河流域生态文化。"谈及过去十年在齐河投资超过百亿元的项目，山东坤河旅游开发有限公司常务副总经理刘妍深有感触，"得益于齐河以全域旅游打造沿黄文旅产业带的理念，企业可以放心落地新项目，而黄河流域生态保护和高质量发展战略的提出，将成为企业发展新的重大机遇。"

加快新旧动能转换，实现高质量发展需要产业支撑。齐河按照"三个三分之一"的主导思路，以黄河国际生态城为平台载体，坚持将绿色发展理念贯穿"双招双引"全过程，聚焦文化旅游、医养健康、高新技术等绿色产业。

坐落于齐河黄河国际生态城的齐鲁高新技术开发区生物医药产业园，集聚了 30 余家生物医药高新技术企业。这年 7 月 14 日，一家名为山东光普医疗的企业正加紧施工装修，再过一个多月，这里将成为"能量舱"的生产基地。

如今，素有"黄河水乡、生态齐河"美誉的齐河，产业迅速发展。14 个重点文旅产业项目落户，总投资 500 多亿元，去年接待游客 670 万人次。医养健康和高新技术产业方面，齐河投资 70 亿元的保利医养健康小镇通过建设三甲医院、CCRC 社区、健康研发产业园，汇聚优质的医疗养老资源。齐河黄河国际生态城已进驻高新技术企业近百个，引进各类高端人才 120 人。

30 多亿元建设的大型主题游乐园——齐河泉城欧乐堡，以欧洲经典建筑风情为主，融入欧美先进的科技元素，是国内设备尖端、项目齐全、科技含量超高的大型游乐园。欧乐堡梦幻世界分为欢乐派梦幻小镇、龙之心、魔幻仙踪、狂野非洲、童话镇、天空之城、秘境之湖等七大主题区，包括龙卷风、雷神之锤、蓝火之战、摩托过山车、飞翔之翼、魔术风车等三十余个主题项目，乐园内部分设备进口自德国、意大利等国际一流厂家。

齐河黄河文化博物馆凝聚了清华大学古建筑研究所50年科研成果，将历代著名建筑等尺度复原，并与各个历史时期的思想、美术、园林艺术、建筑艺术等有机结合，主要建设有齐文化展示与演艺区、汉唐宋元建筑奇观展示区、明清建筑奇观展示区、古代楼台塔阁建筑奇观展示区、儒道佛文化展示区等游览区，以及古生物化石馆、动物标本馆、树化玉馆、根雕馆10余个功能区。目前部分场馆的建设接近完成。

齐河野生动植物园动物总建筑面积达16万平方米，投资26亿元，该项目突出人气动物、自然和谐发展，集野生动物观赏体验、动物养殖科普教育、亲子游乐、家庭休闲、高空缆车等功能于一体。主要建设有大自然鸟类区、非洲食草动物区、亚洲食草动物区、灵长类区、猛兽区、中华动物区、主题度假酒店等10大主题区，引进大熊猫、大象、斑马、长颈鹿、犀牛等世界各地国宝级珍稀动物，动物储备量超过广东长隆野生动物世界的2倍。是山东省首个生态型互动趣味性野生动物世界，年接待游客80万人次，实现收入1.7亿元。

雕琢好这块"璞玉"

齐河黄河生态城是一处魅力独具、充满自然气息和生命活力的生态天堂、产业高地，它正如一颗耀眼的新星，冉冉升起！

老百姓心里知道，这些年齐河能有如此快速的发展，得益于几位有作为的县委书记，现任县委书记孙修炜就是其中一位。

著名作家齐河行期间，孙书记挤出时间参加启动仪式并发表热情洋溢的致辞，展现出一位有抱负、有思路、有魄力，"为官一任、造福一方"的现代人民公仆的形象。

2021 年 6 月 3 日至 4 日，由文旅部、国家发改委牵头主办的"打造具有国际影响力的黄河文化旅游带"——黄河文化旅游带建设推进活动在齐河举办，沿黄九省区齐聚齐河，共同商讨"幸福黄河"的发展蓝图。

缘何这样一个高规格会议会选择齐河？与这座原是黄河滩区的小县城如今已发展成为"产城一体"的文旅新城，实现华丽转身密不可分。近年来，齐河把文化旅游作为立县产业来打造，突出龙头带动，拉动产业升级，全县接待游客数量以每年约 50 万人次的速度稳步增长，不断加快享誉全国文旅名县建设。

干练睿智的县委书记孙修炜面对电视镜头铿锵表示，齐河县抢抓黄河流域生态保护和高质量发展重大战略机遇，以黄河国际生态城为"龙头"，带动全域旅游多点突破，探索出一条富有齐河特色的黄河流域高质量发展新路径，先后获评"国家全域旅游示范区""全国旅游标准化示范县"两项"国字号"荣誉。

齐河县境内有 63 平方公里的黄河北展区，1971 年为黄河防洪防凌而建，2008 年，国务院批准全面解禁。

如何用好这笔宝贵财富？

面对这块潜力巨大的"璞玉"，孙书记和县几大班子集体决策，立足北展区良好的生态资源和区位条件，提出"发展绿色产业、建设生态之城"的战略构想，高标准编制了《齐河县全域旅游发展规划》《黄河国际生态城总体规划》等规划十余项，实现旅游发展规划、土地利用总体规划、城乡建设发展规划"多规合一"，建起黄河国际生态城，勾勒出文旅产业蓬勃发展的美好蓝图。

2021年以来，齐河围绕建设享誉全国文旅名县，坚持以文铸魂、以旅兴业、文旅融合，做大做强黄河国际生态城旅游度假区，做精做特生态乡村体验游，加快完善现代文化旅游产业体系和公共服务体系，建设国内一流的高品质旅游目的地和黄河流域文旅融合高质量发展先行区。

坚持政务服务走在前，引领项目落地，齐河对重大文旅项目全部实行专班负责制，提供"保姆式"服务，设立专项扶持资金，全力扶持重点文旅企业茁壮成长。为切实提升产业承载力、集聚力和吸引力，县财政累计投资近60亿元，在黄河国际生态城建成"五纵四横"主道路框架，齐河黄河大桥、京台高速生态城出口等先后开通，济齐轨道交通完成立项，建设绿道、骑行专线、慢行系统近百公里，搭建起"快进慢游""外联内畅"的大交通体系。同时，新建旅游停车场15处、通信基站9处、旅游厕所230处，建成、在建主题酒店10家，构建起完善的旅游综合配套体系。

正如坤河旅游开发有限公司董事长李海锋所言，"让我放心做这么大手笔投资的，不仅有齐河优越的区位和资源优势，更在于当地政府'项目未动、服务先行'的营商理念以及持续优化的产业发展环境"。该公司先后投入210亿元建设6个重大旅游项目，打造了泉城欧乐堡旅游度假区。在坤河公司的带动下，保利、碧桂园等大企业纷纷投资落户齐河。

齐河的历史文脉中，不仅包含"仁义礼智信"精神，也颇具"自强不息、百折不挠"的黄河文化精髓，更兼有"慷慨悲歌、尚义任侠"的燕赵文化风骨，铸就了一方"大义齐河"的精神高地。

为进一步厚植生态优势，齐河按照"三分之一水面，三分之一绿化，三分之一建设"的开发思路，先后投资近10亿元，累计增加绿化面积1300多公顷，极大拓展了绿色空间，有效满足了游客对自然生态的向往。同时，投资10亿元建设了8000亩的安德湖景区，投资8.8亿元建设1.5万亩国家级的齐河黄河水乡湿地公园，实现调节气候、涵养水源、净化水质、维护生物多样性的多重效果，与济西湿地公园共同构建起百里黄河生态廊道。启动沿黄生态治理及人居环境提升工程，打造黄河下游水环境综合治理示范区。

毗邻省会济南，区位优势明显，如何在省会周边众多县区中脱颖而出，打造比较优势？齐河的做法是打造高端项目亲民路线，释放比较性优势。黄河国际生态城内布局的旅游项目，都是大体量、大块头的"文旅航母"。泉城欧乐堡梦幻世界是中国北方规模最大、项目最齐全的大型主题乐园，泉城海洋极地世界是亚洲规模最大的单体室内海洋馆，黄河文化博物馆是全国建筑规模最大、历史跨度最长、建筑工艺最集中、传统建筑文化最完整的古建筑艺术博物馆群，泉城欧乐堡动物王国是山东省内首个生态型互动趣味性野生动物世界等。根据评估，总投资额近900亿的20余个文旅项目全部建成营业后，年接待游客可达800万至1000万人次。目前，齐河各大热门景区的门票在200元左右，搭配免费的演出，亲民的餐饮、住宿价格，让游客以实惠价格享受高端旅游体验。

　　站在南坦岾子头上，极目远望，太阳出来了，水汽氤氲，黄灿灿的浊水从上游滚泄而来，又突然调转方向，迎着朝阳猛不丁来了个华丽转身，令人目移景换，情思激飞。

寻找精神的高地

雨　桦

经常为业务的事往返于北京与青岛间，于齐河而言，只是过，从未留。每次车到齐河，我都会趴在车窗上，深情地望着窗外，不敢眨眼，怕一眨眼就错过了美景。我有两个未了的心愿，沿着长江和黄河走一走。我喜欢黄河的壮阔，喜欢她的浑黄，在我看来，那些从黄土高原冲刷下来的泥沙也带有中华五千年厚重文化的感觉，更带着西北风的苍凉与诗意。亲近黄河，是我的心愿。

终于有了齐河之约。

齐河是鲁西北的一个县城。它像是上帝不经意间洒落在黄河边上的一颗珍珠。最早的齐河，乃属齐国，春秋时期齐国正卿晏婴的封地就在这里。战国以降，处在齐国西部边陲的齐河自然就成了齐鲁文化与燕赵文化的融合地。有历史底蕴，有文化内涵。立马让自己身价大增。因为有了黄河的滋养，齐河宛若一位风姿妩媚的少妇，散发着自身独特的韵味。五月的齐河，草木葱翠，已经发育得楚楚动人了，绵延的湿地尽显婉约风姿，汩汩而出的温泉轻柔美妙。在幽静的荷塘边，耳边响起凤凰传奇的歌——剪一段时光淡淡流淌，谁为我添一件梦的衣裳。我像只鱼儿在你的荷塘，只为和你守候那皎白月光……进了齐河，总给人一种南方小桥流水的风韵。

更美的是齐河人。齐河，曾无数次感动你我，感动中国。

还记得那个叫时传祥的掏粪工吗？他从一个普通的掏粪工成长为全国劳动模范、北京市政协委员，多次受到国家主席和总理的接见。他 14 岁逃荒到北京城郊宣武门的一个私人粪场，一辈子只做了一件事，掏粪。1975 年他离开了人世。离世之前，他让儿子接了自己的班，也做环卫工人。宁愿自己脏，换来万家洁。他为工作献身的精神一直成为中国人的精神高地。

感动中国的齐河人不止有时传祥。

在浙江金华当兵的孟祥斌更是这个时代的楷模和榜样，他为了救一个为感情轻生的年轻女子，不顾自己腿部做过大手术，不顾刚刚见面的幼小的女儿和妻子，不顾他人的劝阻，从 10 米高的桥上跳入江中。浪急水凉，当他终于用尽全身力气把轻生的女孩子安全送到岸边时，年仅 28 岁的他却永远闭上了眼睛，而此时，他们一家三口刚刚团聚 26 小时。26 小时，对于常年分居的年轻夫妻来说，是何等的珍贵？小别胜新婚，我理解两地分居的苦，自己也曾有过这样的生活，可是，年轻的孟祥斌还没有好好享受妻子的柔情爱意，还没有来得及好好溺爱一下聚少离多的幼小女儿，就这样走了。

孟祥斌的壮举时刻拷问每个人的良知。送葬那天，浙江金华，有 3 万多群众自发为他送行，原定一个小时的悼念活动持续了 5 个多小时。当我在新闻联播中看到这条新闻时，也曾眼含热泪，但面对这样的呼救时，估计，我没有他这样的勇气，只能眼睁睁地看着溺水的人被河水无情地冲走。其实，我相信，很多人与我一样，是有良知的，只是面对这样的困境时，会害怕，会退缩。不止孟祥斌一个，后来的胡军、胡敏敏兄妹，哥哥才 25 岁，也刚新婚不久。当他把落入河水中的 14 岁少女与她 8 岁的弟弟成功救上岸后，自己和同样花季生命的妹妹却永远地闭上了眼睛。我在齐河的那晚，正好举行齐河美德好少年的颁奖活动，一个 10 岁的少年也同样机智地救下了在河中溺水的好伙伴。不只是下水救人，其他的好人好事，也层出不穷。在全国 19 名"双百"人物中，齐河占有一席之地。全国道德模范，有 8 位是山东人，更有齐河人的名字。山东省十大杰出青年志愿者王成以及中国好人张立新都来自齐河。所以，齐河县提出了"大义齐河"的精神主题，得到全县所有人的赞同。县里大力宣传见义勇为者、助人为乐者、爱岗敬业者、敬老孝道者，形成了"英雄引领风尚，好人层出不穷"的局面。英雄的精神已经渗透到齐河人的心中。

孔子在《论语·里仁》里说："见贤思齐，见不贤而内省也。"从春秋时的晏婴，到甲午战争中的名将左宝贵，从全国双百人物时传祥，到全国道德模范舍己救人的模范军官孟祥斌，从中国好人张立新到全国道德模范提名者张光城，再到胡军、胡敏敏兄妹。全国道德模范者以及中国好人多出在齐河。

齐河是散落在黄河堤岸上的一颗珍珠，是北方少有的丰水县区，湿地沙湖遍布，以水为基，千村鱼跃，万亩荷香。同时她还有龙山文化遗址，明朝时期以来的江北第一寺定慧寺，以及差不多六百多年历史的孟家老院。丰富的旅游资源也是齐河的一大特色。美景哪里都不缺，我们的城市最缺少的是精神与道德的高地，在这一点，齐河当之无愧地成了英雄之城。这样的美才是人之所需的大美。

我们在寻找这样的精神高地。

中国都需要这样的精神高地。

每一个人都需要这样的精神高地。

齐河是感动中国的风向标。但愿有一天，中国的每一个城市、乡村，都可以成为感动你我的齐河。

名人们的齐河往事 ·————————

林逋的诗和远方

姜仲华

一

900多年前，北宋年间的一个深秋，白浪滔滔的济水日夜不停地东流而去。这天早晨，薄阴的天气，一叶小船挂着白帆，从曹州（今菏泽，古代曾因位于济水之畔而名济阴）方向顺水而下。风劲帆饱，小船走得格外轻快。一位白衣男子独立船头，袖手背后，欣赏着两岸的景色。

小船行至齐州（济南）西北的耿济渡口，两岸秋色愈加绚丽，五彩斑斓，秋水澄澈，芦荻萧萧，野禽翔集。北岸屋舍鳞次栉比，酒旗飘扬。这一切，在晦暗的天空下，别有一种萧瑟、沧桑之美。白衣男子四十余岁年纪，身材高瘦，面容白皙，几绺长须飘散胸前，一身儒雅的书卷之气。河面上大风吹来，芦苇起伏，浪花朵朵，男子衣袂飞扬，玉树临风，飘飘然有神仙之态。他满脸欣喜，嘴唇轻动，似在喃喃吟咏。

忽然，云中传来几声清脆、悠长的鹤唳，两只白鹤从云外飞来，在小船上空盘旋。男子微笑着举起右手望空一招，白鹤飞旋而下，双翅轻轻一展，稳稳地落在船头上，细细高高的长腿交替站立。它们轻轻拍打翅膀，似有无限欢欣。男子轻抚它们雪白的羽毛，喜悦地说："鸣皋，这里风光竟然如此绝美，令人目不暇接，我们真是不虚此行了！"白鹤轻轻点头，依在男子身旁，也举目四顾，欣赏风光。

船夫对两只白鹤习以为常，他一边掌舵，一边自言自语："林相公痴，白鹤也痴！"

男子回身问船夫："艄公，你多年在济水行船，可知这是何地？"

船夫答道："林相公，这是济水上一个有名的渡口，叫耿济渡，相传汉代在这里有一座朝阳桥，光武帝刘秀派大将耿弇讨伐张步，在这一带渡河，这一带就得名耿济渡（今北店子浮桥一带）。南岸的城市因在济水之南，原叫济南，曹操就曾任济南相，现在叫齐州。北岸这小小市镇，也是因济水得名，原来叫济河镇，我大宋初立，改称齐河镇。"

男子捻须点头："哦，耿弇击张步，已是千年旧事了！耿济渡口风光之美，与西湖孤山大不相同，可谓各擅胜场。"

这个男子，名叫林逋，杭州钱塘人。

关于他，话题太多太多，且放在后面细说。

二

话说林逋与两只白鹤在船上饱览风景，不觉下起了小雨。秋雨沥沥，烟雨迷蒙，更增诗意。林逋在细雨中看景，兴致不减。傍晚，小船停泊在耿济渡口，林逋上岸住宿，两鹤蹁跹相随，齐河镇的人们都惊奇地看着，这白衣男子是谁？哪里来的？两只白鹤顾盼有情，灵性十足，更是令人称奇。有人悄悄打听船夫，才知这就是闻名天下的林逋！"疏影横斜水清浅，暗香浮动月黄昏"的名句，早已家喻户晓。一传十十传百，齐河镇都知道林逋先生来了，都来争睹林先生和白鹤的风采。有几位读书人还领着孩子，想请林先生指点一二。

林逋在客栈住下，凭窗远望，窗外济水汤汤，烟雨蒙蒙，美景尽收。他诗兴大发。坐下取出笔墨纸砚，写了起来，一气写了七八张纸。那几位读书人脸上满是惊喜，不知林先生写的什么？想过来看看，又觉得唐突。

林逋写完，站起来舒舒服服地伸个懒腰，背着手在窗前看了一会儿风景，回身看到桌上的诗文，随手卷起来，往窗外丢去，引起众人一片躁动、惊呼。白纸好像蝴蝶，随风飞扬，落在济水中。他意态恬淡，若无其事。有一位读书人急忙跑到岸边，探身从水中抓起了最近的一张纸，其余的几张已被波涛冲远，随着波涛远去，慢慢沉没了。

这位读书人拿着滴水的纸跑回来，问："林先生，您的诗既已写成，何不留下，传之后世？"

林逋微笑着淡淡地说："我只爱诗意，不爱诗名。"

"还请先生再写一遍，给齐河留下。"

林逋摆摆手，答道："我意已尽。"便不再说话。

那位读书人叹息不已，展开手中那张纸，只见水墨淋漓，字迹模糊，尚可勉强辨认：

耿济口舟行

环回几合似江干，刺眼诗幽尽状难。

沙嘴半平春晚湿，水痕无底照秋宽。

老霜蒲苇交千刃，怕雨凫鸥着一攒。

拟就孤峰寄蓑笠，旧乡渔业久凋残。

附：《宋史》记载：逋善行书，喜为诗，其词澄淡峭特，多奇句。既就稿，随辄弃之。或谓："何不录以示后世？"逋曰："吾方晦迹林壑，且不欲以诗名一时，况后世乎！"然好事者往往窃记之，今所传尚三百余篇。

三

林逋当年漫游的济水，就是现在的黄河。林逋在齐河留下的这首诗，没有湮没在历史长河的尘沙之中，可谓齐河人文之幸。

来看看诗的意思。

第一句，"环回几合似江干"。河岸环回，和江干很相似。第一句，林逋开门见山，把齐河和杭州的风景进行了比较，发现非常相似。江干是杭州最古老的城区之一，地处杭州的中心位置，历史悠久，物产丰富，人文荟萃，风光秀丽。当年，在烟波浩渺的钱塘江上，上游漂来的木筏连天，在阳光照耀下金黄一片，无边无际，故有"金江干"之称。

第二句，"刺眼诗幽尽状难"。意思是，这里的美景太刺眼——不是养眼，是刺眼！这个"刺"字，突兀、险绝，后面如果不能写出震撼读者，让读者同样感到"刺眼"的美景，这一个"刺"字就落空了，全诗就虎头蛇尾了。所以，全诗至此，奇峰陡起，险难倍增。美景"刺"了诗人林逋的眼，但要一一写出，却是一个字：难！

难，也要尽力来写！于是，诗人对耿济渡的美景，进行了描写：

沙嘴半平春晚湿，水痕无底照秋宽。

老霜蒲苇交千刃，怕雨凫鸥着一攒。

这四句，生动地勾画出了一幅河边秋色图。沙嘴，指从陆地突入水中的前端尖的沙滩。沙嘴像暮春时节那么湿润，水痕无底是水极清澈，天光云影投射到水底，显得秋意宽广。蒲苇的叶子着了白霜，如同千万把白刃。凫鸥就是野鸭子。野鸭子怕雨，躲到蒲苇下面聚在一起。

诗中描写的深秋美景，让笔者想起了明末清初大画家石涛的《淮扬洁秋图》。那幅画，画的也是平原上的河边秋色，也有澹澹秋水、霜染芦苇。石涛用的是"拖泥带水皴"，连皴带擦，浓淡、干湿并用，描绘出河岸湿润沃疏的质感，正好符合林逋此诗"沙嘴半平春晚湿"的感觉。画中的房屋用粗笔，芦苇用细笔，形成生动的对比。满幅洒落的浓墨苔点，吸收了董源一派的皴法点土石，配合着尖笔剔出草丛，使整个画面萧森郁茂，苍莽幽邃，是石涛的代表作之一。

同样描绘深秋河边的美景，林逋写齐河，石涛画淮扬，林逋用文字，石涛用画笔，异曲同工，各有千秋。林逋用诗句，把齐河古渡口一千年前深秋美景留存下来，鲜明动人，没有辜负第二句的"刺"字。

第三联，被后代的诗家称赏。当代文化学者吕辉在林逋诗文研究中，评述林逋放游的作品："这时期的诗作在景物描写上虽不及后期细腻温婉，意境的表现上也不及后期清雅，但仍属于笔墨疏朗之作品。仔细研读，在早期的林逋山林景物诗中，也颇多诗眼传神、形象生动的警句。比如《耿济口舟行》中'老霜蒲苇交千刃，怕雨凫鸥着一攒'"。

最后一联，诗人表达了对耿济渡的眷恋：风景如此迷人，我想长留此地，只是还舍不得我杭州的孤山，我准备把孤山（孤峰）带到这里来。在耿济渡口，戴上蓑笠垂钓，那是多么美妙的事！可是，诗人又为难起来：自己在杭州西湖的垂钓之事，就不得不凋残了！林逋踌躇不决的取舍之意，跃然纸上。

四

林逋，浙江大里黄贤村人，即今浙江宁波奉化裘村镇黄贤村人（一说为杭州钱塘人），少孤力学，好古，通经史百家。性孤高自许，喜恬淡，自甘贫困，勿趋荣利。及长，漫游江淮，四十余岁后隐居杭州西湖，结庐孤山。常驾小舟遍游西湖诸寺庙，与高僧诗友相往还。以湖山为伴，二十余年足不及城市，以布衣终身。每逢客至，叫门童子纵鹤放飞，林逋见鹤必棹舟归来。丞相王随、杭州郡守薛映均敬其为人，又爱其诗，时趋孤山与之唱和，并出俸银为之重建新宅。与范仲淹、梅尧臣有诗唱和。大中祥符五年（1012年），真宗闻其名，赐粟帛，并诏告府县存恤之。逋虽感激，但不以此骄人。人多劝其出仕，均被婉言谢绝，自谓："然吾志之所适，非室家也，非功名富贵也，只觉青山绿水与我情相宜。"林逋终生不仕不娶，无子，唯喜植梅养鹤，自谓"以梅为妻，以鹤为子"，人称"梅妻鹤子"。既老，自为墓于庐侧，作诗云："湖上青山对结庐，坟前修竹亦萧疏。茂陵他日求遗稿，犹喜曾无封禅书。"天圣六年（1028年）卒，年六十一，其侄林彰（朝散大夫）、林彬（盈州令）同至杭州，治丧尽礼。州为上闻，仁宗嗟悼，赐谥"和靖先生"，葬孤山故庐侧。

林逋是隐士，其实，也有过做官的心思。林逋隐居的最初几年，宋真宗曾派杭州知州王济寻访天下名士，林逋主动给王济去了封信。但在信中，林逋并未明确表达自己意愿，此时林逋的内心有着仕与隐的纠结。这也是历代文人的两难境地：人生的终极理想，是自由，还是成就功名？最后，他毅然选择了隐居山林，过着雅致清淡且悠闲无愁的生活。后世山水画中，点缀风景的一两个人物，就有林逋的影子。

林逋的名字很奇怪。逋，四声，意思是"逃"，用在名字中，十分罕见，必有意义。林逋要逃什么？逃了后去干什么？

他的一生，脉络清晰：天子顾念，毫不在意；丞相来寻，也不经心。放弃做官，寄情山水，梅妻鹤子，终老一生。他追求一种平淡而不枯寂的生活，以一颗诗心观察、体味着人生，诗、琴、画、书法、禅、茶等，构筑了他独特的精神生活风貌。

这样，我们就知道，林逋逃的，是滚滚红尘。他逃了红尘，选择青山绿水、诗和远方。

林逋来齐河，就是他追寻青山绿水、诗和远方的体现。

笔者查阅林逋诗集中的300多首诗，发现他到过的地方有江苏省盱眙、淮河流域、安徽省芜湖县、和县，河南汴梁（开封）。来山东，他到过曹州（菏泽）。曹州在济水边，林逋应该是游完曹州，放舟顺济水而下，来到了耿济口。现在还没有更多的史料，具体记载他来齐河的行踪，故笔者只能做如上推测。

五

林逋生于 967 年，这是宋朝建国后的第 7 年。他一生历宋太祖、宋太宗、宋真宗、宋仁宗四朝。这段时间，是宋朝政治稳定、社会安定发展的时期，商品经济、文化教育、科学创新高度繁荣。儒学得到复兴，科技发展迅速，政治开明，且没有严重的宦官专权和军阀割据，兵变、民乱次数与规模在中国历史上也相对较少。陈寅恪认为："华夏民族之文化，历数千载之演进，造极于赵宋之世。"

林逋来齐河之时，齐河还不是县，只是镇，属于河北路（今河北省坝县以南及河南省山东省黄河以北地区，治所在大名府）。《宋史》记载，至道三年（公元 997 年），分中国为 15 路，路下设府、州、军、监、县等。路如同明、清两朝的省。

林逋游罢齐河，带着白鹤依依不舍地乘舟返回杭州，小船在济水中逆流而上，白鹤在天空展翅飞翔，数日后回到了西湖边，来到孤山上的庐舍边，见到了久违的妻子——梅花。不知他是否把齐河耿济渡口的美景，和曾想长留齐河的想法，给梅花说一说？

陈师道夜宿齐河

姜仲华

诗坛怪杰夜宿齐河

北宋年间一个秋天的晚上，夜色如墨，寒意弥漫。济水北岸的齐河镇，家家都关门入睡，只有靠近渡口的一家小客栈开着门，昏黄的烛光里，店家打着呵欠，揉着眼睛，准备打烊。一位身材高瘦的青年从后院的客房走过来，对店主说："我去渡口走走，少顷便回。"他走出客栈，来到不远处的渡口，夜色中，大河哗哗的涛声和波浪拍打岸边的声音，显得格外清晰。他翘首南望，似乎盼望着飞过大河，飞到故乡的亲人身边。

年轻人近处有一片河湾，泊着几条小船，一位船家在船尾点燃柴火做饭，照亮了一片水域。火光中，可以看到水边深深浅浅的坑，都有几条小鱼儿，似在发呆。"扑棱棱……"宿在树上的鸟儿突然滑落，又飞到树枝上。青年默默看着这一切，思念亲朋的苦涩，羁旅他乡的孤寂，时时噬咬着他的心。为了养家糊口，他不得不为五斗米折腰，他不得不离别妻儿去外地上任，人生艰辛，一至于此！

突然，一句诗在他心里闪过，他低吟着，又惊又喜，突然转身往客栈飞奔，冲进店里，趴着打盹的店主被吓了一跳，急忙站起来惊问："客官，怎么，外面有人抢劫吗？"青年低声喝道："你别说话！"飞奔进后面自己的房间，"砰"地关上门，躺在床上拉过被子，蒙住全身。店主随后追来，战战兢兢地敲门问："客官，您病了么？若病了，我去镇上请马郎中来。"门突然打开，青年趿拉着鞋，皱着眉头急躁地说："别说话！什么事也没有！"又"砰"地关了门。店主不知所措，自言自语："开店多年，没见过这样的怪人，究竟是干什么的？"

青年坐在桌前，提笔在纸上写起来，一会儿蹙起眉头，停笔低头苦思，仿佛文思滞涩；一会儿又面露喜色，奋笔疾书，仿佛文思泉涌，断断续续写了一个多时辰，才面带忧虑地吹灭蜡烛睡下。

拂晓时分，秋寒更重，薄薄的被子挡不住寒意，他被冻醒了，点着蜡烛，搓着手看了看刚才写的，拿起笔又写起。过了一个多时辰，他停下笔，绽开笑颜，自言自语："没想到孤苦的旅途之中，竟得了一首诗，来日请子瞻先生、山谷先生看看，得失如何？"

"喔喔喔——"响亮的鸡啼，划破了古渡口的宁静，熹微的晨光透过窗户，照在纸上，只见纸上写着：

宿齐河

烛暗人初寂，寒生夜向深。

潜鱼聚沙窟，坠鸟滑霜林。

稍作他方计，初回万里心。

还家只有梦，更着晓寒侵。

陈师道其人

青年名叫陈师道，彭城（今徐州）人，北宋著名诗人。他和黄庭坚一起创立了中国文学史上第一个有正式名称的诗文派别，也是宋代诗坛影响最大的诗歌派别——江西诗派，黄庭坚对他非常钦佩，认为他的诗是宋诗之冠。

诗人各有特点，有的是"捷才"，灵感忽至，一挥而就；有的是"苦吟派"，炼字锻句，搜肠刮肚。陈师道就属"苦吟派"，他常常"闭门苦吟"，创作态度极其严肃，写得不理想就烧掉。由于专心，他甚至达到了癫狂、怪异的程度。

宋代著名史学家马端临《文献通考》记载，"世言陈无己每登览得句，即急归卧一榻，以被蒙首，谓之'吟榻'。家人知，即猫犬皆逐去，婴儿稚子抱寄邻家。徐待其起就笔砚，即诗已成，乃敢复常。"痴迷、专注容易出成绩，也容易出现常人不能理解的怪异之举，因此发生了本文开头那一幕。宋代徐度《却扫编》记载，"（陈师道）与诸生徜徉林下，或愀然而归，径登榻引被自覆，呻吟久之，矍然而兴，取笔疾书，则一诗成矣。"陈师道可以说是一位"怪杰"，怪异，杰出。

陈师道与当时的文坛名家都有交游。

他十六岁时，跟"唐宋八大家"之一的曾巩学写文章，曾巩第一次看到他的文章，很惊奇，认为他将以文章成名。

陈师道与苏轼因为共同的文学爱好和追求走到了一起，交游密切。元祐二年（1087年），时任翰林学士的苏轼推荐陈师道任徐州州学教授。元祐四年（1089年），苏轼出任杭州太守，路过河南商丘，陈师道到那里送行，被上级以擅离职守的罪名弹劾而革职。后来陈师道复职，担任颖州教授，不久苏轼任颖州太守，相聚甚欢。苏轼想收他为弟子，而陈师道却说："向来一瓣香，敬为曾南丰（曾巩）"，婉言推辞了苏轼。但苏轼不以为忤，仍然对他加以指导。所以后世称陈师道为"苏门六君子"之一，而不称"学士"。后来苏轼被贬，陈师道被朝中当权者视为苏轼余党而罢职。陈师道仕途与苏轼息息相关，他得官因苏轼举荐，贬官因苏轼见黜，丢官由苏轼牵累，但陈师道怀念故知之情却始终如一，毫不悔恨，相反，陈师道还常给身处困顿中的苏轼以安慰和劝勉，足见他们的深厚友谊。

陈师道和黄庭坚意气相投。历史记载，陈师道一见黄庭坚的诗，就爱不释手，把自己过去的诗稿全部烧掉，跟黄学习。二人由于对诗歌的观点相同，便共同创立了江西诗派。

陈师道与秦观、晁补之、张耒、李格非都是互相酬唱的文友。当时的掌权者章惇听说陈师道的文才，托秦观捎信，让陈师道来见自己一面，准备加以荐举。陈师道却不去。后来章淳当了宰相，再次让人捎信给陈师道，想举荐他，他还是谢绝不见。陈师道的志趣、个性可见一斑。

陈师道的朋友圈，曾将一个人拉黑。此人就是他的连襟赵挺之，赵是朝中大臣，后来官至宰相。因为政见不同，赵挺之支持王安石，陈师道支持苏轼，二人势同水火。

陈师道为什么来齐河？

笔者查阅陈师道存世的诗文900余篇，发现他还到过巨野、菏泽、惠民、鹊山等地。笔者根据陈师道的交游关系与行迹分析，试图找到他来齐河的原因。

陈师道最爱的老师曾巩，曾任齐州（济南）知州，他是不是去济南找老师曾巩？但是从他故乡徐州或者京城汴梁（开封）到济南，不必经过齐河。

巨野是同为"苏门六君子"之一的晁补之老家，陈师道是不是去巨野找晁补之？但是从徐州或汴梁到巨野，不必北来齐河。

陈师道还曾到过曹州（今菏泽），依靠当曹州知州的岳父，但从徐州或汴梁到菏泽很近，不用北来齐河。

元符二年（1099年），陈师道的母亲去世，他回故乡徐州安葬母亲。元符三年（1100年）七月，他被朝廷任命为棣州的州学教授，第二年又被任命为秘书省正字，到京城汴梁工作。棣州大致是现在的惠民、陵县（北宋称为厌次）、商河、阳信、无棣一带，北宋的棣州治所，在现在的惠民县。陈师道从老家徐州（彭城）去棣州上任，或者从棣州赴汴梁上任，这两条路线都必须渡过济水，从地图上看，齐河可以说是必经之路。《宿齐河》前四句写的是秋天景观，符合他被任命为棣州教授的时间；后四句，表明是离家远行。

由此可以初步推断，陈师道于公元1100年七月，从徐州去棣州上任，渡过济水，晚上住在齐河镇，写下了《宿齐河》一诗。他的诗集中有《登鹊山》一诗，明确记载，"作者元符三年（1100年）任棣州教授，此诗作于棣州任上"。

当然，这只是初步推断，期待有更多的史料来证实或者哪位方家提出新的观点。

《宿齐河》一诗的时代背景和地理

陈师道来齐河是 1100 年，这一年，京城汴梁的皇宫里正进行着"谁接任皇帝"的激烈争论。因为这年初，24 岁的宋哲宗赵煦病逝，无子嗣，皇太后向氏与大臣们针对立何人为帝这个问题，发生了激烈的争论。最后，十九岁的赵佶当了皇帝，这就是宋徽宗。由于宋徽宗贪玩、享乐，荒废朝政，任用奸臣蔡京、高俅等人，导致政治混乱，民不聊生，全国多地爆发农民起义。这也给了北方日渐强盛的金国入侵的机会。25 年后的 1125 年，金朝千军万马呼啸南下，铁蹄踏破宋朝山河，宋徽宗急忙把皇位禅让给儿子赵桓，这就是宋钦宗。金兵占领了宋朝北方的大部分国土，渡过济水南下。1127 年，金兵攻陷汴梁，掳走了徽钦二宗，史称"靖康之变"，北宋灭亡。

齐河境内的黄河，在宋朝叫济水。古籍《尔雅》记载，济水是中华文明初期最重要的四条大河"四渎"（江、河、淮、济）之一。皇帝祭祀名山大川，就是祭祀五岳、四渎，可见济水在中华文明中的重要地位。济水源头在王屋山（今属河南），当地名"济源"（今济源市）。之后济水曲折东流，两岸地名多带着济水的印记：济阴（今菏泽）、济南、济北郡、济阳、济宁……

齐河镇是济水上一个古老的渡口，汉朝就有了，光武帝刘秀的大将耿弇讨伐军阀张步，从这里渡过济水，大获全胜，渡口得名"耿济渡"。渡口上人烟聚集，形成市镇，唐朝称为"耿济镇"。岁月沧桑，朝代更迭，济水依旧奔流不息，耿济渡依旧迎送着南来北往的客人。宋朝建立，耿济镇改称"济河镇"，又改称"齐河镇"。靖康之变三年后的 1130 年（金天会八年），跑到绍兴的宋高宗赵构向金朝皇帝上降表称臣，这一年，齐河镇被金朝升为齐河县。

齐河当时什么样？

诗中，陈师道对齐河的景色进行了笔墨不多的描写。由其诗来看渡口有客栈，照明用蜡烛，渡口边有树，树上有鸟夜宿。河边有沙坑，大约是河水冲击河岸形成的，沙坑里有鱼。

当时的齐河镇什么样？房屋、船只、马匹什么样？人们的衣服、发型、饮食、生计什么样？这是个有趣的问题。诗中没有写。可以参考《清明上河图》《东京梦华录》等作品，这些作品虽不描绘齐河，但时代相同，我们可以借此想象一下当年的齐河镇：白天，济水河水宽阔，波浪滔滔，水清浪白，齐河渡口舟楫繁忙，人喊马嘶，岸上垂杨、古槐甚多，浓绿荫凉，树下卖吃卖喝的摊点、卖鱼的渔人，在吆喝着招徕往来的客人，街上有大大小小、各式各样的店面，小酒馆门外酒旗飘扬，推车的、抬轿的、练武的、牵牛的、卖唱的、理发的、修鞋的、补锅的等等，五行八作，样样俱全。

齐河镇当年的饭店、饮食什么样？《东京梦华录》一书写的是北宋的首都汴梁（开封）方方面面的情况，包括汴梁的饭店，都记载甚详。汴梁离齐河不远，以百度地图为准，驾车路线全程仅370公里，直线距离更近，各方面应该有一定的相似之处。我们可以从《东京梦华录》中截取《饮食果子》一段，看看京城汴梁的饭店和饮食：

凡店内卖下酒厨子，谓之"茶饭量酒博士"。至店中小儿子皆通谓之大伯，更有街坊妇人，腰系青花布手巾，绾危髻，为酒客换汤斟酒，俗谓之"焌糟"。……又有卖药或果实萝卜之类，不问酒客买与不买，散与坐客，然后得钱谓之"撒暂"。……所谓茶饭者，乃百味羹、头羹、新法鹌子羹、三脆羹、二色腰子、虾蕈……又有外来托卖炙鸡、燠鸭、羊脚子、点羊头、脆筋巴子……又有托小盘卖干果子，乃旋炒银杏、栗子、河北鹅梨、梨条、梨干、梨肉、胶枣……核桃、肉牙枣、海红、嘉庆子、林檎旋、乌李、李子旋、樱桃煎、西京雪梨、夫梨、甘棠梨、凤栖梨、镇府浊梨、河阴石榴……其余小酒店，亦卖下酒，如煎鱼、鸭子、炒鸡兔……每份不过十五钱。

汴梁是全国最繁华的都市，饭店、饮食肯定是全国最好的，齐河镇要简单得多，但肯定会受汴梁影响。汴梁饭店的人物、打扮"街坊妇人，腰系青花布手巾，绾危髻，为酒客换汤斟酒"，齐河人是不是也这样？汴梁饭店里"又有卖药或果实萝卜之类，不问酒客买与不买，散与坐客，然后得钱"，齐河镇的饭店里是不是也这样？汴梁的那些食品，齐河有多少？另外，齐河镇距离阳谷县仅一百多公里，阳谷县是《水浒传》中景阳冈武松打虎的地方，齐河镇上小酒店的格局、布置、菜品、酒，应该和武松去的"三碗不过岗"酒店差不多，两地人的口音应当也不会差距太大。

期待有其他材料，让我们一睹齐河镇当年的景观。

朴拙之美，流芳千载

《宿齐河》一诗以鲜明的江西诗派风格和独特的朴拙之美，引得后人的喜爱，流传甚广。此诗入选高等教育出版社出版的《中国古代文学作品选》，该书为普通高等教育九五国家级重点教材。中国古代诗歌数以万计，能入选当代大学教材者寥寥无几，堪称珍品，足见水平之高。当代学者邹金灿先生在《朴拙之美》一文中对《宿齐河》一诗进行赏评。现将邹先生的原文选取片段，以飨读者：

这首诗写的是诗人客游他方时的各种复杂感受，简洁精炼，质朴无华，外表浑朴，意味深长。前四句极写寒冷、凄寂的异乡景象，人置身于其间，漂泊感愈发深重。其中"潜鱼聚沙窟，坠鸟滑霜林"两句，真可谓千锤百炼：鱼游在下，鸟飞在上，一"聚"一"滑"，虽然写的是凄清之景，却能撞起读者的无边兴致。第三联的"稍"与"初"，也是非常精警，意谓作者刚刚做好了客游他方的心理准备，然而在这样的晚上，心情却不由自主地飞越万里回到家乡。壮志刚起，又不复存在了。结尾两句似乎是说：即使诗人不再抱有四方之志，但是无奈的现实，导致归家的心愿只能在梦中实现，然而如此梦魂，却又被晓寒弄醒……这首五律所写的景象与心情，都十分寻常，然而全诗没有一个闲字，其取胜之处，就在这些质朴的叙述中，潜藏着百转千回的思绪变化，处处逼人停留，极其耐读，是宋诗中的珍品。

　　一代诗歌大家陈师道写下的《宿齐河》一诗，给齐河的历史和文化，留下了浓墨重彩的一笔，值得我们用心欣赏，继续挖掘相关的史料。

王士祯留诗环青园

鲁昂之

一代文宗王士祯流连环青园，题咏天下传　高义杰／绘

据康熙年间纂修的《齐河县志》记载：环青园在齐河城东门

外，是知府王隆熙的别墅，济水环绕，有绿云、五柳诸亭。

王隆熙，字黾承，拔贡。隆熙历任湖广兴山县知县、淮安府同知、山西汾州府知府。康熙皇帝巡幸五台时，曾赐予他宝墨。王隆熙后因念及母亲年事已高，辞官还乡，筑环青园别业，赋诗饮酒，由此也引来了不少志趣相投的文人士子以环青园为题写诗作赋。

齐河老县城有两个地方备受文人青睐：一个是位于城西南的千楸园，为明末大司马房守士所置；另一个就是位于城东的环青园了。前者有作为清初诗坛盟主之一的钱谦益写下的《千楸园八景》，千楸园也因钱谦益的赋诗而增辉生色。至于后者，则有赵瑞吉的《青玉案·环青园八景》。

赵瑞吉，号桐村，今华店镇赵井村人，岁贡，博学多才，著有《桐村诗集》，编有《历代姓氏人物谱》。康熙年间，齐河知县蓝奋兴编修《齐河县志》，邀请他担任参考。在校注版的康熙、民国《齐河县志》中，他是留诗作最多的人之一。除了《环青园八景·青玉案》外，他还有以环青园为题的诗四首。

可以说《环青园八景》与《千楸园八景》遥相呼应，赵瑞吉应该是有意模仿钱谦益《千楸园八景》而作。不管怎么说，环青园因赵瑞吉的《环青园八景》而获得了与千楸园相当的地位。那么，赵瑞吉笔下的环青园究竟是怎么一番景象呢？让我们一起来品味一下吧：

青玉案·环青园八景

赵瑞吉

柳谷春晖

深林二月晴光好。绿树外，轻烟绕。一似春山眉淡扫。融和天气，乱飘金缕，翠入青云表。

平桥弱柳溪边袅，叶底流莺啭声巧。十里浓阴尘坌少。主人高兴，劈柑携酒，树下听唬鸟。

槐阴浮翠

东阜数亩林烟回。小阁畔，疏槐影。覆地虬枝岚雾冥。暑天林外，火云蒸溽，此地偏青冷。

浓阴夏日如年永，坐眺云霞度前岭。溪上渔人横小艇。昼长人困，石边聊盹，午梦蝉声醒。

桐叶吟秋

溪山结屋嚣尘断。玉宇霁，澄江练。几树梧桐围小院。朱窗临水，白云遮户，满地清阴遍。

平林漠漠秋容澹，手抚丝桐送飞雁。飒沓风声黄叶乱。一亭香露，苎衣凉透，何事摇纨扇。

松声卷涛

风流摩诘爱邱壑。傍水曲，隈城郭。万树松花笼屋角。插霄苍干，凌霜琼叶，影似虬龙攫。

清闲坐卧溪边阁，一派涛声入寥廓。静掩柴门无剥啄。半天风吼，满庭清籁，疑是江潮落。

波卧长虹

河流曲抱山园左。跨古渡，横梁锁。十里垂杨系钓舸。雨蓑烟笠，棹歌渔唱，半幅辋川里。

锦波千丈长虹卧，一阵潮来鱼龙簌。漫说广陵吹笛过。题桥心懒，爱亲鸥鸟，且自忘机可。

岱峰晴岚

茅亭下见南山曲。翠微色，压檐覆。叠叠云峰相断续。雨过时节，净岚初拭，掩映笼金谷。

芙蓉削出望中蠹，螺鬟烟鬓远如簇。怪得硕人眈陆轴。凭栏遥睇，数重青幛，静对悠然足。

城楼夕照

参差画栋浮城表。雉堞影，浸晴沼。百尺红楼烟景好。赤城霞起，万花如绣，缩就壶天小。

平地雨洒荷珠跳，玉女投壶天公笑。隐隐夕阳留晚照。当轩襟爽，弄琴三叠，聊学苏门啸。

济岸烟树

溪流诘曲环芳蒲。夹水岸，攒云树。漠漠晴烟迷远墅。遥峰铺翠，茂林凝绿，茆屋幽人住。

青山掩映楼台曙，一派轻阴绕花屿。两岸郁葱笼野雾。沧州佳兴，坐听林外，睨睆春禽语。

也许赵瑞吉与环青园主人是至交，因此他能够经常光顾环青园。他为我们留下了环青园春夏秋冬不同季节的各自姿色，春柳、夏槐、秋桐、冬松，再加上莺歌燕啼、渔舟唱晚，这是多么的美不胜收啊！

至此，可能有人会说与钱谦益相比，赵瑞吉实在称不上是什么名人，因此，环青园的名气还是较千楸园稍逊一筹。别急，重量级的人物往往总在关键的时候登场。其实，环青园与千楸园同样的幸运，它有继钱谦益之后的诗坛盟主王士禛的诗作。民国年间编纂的《齐河县志》中有王士正的一首诗——《寄题齐河王氏园》："清济来王屋，东流绕祝阿。闲园傍隈隩，曲径隐烟萝。野旷山谷合，亭空水事多。当年会盟地，今日有渔蓑。"

这里的王士正就是王士禛，王士禛（1634—1711），原名王士禛，字子真，一字贻上，号阮亭，又号渔洋山人，世称王渔洋，谥文简。山东新城（今淄博市桓台县）人，常自称济南人。清顺治十五年（1658）进士，官至刑部尚书，是继钱谦益之后的诗坛盟主，与朱彝尊并称"南朱北王"。一生著述达 500 余种，作诗 4000 余首，主要有《带经堂集》《蚕尾集》《池北偶谈》《居易录》《香祖笔记》等数十种。

前面提到王士禛本来是叫王士禛的，可他去世后却被易名数次。至雍正朝，因避雍正（胤禛）讳，被改名士正。乾隆时以"正"字与"禛"字音不相合，于三十九年下诏改为"士禛"，并赐谥文简。但其后，世人，包括正统的中国文学史对之却居然是"王士禛"或"王士禛"两存而使用着的。

王士禛的这首五言律诗一开头就借用了唐代诗人李颀《与诸

公游济渎泛舟》中的名句："济水出王屋，其源来不穷。"点明了环青园被济水环绕的特色，"清济来王屋，东流绕祝阿。"只是此王屋是题目中的"王氏园"即环青园，而非彼王屋，彼王屋则是指济水的发源地——河南省济源市的王屋山。

后面两句是对环青园的描写，草木繁盛，烟聚萝缠，清静幽雅。诗中最后所说的"当年会盟地"亦是一个典故，出自《春秋》，鲁襄公十九年（公元前 554 年）"诸侯盟于祝柯"。"当年会盟地，今日有渔蓑"既写出了历史变化的沧桑，又展现了济水哺育下渔民的生活风情。

王士祯不愧为文学界的一代宗师，仅仅一首五律就用典两次，写环青园又不囿于环青园，让人赞叹不已。突然又想起了苏轼的一句诗，"渔蓑句好应须画"，的确，"渔蓑"的诗句很好，应该画成画，可惜我不会画画。

俗话说诗不在多而在精，初唐诗人张若虚仅凭《春江花月夜》便"孤篇压全唐"，千古传诵。我觉得王士祯的这首诗对环青园来讲也能起到这样的作用。

此外，王士祯的同族兄弟王士骧也有一首名为《题环青园》的诗："祝阿城外济水流，掩映环青万木秋。极目东南聊一望，春山拟在柳梢头。"由此可见，当年王氏兄弟一起来到齐河，游览了环青园后都留下了优美的诗篇。

笔者据民国年间编纂的《齐河县志》统计，包括王氏兄弟在内共有 8 人以环青园为题留下诗篇，仅次于房守士的千楸园（先后有 10 人）。限于篇幅，不在此作一一的抄录和评论。

"当年会盟地，今日有渔蓑。"猛然间我有了想改动这句诗的冲动，我想把它改为"当年会盟地，今日灵气多。"平心而论，与别的地方相比，齐河是开发相对较晚的地方。明朝建立后，朱元璋为了尽快恢复生产，巩固自己的统治，下令把农民从狭乡移到宽乡。齐河，差不多也是从那个时候才得到真正的发展。我们的第一部《齐河县志》编纂于明代的万历年间，万历十一年（公元1578年）县训导陶性纂成第一部县志，可惜未能付印，没有流传下来。此后直到康熙年间，知县蓝奋兴编纂第二部《齐河县志》。

现有的这几部《齐河县志》没有记载元以前的科举考试情况。元朝时期齐河仅有4人考中进士，到了明朝有11人考中进士，这其中有我们较为熟悉的房守士和郝炯。清朝增至13人，此时出现了父子双进士的现象（赵允振、赵瑞晋父子）。

也是在明清时期，像钱谦益、王士禛这样的学术大师兼诗人经常逗留齐河或途经齐河，留下了很多吟咏齐河的诗篇文章。明朝的前后七子中的边贡、徐祯卿、李攀龙、王世贞都先后到过齐河，挥毫泼墨留诗篇；至清朝，与王士禛齐名的浙西词派创始人朱彝尊、"西泠十子"中的张纲孙，还有康熙、乾隆两位皇帝以及《老残游记》的作者刘鹗等也都来到齐河，妙笔深情咏齐河。真心感谢这些文化名人，是他们让齐河文化变得厚重起来，也是他们让齐河变得如此富有灵气和底蕴。

当年会盟地，今日灵气多。当年诸侯会盟的地方，如今已是较为繁华富庶之地，南来北往的文人墨客，土生土长的英雄人物还有辛勤耕耘的劳动人民都为这片土地注入了新的生机和活力。历史沧海桑田，弹指一挥间，昨日的荒凉不再，今天的发展依旧。就是不知道如果王士禛看到自己的诗句在300余年后被改动后有何感想，他是否认可改动后的诗句呢？

一代循吏　多面人生

鲁昂之

　　古代循吏有智吏、良吏、能吏、廉吏等多种称号，多是智勇双全、善谋实干、清正廉洁之士。"循吏"一词值千金，当我对中国古代整个循吏群体有了大致的了解后，不由得发出这样的感慨。让我更为感慨的是，在咱们齐河人中也有这样一位循吏，他就是明朝末年的王宫臻。

浩叹对青史　循吏久无闻

　　王宫臻原名宫榛，生于万历十四年（1586 年），崇祯元年（1628 年）进士，字符四，一字洁修，别号瑞卿。历任南直隶崇明县（今上海市崇明区）县令、国子监助教、翰林院撰修、福建清吏司员外郎、广东司郎中、山西太原知府、嘉兴知府兼摄湖州府事、陕西按察司副使等职。他为人正直磊落，担任朝廷要职期间，秉公履职，刚正不阿。

　　在 1628 年至 1632 年间担任崇明县令时，政绩卓著，深受老百姓爱戴。任职期间，王宫臻秉公执法，曾为一乡民洗清冤屈，使其免于一死，该乡民在家里刻了牌位纪念他。1629 年秋，崇明县遭台风袭击，灾民流离失所，身为县令的王宫臻走遍了县里的各个角落，力请免赋并捐俸赈济灾民。在他的带动下当地士绅出钱出粮赈济灾民，从而使数以万计的灾民以存活。在赈济灾民的5个多月里他坚持步行，不间断地往来于赈灾现场。大家都说要不是有王县令，他们恐怕早就成为白骨一堆了。

为此，崇明县人民明崇祯六年（1633年）在堡镇关帝庙东为其立生祠以示纪念，并请当时的著名文学家张溥撰写了《齐河王瑞卿宰崇明生祠碑记》一文，刻于生祠碑上。

张溥（1602—1641），字天如，号西铭，南直隶太仓（今江苏太仓）人，明朝晚期文学家。崇祯四年（1631年）进士，选庶吉士，自幼发奋读书，《明史》上记有他"七录七焚"的佳话。他与同乡张采齐名，合称"娄东二张"。张溥一生著作宏丰，编述三千余卷，著有《七录斋集》，包括文12卷，诗3卷；《历代史论二编》10卷；《诗经注疏大全合纂》34卷等。

据《明史》记载张溥作诗和写文章非常快，时人慕名前来找他写文章，他不用起草，在客人面前挥笔，马上就完成，故而声名鹊起。张溥散文风格质朴，慷慨激昂，明快爽放，直抒胸臆。其《五人墓碑记》，赞颂苏州市民与阉党斗争，为传诵名篇，被收入《古文观止》中。

王宫臻生祠碑后来被毁，所幸文章保留了下来。张溥为王宫臻主政崇明撰写的生祠碑一文，语言流畅，情真意切。王宫臻在崇明清正廉洁、一心为民的形象跃然纸上。

如果说王宫臻治理崇明因张溥的妙笔生花而永存史册的话，那么他在禾郡的作为则被当地士绅汇辑成了20条德政录——《齐河王瑞卿德政录》。禾郡就是现在的浙江嘉兴，崇祯十二年（1639年）王宫臻出任嘉兴知府兼摄湖州府事，授中宪大夫。适逢嘉兴天灾人祸接连不断，1640年夏阴雨连绵，河流暴涨，庄稼受灾极为严重，百姓心急如焚。王宫臻将官仓所存粮食平价出售，保证了粮食供应，稳定了人民生活；1641年春面对流动不定的匪盗和海寇，王宫臻积极防御，发放兵饷提高士气，整饬保甲严厉稽查，修筑工事驻兵防守，致使敌人不敢来犯；至夏天将要插秧之际发生了严重的蝗灾，飞蝗蔽天，米价飞涨，王宫臻继续推行平粜制度并积极赈灾；这年秋天又发生了可怕的瘟疫，王宫臻捐出自己的官俸给百姓调制药饵，召集大夫给百姓治病。

正因如此，禾郡的士人乡绅汇辑了《齐河王瑞卿德政录》。也因如此，江浙一带有很多人写诗作序颂扬他的德政。康熙年间的《齐河县志》收录了包括明末大学士施凤来等人的三篇《邑人王瑞卿守禾郡德政录序》和柯耸等人的《咏邑人王瑞卿守禾郡德政》诗四首，其中四首诗如下：

咏邑人王瑞卿守禾郡德政

柯耸（嘉善）

熏风相佐凤来游，一点燃犀炤九州。
常护中原歌天侇，每宽仁政抚穷愁。
业追上古真堪美，明显当时罕有侔。
始信此番蝗旱息，祇须欣颂太平秋。

咏邑人王瑞卿守禾郡德政

郁之章（嘉善）

紫气遥瞻出尚方，汉家功令重循良。
挥金夜色凝霜冷，琢玉天工化日长。

满境蝗蜻忧麦穗，半天甘雨洗琴装。

福星不是人间种，禾地欣余一座香。

咏邑人王瑞卿守禾郡德政
金之俊（嘉兴）

长水寒翎媿凤毛，依栖犹托覆云高。

书承旧业虽无敦，卧藉威严实有叨。

满野桑麻沾雨泽，两年饥旱费焦老。

安恬尺土宽天地，浩荡鸳湖春水涛。

咏邑人王瑞卿守禾郡德政
陈之遴（海盐）

南国棠阴通四郊，仁声久已最丹霄。

春风拂座弦歌沸，秋月盈帘冰雪操。

遍野饥荒心更苦，随身琴鹤治弥高。

泽留鸳水千年在，旦暮鸿飞赤舄遥。

这几首诗都提到了治蝗救灾，写出了灾后禾郡的太平和生机。虽然笔法不尽相同，但都流露出对王宫臻的钦佩和赞扬。

王宫臻在禾任职两年有余，崇祯十六年（1643年）授通议大夫，本应出任陕西西宁道按察司副使，但因李自成农民起义军攻入河南未能赴任。崇祯十七年（1644年）明朝灭亡，他遂杜门自匿，拒受清命，退居齐河老家，过着简朴的生活，至清顺治十六年（1660年）病逝。

精于治学　文采斐然

中国古代循吏的重要特点之一是好学、博学。或学有所长，或才华横溢。王宫臻精通音韵学，著有《简明等韵》；他文采斐然，写下许多诗词，有诗集《海游草》流行于世；他纂修的《北新关志》对明代的关税制度做了比较深刻的概述；此外，他还纂修和著有《王氏同宗合传》《掌上金汤》等。康熙年间的《齐河县志》卷八艺文志中有王宫臻的四首诗，其中一首是描写黄河水泛滥的纪事诗《河决泛涨水没齐河桥》，诗曰：

吼翻河伯倒山催，四绕齐城混混来。
客至河边骇危险，龙游桥际任徘徊。
日中波现光如电，夜半声闻响似雷。
九折渎宗天外转，人间始美济川才。

黄河的气势和汹涌在诗中表现得淋漓尽致，吟之如见惊涛骇浪扑面而来。

还有一首是王宫臻写于顺治六年（1649 年）送知县冯祥聘到衡阳任湖广长沙府同知的诗，全文如下：

送赓庭冯邑侯之衡阳别驾
沉涵礼仪圣贤俦，手挽灵钧入帝州。
杀气欲消心血热，仁风丕畅口碑稠。
恩流济水千年润，德茂甘棠万户留。
彼楚有天逢化日，可禁齐国叹长秋。

冯祥聘，字赓庭，直隶山海卫（今河北山海关）人，顺治元年（1644 年）任齐河知县，时值清政权刚建，根基未稳，齐河一带土匪还有待平息。顺治三年（1646 年），有数万土匪逼近齐河城，冯祥聘严守城池并秘密派人去省会济南求援，援军到来如从天而降，冯祥聘带领千名精兵打败敌人，保卫了齐河城。顺治六年（1649 年）冯祥聘升任湖广长沙府同知，王宫臻写下此诗为其送行。第三首是送教谕赵昌嗣回胶州的：

送学博赵百男归胶州

金门仙子育英才，诗酒凭凌何壮哉。

气震莫耶冲汉斗，唾生珠玉动风雷。

上林日近天颜喜，北阙云蒸泰运开。

彩凤重衔五色诏，夔龙端捧玉皇来。

赵昌嗣，字百男，胶州人，能诗会赋，擅长书法。以明经科历任东阿、齐河教谕，掌管文庙祭拜，教育所属生员。其父赵任十六岁就中了进士，御试钦定"天下第三才子"，官至大理寺右丞。生长在这样的家庭环境中，赵昌嗣自然是知书秉礼，才华横溢。

这首诗的字里行间透露出二人的交情至深，只有对赵氏本人及其家世有相当的了解才写得出如此贴切，毫无虚美夸张之意的诗来。

第四首是王宫臻在知县朱展也勘察水情时写下的。除了在康熙年间《齐河县志》中的职官志里找到这个人外，没有在别处找到其相关的资料，而且对他的介绍十分简单："朱谊泯，陕西临潼县人，选贡。崇祯十六年任。"

前面曾经提到王宫臻在崇祯十六年（1643 年）授通议大夫，本应出任陕西西宁道按察司副使，但因李自成农民起义军攻入河南未能赴任。那时他就回到了齐河老家，朱谊泯是崇祯十六年（1644 年）任齐河知县的，因此诗中的朱展也应该是朱谊泯。诗的全文如下：

赠朱展也县尉勘水

借栖黄绶称香吏，君更雄才障百川。

齐国水荒依佛子，玉堂冰署待诗仙。

鹏程初试摩天翮，鲲浪方知跨海船。

唾手千秋眼底事，漫夸鹈鹕仁砂前。

综上所述，康熙年间的《齐河县志》收录的全是王宫臻退居齐河后写的几首诗。古人云："尝一脔肉，而知一镬之味，一鼎之调。"我们也能从这几首诗中领略到王宫臻的诗风。

其实，王宫臻在当时是以文章诗赋而闻名于天下的。明末大学士施凤来在为《齐河王瑞卿德政录》作序中就说："余向之知侯者以文章，今兹知侯者以吏治。"也就是说施大学士在看到别人送来的《齐河王瑞卿德政录》后才他的政绩有所了解。可见当时的王宫臻真的是文采斐然，以文闻名。

山不在高 有仙则名

在王宫臻退居齐河的十几年的日子里，以他固有的名望推测，来访者肯定是少不了的，而这些人中当然更少不了本地的官吏，这在他的几首诗中就已经体现出来了。当然这其中也不乏劝其入世降清者，但王宫臻矢志不渝，淡泊如初，那些说客也只能是自讨没趣。

王宫臻归齐后居住在村舍茅屋，衣食简朴。乡亲邻里，上至白发苍苍的老者，下至牙牙学语的婴儿，他都和蔼相待。不知情者都把他当成普通百姓，不以为是曾经的知府大人。康熙年间的《齐河县志》记载，王宫臻在齐河城的西北角购置一处庭院，名为积翠园。单单从名字上看我们就能想象出这个园子的郁郁葱葱，绿意盎然。里面的亭林花卉、小桥流水无不昭示着主人的静雅和别致。

在康熙年间的《齐河县志》的艺文志中我找到了三首以积翠园为题的古诗：

题王副使积翠园

施光辂（仁和）

问讯王维宅，城隅细路分。

松杉环水密，鸡犬隔林闻。

败砌余红药，荒亭卧白云。

可怜休沐地，唯有牧羊群。

积翠园

李淯仁（江都）

岁月丹崖结构深，名家诗句遍唐音。

画图云净开屏障，弦管风柔奏野禽。

把卷不妨终日兴，赏花常系一春心。

龙蟠树色千年在，风气遥看壮上林。

积翠园

王沄（邑人）

高人隐鹿寨，池凿小山阿。

水色映亭榭，莲香散薜萝。

濯缨红日近，把钓白云多。

欲领此中趣，应须载酒过。

关于施光辂和李淯仁我多少知道些他们的相关信息，前者字维殷，浙江钱塘（浙江仁和县）人。乾隆己丑（1745年）中正榜。乾隆四十二年（1777年）正月由内阁中书入直，官至叙州府知府。后者号芳崖，江南江都县（江苏省扬州市江都区）人，康熙乙丑科（1685年）进士，康熙三十年（1691年）任齐河知县。擅于审理案件，编有《治祝公移》。这是其在齐河任职期间审理的案件集成，收录判牍20件。透过这些判牍我们就能在一定程度上了解齐河当时的行政制度、社会经济、社会生活等方面。

至于王沄，在县志中除了这首诗，没有与他相关的任何东西。可以说他完全是因《积翠园》一诗而留名于《齐河县志》。说到这儿，我倒是觉得王沄真的该好好感谢王宫臻，好好感谢积翠园，要不然我们怎么会知道这齐河的历史上有个叫王沄的人写过一首名为《积翠园》的诗呢？

其实，何止王沄一个人呢？今天我们每一个齐河人都应该好好感谢王宫臻，他给我们齐河留下了一座丰碑，一座永恒的精神丰碑。

状元王杰为齐河人书写碑文

姜仲华　林海滨

前几年，齐河出土了清代的状元、首辅、翰林写的碑文。要考证明白此碑文，还得从二百多年前的清代的一段故事写起。

一、状元之手惊艳历史

乾隆年间的一天，紫禁城的乾清宫中茶烟袅袅，乾隆皇帝召几位军机大臣共商国是。中间休息的时候，乾隆皇帝起身更衣，几位军机大臣或闭目养神，或默默品茗，唯有和珅满脸堆笑，一双亮晶晶的眼珠，在各人脸上滴溜溜地转来转去。最后，他的目光落在了一位默坐的官员身上，那人中等身材，清秀挺拔，风度凝然。和珅心里不禁咯噔一下，自己是皇帝眼中的第一大红人，满朝文武无不畏惧，连皇亲国戚都巴结逢迎，唯有他例外，不仅不巴结自己，还在朝堂之上怒斥自己。和珅也曾想拉拢他，奈何人家不搭理，想找把柄扳倒他，奈何此人太过清正廉洁，丝毫无隙可乘。

和珅犹豫片刻，打定主意：先和他融洽融洽关系再说。于是和珅笑意盈盈地走到官员面前，拿起他的右手，笑着说："啧啧，状元的手真是好手，柔嫩洁白，宛如柔荑，太好啦，啧啧！"和珅满腹诗书，用的"柔荑"一词出自《诗经·硕人》中的"手如柔荑，肤如凝脂"。让他这么刻意讨好的人，可以说除了乾隆皇帝，全国上下绝无仅有了。

不料，那位官员端坐不动，连屁股都没抬，连个笑脸都没给，轻轻掣回手，冷冰冰地说："王杰手虽好，只是不能要钱啊！"

和珅如同被当众扇了一个响亮的耳光，笑脸顿时像霜打的茄子萎缩下去，一阵红一阵青，张口结舌半晌说不出话来，悻悻地回身坐到自己的座位上，气血翻涌——这不是说自己贪污受贿吗？自己到哪里不是一呼百应，今天竟然热脸贴上了冷屁股，还被当面揭短，是可忍孰不可忍！和珅恨得牙根儿发痒，决心一定要扳倒他，以解心头之恨。

这位官员叫王杰，状元出身，大学士兼军机大臣。这一个生动无比的细节，绝非小说家编造，而是清清楚楚地记载在清朝官方正史中，《清史稿》卷三百四十《王杰传》原文是：

> 杰在枢廷十余年，事有可否，未尝不委曲陈奏。和珅势方赫，事多擅决，同列隐忍不言，杰遇有不可，辄力争。上知之深，和珅虽厌之而不能去。杰每议政毕，默然独坐。一日，和珅执其手戏曰："何柔荑乃尔！"杰正色曰："王杰手虽好，但不能要钱耳！"和珅赧然。

和珅权势遮天，最擅以权敛财，他个人家产相当于清政府 14 年国库收入的总和，是中国历史上第一大贪官。

说起与和珅作对，人们自然想起清宫电视剧中刘墉、纪晓岚智斗和珅的情节。其实，这不是历史的真实呈现。刘墉在地方任职时间较长，与和珅交集少，被提拔为京官之后，面对和珅炙手可热的权势，刘墉很克制自己，史载"委蛇其间，唯以滑稽悦容其间"，在随波逐流中坚守底线，绝对不与和珅正面冲突。刘墉跟和珅的直接对决是在嘉庆四年（1799年），太上皇乾隆驾崩，嘉庆皇帝下令逮捕并查办和珅，有了皇帝命令，刘墉这才表现出了对和珅严厉、强硬的一面。而纪晓岚的官级，与和珅完全不在一个档次，不敢也不愿惹和珅。当代很多剧作家将王杰斗和珅的情节移到了刘墉、纪晓岚身上。

话说和珅无时无处地伺机报复于王杰，奈何王杰为官清廉，和珅实在找不到什么把柄。他听人说王杰在其家乡盖有"三王府""四王府"，如获至宝，好啊，你一个官员敢盖王府！便去乾隆面前告状："王杰看似忠臣，其实是个大奸贼，结党营私，贪污受贿不计其数，而且图谋不轨，他在陕西韩城的老家还盖了王府，应该杀头！"

乾隆大惊，马上派一名官员去陕西韩城查看，官员来到王家住宅一看，"湫隘如寒士"，一问起"三王府""四王府"是怎么回事，才知道这是当地人就其姓氏及排行所起，是开玩笑的称呼。乾隆闻报，特诏王杰、和珅进宫，对王杰说："你作为朝廷重臣，家宅太过简陋了，给你三千两拿去修修。"王杰大惊不解，谢绝了皇上的三千两银子。

这段故事载于《清稗类钞》，原文为：

乾隆朝，和坤枋国，韩城王文端公杰与之同朝，和尝倾之，谮于高宗，谓其家有三王府四王府。上因以密旨授陕抚，令其托故犷至韩城，亲视文端第，并询所谓三王府四王府者。既见，湫隘如寒士，其三府四府，则就其姓与行而戏呼之者也，以实密奏。一日，上谓文端曰："卿为宰相，而家宅太陋。"命赏内库银三千两修之，文端悚然不知所由。

王杰是清代史书中唯一记载的一位与和珅正面冲突过的官员。乾隆同时深知王杰的正直和才华，知道王杰这样的人是国家不可或缺的栋梁，极其信任，故而和珅多次想借乾隆皇帝之手除去王杰，没能办到。

二、书文双绝帝师宰相

王杰（1725—1805），陕西韩城人，清朝陕西第一位状元。王杰成为状元的过程，颇为独特。会试的时候，主考官将他定为第三名，第一名是后来成为大诗人的赵翼。殿试的时候，乾隆皇帝一看王杰的试卷，非常喜欢他的书法，直接把他拔为第一名，王杰因此从探花成为状元。因为书法好而成为状元的，历史上只有王杰一人。当然，他本来就是探花，才学是非常厉害的。

清代陕西的文化落后，历史上没有出过状元，据传说王杰中状元后，一位山东进士不服气，遇到王杰的时候，说："有一个对联还缺下联，请教状元郎如何？"面对这有备而来的为难，王杰不慌不忙地说："请讲。"山东进士说："孔子圣，孟子贤，自古文章出齐鲁。"王杰不假思索，张口对道："文王昭，武王穆，而今道统在西秦。"山东进士见他文才非凡，肃然起敬。

王杰能诗能文，他为沈阳故宫保和殿书写的楹联"夜雨闲吟左司句，时晴快仿右军书"，情怀雅致，对仗工整，为人称颂。

王杰在仕途上一直兢兢业业、克己奉公，从不阿从权贵。他因政绩逐步升迁至大学士、军机大臣。清朝不设宰相，但是设立四五位大学士，是最高级别的官员，相当于宰相。雍正皇帝时又设立军机处，军机大臣更有实权。无论朝廷还是民间，对有宰相之实的官员，还是称为"宰相"，如《清史稿》就说"大学士非兼军机处，不得为真宰相"。按照当时说法，王杰是大学士兼军机大臣，后来又担任首辅（首席辅臣），是"真宰相"。刘墉官至大学士，却没能担任军机大臣，虽然民间称刘墉为宰相，实则不算"真宰相"。

王杰性格耿直，在当皇子颙琰（就是后来的嘉庆皇帝，是乾隆与孝仪纯皇后魏佳氏所生的儿子）老师时，严加管教。有一次乾隆碰见颙琰被王杰罚跪，非常心疼，即令站起，对王杰说："无论你是否教导他，他都将成为天子，这难道不是君臣之道吗？"王杰答道："教育了之后，便是尧舜一样的君主，不教育便会变成桀纣一样的昏君，这是为师之道！"乾隆皇帝大为感动，说："如果能将皇子铸成大器，是国家社稷之福！"便令皇子仍旧跪下听教。

就是这双写出好文章荣膺探花、写出好书法让乾隆皇帝擢为状元的手，就是这双给嘉庆皇帝当老师批改作业、罚嘉庆皇帝跪下的手，就是这双辅佐两任皇帝治理天下的宰相之手，就是这双被和珅拿起赞叹而又让和珅丢尽脸面的手，给齐河留下了两幅书法。

三、大清河畔两块石碑

几年前，在齐河县晏城街道大清河畔的后甄村附近，出土了两块石板，均为50厘米见方，一块刻的是篆书，一块刻的是小楷，这是一组墓志铭，篆书的是外面的盖，小楷的是正文，字迹均清晰。

经辨认，墓志铭的主人为清乾隆年间齐河县城马家的马涵。

出土古代的墓志铭并不稀奇，而这组墓志铭，撰文者、书写者是状元、首辅、翰林，都是古代人功名的顶峰，这几人在清代都赫赫有名。发现这样的碑刻，在齐河历史上尚属首次，在省内、国内也不多。

篆盖的书写者王杰，清乾隆二十六年状元，书写此墓志铭时，他担任翰林院修撰、福建学政，后来成为大学士、军机大臣、首辅，为一代名臣。

正文的撰文者李文藻，山东益都（青州）人，进士，后来成为著名的金石学家、目录学家、藏书家，被誉为学术大师。

正文的书写者卜祚光，山东日照人，进士、翰林院编修、书法家。

篆盖的释文：

皇清敕赠义林郎、湖北德安府安陆县知县马公，暨配张孺人迁葬墓志铭（篆刻二方，一为"王杰之印"，一为"玉署仙班"）

正文的释文：

赐进士出身、候选知县、年眷侄李文藻顿首拜撰文（印章二方，一为"李文藻印"，一为"翰思"）

赐进士出身、翰林院编修、年眷侄卜祚光顿首拜书丹（印章二方，一为"卜祚光印"，一为"凝子"）

赐进士及第、翰林院修撰、福建学政、年眷侄王杰顿首拜篆盖（印章二方，一为"王杰之印"，一为"玉署仙班"）

公讳涵，字清渠，世为齐河人。父绍文，江南凤阳府通判。前母张氏、王氏皆赠太安人，母张氏封太安人。公生有至性，事亲以孝谨闻，读书敏慧，日授经数十板，作文惊其塾师，凤阳公剧爱之。乾隆七年四月二十九日以疾卒，年仅二十，无子。妻张氏同县国子生士鸿女，有壹行。既寡，数投缳，以救得不死。凤阳公命伯子封庶吉士渊之仲子见龙为公后，逾年而张又卒，与公合厝于城西之傅家村。公之母张太安人恸丧其子，久而不能忘也。吉士公乃为见龙援例授湖北德安府安陆县知县，赠公如其官，妻孺人，以慰公于地下，而上以博太安人之欢。及太安人与吉士公皆卒，吉士公伯子刑部山西司主事人龙，将以乾隆三十三年十月癸亥庚午日祔葬太安人于甄家村凤阳公之阡，三十四年卜葬吉士公。而见龙谋于兄，谓公生为凤阳公爱子，死而不可异兆，遂迁公及孺人于凤阳公墓侧，而嘱予为之铭。予与刑部乡试廷对皆同年，知其世为详，因叹马氏慈孝之风为不可及也，舅恤其子妇，兄念其弟子，孙推其祖父之所爱，一事而数者备焉，是于法宜铭。见龙为令有声，又好学能文章，其可以继公未竟之志矣。孙凤翥、凤翔。铭曰：啬其躬，行则丰；昌其后，天亦寿；迁其坟，近二人。

乾隆三十三年十月十六日
男见龙率孙凤翥、翔敬勒

碑文的意思，大致如下：

马涵，齐河县人氏，是江南凤阳府通判马绍文的儿子。自幼孝顺、聪明，二十岁去世。妻子张氏欲自尽随夫而去，被救下。马涵与张氏无子，过继大哥马渊的次子马见龙为子。张氏守寡数年去世。后来，马见龙通过捐纳担任了湖北德安府安陆县知县，父以子贵，朝廷封赠马涵为同样的官职，所以篆盖上称马涵为"皇清敕赠文林郎、湖北德安府安陆县知县马公"。文林郎，是指正七品文官这个"行政级别"。后来，马绍文、马涵的母亲张氏、马渊先后去世，马渊的长子、刑部山西司主事马人龙和弟弟马见龙进行安葬，二人商量了迁坟事宜，把几位长辈安葬在一处，请人为马涵写了墓志铭。

四、仕宦之家荣耀一时

马涵弱冠即逝，没有考取功名，也没有什么影响，王杰、李文藻、卜祚光三人为什么会给他的墓志铭写字、撰文呢？经笔者考证分析，认为关键人物是墓志铭中所记的"刑部山西司主事人龙"。此人是马涵的侄子马人龙，他是马渊的长子，马见龙的哥哥。

马人龙于乾隆二十四年己卯（1759年）考中举人，乾隆二十六年辛巳（1761年）年恩科考中进士。笔者查阅《清代进士题名录》，发现王杰、李文藻、卜祚光、马人龙四人都是乾隆二十六年辛巳恩科殿试考中的进士，殿试也就是文中所说的"廷对"，由皇帝亲自主持，他们都是"天子门生"，可以说是同学。

墓志铭是马人龙出面找的三位同学所写。

马人龙考中进士后，成为翰林院庶吉士，马渊父以子贵，被朝廷封赠"庶吉士"，所以文中称"封庶吉士渊"和"吉士公"。

马人龙，字友夔，齐河县城内（今山东省德州市齐河县祝阿镇北关村）人，历任礼部郎中、刑部山西司主事、四川司员外、福建司郎中、福建道监察御史、钦命巡视北城工部给事、中充则例馆提调总办、秋审鸿胪司少卿、己酉恩科湖南副主考加二级。与清代宰相王杰、著名诗人赵翼是同榜进士，齐河一带都称其为"马翰林"。他祖籍山东诸城，其祖先马德于明朝洪武年间（一说是永乐年间）迁至齐河西北乡（今齐河县华店乡华店街村），清朝初年迁徙到县城中。

马见龙是马人龙的弟弟，先后担任湖北省安陆县知县、湖南巴陵县知县、直隶广平府同知。在安陆县为官，多有惠民之举，百姓称颂。《安陆县志》中对其有记载："马见龙，山东齐河人，贡生。年未三十，精明干练，吏肃民安。乾隆辛巳夏大雨，山水骤涨，郡城关外自北至南半遭淹浸，西乡一带滨河居民乘屋脊，攀树杪，立高阜，颠沛流离，不堪入目。见龙乘马先驱，往来河干，觅舟载面饼往救，竭两昼夜力，全活无算。壬午岁旱，步祷白兆山，往返六十里，露顶炙热，日中至青莲桥，大雨如注，从者取雨具以进，见龙曰：'受一日之苦，苏万民之命，虽沾濡奚惜也？'卒冒雨归。后升同知去。"

清代齐河的马家是赫赫有名的仕宦之家，这个家族的血脉里始终不知疲倦地奔流着热衷仕宦的热血，几百年形成了一个庞大繁复的官僚关系网。以马人龙时期为例，马家就出了官居礼部郎中的马人龙，做了平阳府同知的马和龙，位列内阁中书的马犹龙，做了户部陕西司主事的马润，做了安陆、华容和巴陵知县的马见龙，做了太和县知县的马田龙，做了大理寺右丞的马云龙，做了台湾府知府的马夔升等。一时荣华尽归，达到了这个钟鼎玉食之家的最高点。马人龙在朝为官时与刘墉、纪晓岚比肩而立，三人过从甚密。纪晓岚与户部陕西司主事的马润是儿女亲家，马人龙曾经在刘墉的父亲刘统勋手下办事，深得刘中堂嘉许。

古人为了光耀门楣，写墓碑、墓志铭，都尽量请功名高、有名气的人。此墓志铭由王杰、李文藻、卜祚光三位"大腕"出手，一是由于马人龙和三人的同学关系，二是由于马家在朝野的影响力。

五、学者名宦风采动人

除了王杰，另外两位作者也是有性格、有故事的名人。

李文藻（1730—1778），益都（今山东青州）人，天资聪慧，中进士后在广东、广西担任知县、同知，是著名的藏书家、金石学家及文学家。他对金石碑刻搜罗尤富，凡经过学宫、寺观、岩洞、崖壁，必停留观察，一发现碑刻，就让随从拓印。他是一位"书痴"型的大学者，痴迷到废寝忘食、耽误公事的地步。一次，他奉命出迎总督，中途在南海庙中小憩，发现有许多碑刻，爱不忍释，便秉烛拓印，竟夜不止。到天明一问，总督的船早已驶过多时了，追之不及。耽误公务、轻慢大员，这可是要受处分的，而他却拿着忙了一晚上的拓片成果，喜不自胜。因为痴迷于学问，他对仕途十分淡泊，以致毫无长进，但却因此在治学方面取得了卓著的成就。他积学深厚，胸藏万卷，写诗作文，皆有独到见解，名动京师。

卜祚光，日照人，考中进士后入翰林院，曾出任延安守备、榆林兵备道、潼商兵备道等地方官职。之后，调升正三品的按察使，他以回家奉养父母为理由拒任，辞官回乡。卜祚光正直豪爽，廉洁奉公，才高多能，深受朝廷器重和百姓爱戴。他生有傲骨，不肯委屈巴结。据说，卜祚光在翰林院时，有一回，乾隆的皇后召见他，卜祚光参拜毕，肃立听命，皇后见他器宇非凡，赞道："宫里如果有这样的太子，那该多好！"此时此刻，心思活络、善于攀附的人，会赶紧跪拜，谢恩口称"儿臣"的，以后跟紧皇后，前途无量。卜祚光却低头肃立，一语不发。皇后以为他没听见，就又大声重复了一遍，卜祚光仍无反应。皇后再次用更高的声调又说了一遍，卜祚光仍不跪拜谢恩。皇后闹了个无趣，哼了一声，说："你还是回翰林院做你的小翰林去吧！"卜祚光谢恩退出。这真是"性格决定命运"。据说卜祚光拒任按察使（管司法的正三品官）的原因不是别的，而是无法同和珅打交道。当时和珅贪赃枉法，劣迹昭著，但权大势大，无人敢碰他。当按察使，若严明执法，势必触犯和珅，其结果会打虎不成反受其害，若徇私枉法，对上则有负于朝廷，对下则有愧于百姓。权衡一番之后，他还是急流勇退，辞官回乡。

这是齐河首次发现清代状元、宰相、翰林书写的碑刻，是齐河文化历史方面的一件大事，值得继续研究。值得高兴的是，近日齐河又发现了王杰所写的另一块碑刻，是他最擅长、令乾隆皇帝欢喜赞叹的小楷，其字如夏荷初绽，秀逸绝尘，尽善尽美，神采非凡，令人不忍移目，足可以作为书法字帖印刷出版。这是一个更大的史料，值得深入挖掘。

华大先生

——我的一位远房曾祖

华　锋

在清朝乾（隆）嘉（庆）年间，山东省齐河县仁和乡（今焦庙镇）红庙村出了一个很有名望的人物，叫华怀奇。由于他在兄弟中排行老大，人们便称他华大先生。华大先生一生坎坷，三次经历家道中落，但他的德行一直为人们称道。特别是他还债的故事，令人敬佩。

华大先生童年时读私塾，表现出超出一般孩子的禀赋。老师所授课目，他领会极快，并且能触类旁通。老师很诧异，认为他是个奇才。因为他属于"怀"字辈，便被取名"怀奇"，表字"罕有"，意思是说像这样聪慧的孩子十分罕见。可是，略微长大一点后，他就有些任性和不受约束。人们担心这样下去可能要把他放纵坏了。他的父亲在乡里也是个知书达理的开明人物，曾严肃告诫他："读书学习就是为了不断检查约束自身，任性放纵不是明白人所为。"从此以后，华大先生就严格要求自己，不再任性放纵，孝敬父母，善待兄弟，与人交往讲究诚信忠厚。他用心去理解所学儒家经典，并努力落实到自己的行动之中。因此，老师、朋友都很器重他，认为他将来能成为个不一般的人物。

可是，正在他努力攻读之时，赶上家境败落，父亲没能力供他读书，他就辍学了近两年。后来家境稍微好一点，他又恢复了学业。这时，正赶上齐河县知县柳世珍重视教育，他便得到了知县柳公的赏识，在县试时被选为一等，当年便考中了秀才。于是，华大先生就远近闻名了。

谁知，天有不测风云。就在他考中秀才的第三年，父亲去世。因为他在兄弟四人中排行老大，家中的重担便落在了他肩上。自此，他就开始全面掌管家务。此外，他不仅教几个弟弟读书，还当私塾老师，教本村和附近村庄的儿童。他努力践行孔子的"有教无类"，遇到可造之才，无不尽力培养。他的学生中考中秀才吃上廪米的有很多人，有一部分还成为贡生或拔贡。他本人也在多次科考中取得优等，认识他的人都认为他能在将来的科考中夺魁。

华大先生在掌管家务、执教私塾的同时，还学习了医术。灾荒之年，他凭借自己的医术救活了很多人，但他并不在意人们的回报。因此，本地百姓都十分敬重他，敬重他的学识渊博，敬重他的医术精湛，更敬重他的道德高尚。可是，不曾想他又经历家境败落。本来一个相对富足的殷实之家，这一次败落到连吃穿也不够的境地。但是，他处之泰然，安贫守介的志向一点也不变。他是长子，父亲不在了，几个弟弟年少，他就勇敢地承担起家庭的重担，对母亲更加孝顺，不因家境贫困而减少母亲历来要吃的好东西。人们都说，家境这样了还如此孝敬母亲，真是一个大孝子。

在家中孝顺母亲，爱护兄弟，在社会上也绝不因家境变故而降低自己的人格。华大先生的先辈是靠油房起家的。到了他这一代，虽然生意大不如前，但仍然是家中重要的经济来源。当时的

华大先生马上派人按应该还的原数把钱还给了人家　高义杰／绘

习惯，贩油的人多是先赊着进油，过一段时间再还人家的油钱。那一年，华大先生的儿子与店铺的伙计从章丘县天成店赊着进了一批油，打算卖掉了这些油先去还以前的陈债，之后再带着现金去还人家这批油钱。不料，章丘县天成店的老板误把油钱二百贯记成了二十贯，收钱时按账本上记的二十贯收了。派去还债的人回来后讲述了这件事儿。华大先生听了非常着急，说："怎么会出这样的事儿？虽然责任不在我们身上，但我们心里明白，不能让人家吃哑巴亏。否则，这一件事儿，就要把我们几辈人清白名声染成黑的了!"于是,华大先生马上派人按原数把钱还给了人家。章丘天成店的店主人非常高兴,佩服华大先生诚实守信。这件事儿,在当地传为佳话。

华大先生去世多年后,他的学生钟离元善在写华大先生的墓表时专门记载了华大先生这一诚实守信的故事,并说:"希望百年之后,得到先生信息的,莫不对先生其人其事感兴趣。"墓表最后称赞华大先生:"卓卓先生,才高意远。达人知机,君子务本。性瀹其灵,致用以经。口若悬河,目若曙星。经德秉哲,体道居贞。履信思顺,实茂声英。物与和风,材予化雨。山崎万年,水流千古。"

华大先生诚信的故事,文字记载虽然非常简单,但"窥一斑而知全豹",由此我们可以窥知其高尚品行。这是今天十分值得我们传承并弘扬的。

黄河文化的家族密码

——齐河老城马家漫记

解永敏

一

从乡村长大的人都有很浓的乡村情结，思考问题总忘不了田野。乡村的各个季节是由田野和庄稼分出来的。农人们都知道，什么季节种什么庄稼，什么季节长什么庄稼，什么庄稼在一个季节的什么时候长成什么样子，这都是有定数的。而一个地域或一方人文也是这样。地域与文化有关，人文是文化的产物，比如齐河老城的家族和村庄，甚或某一处水塘，都与黄河和黄河文化紧密联系在一起。

一点都不错，黄河多像一根绵延的藤蔓，在西部冒出细嫩的芽尖，而到了东部却结出了一串丰硕的果实。正是这样一条绵延的藤蔓，组合成了黄河文化深奥的生命密码。

应该说，坐落于黄河岸边的齐河老城，沾了黄河的光。奔腾的黄河水将这里冲击成一个童话里的胜境，又让这里显现出一幅曾经的现实生活画卷。无论是经济还是文化，这里都有过辉煌，但随着日月更替和二十世纪七十年代初的老县城搬迁，一座烟雨八百年的城郭只留在人们的记忆中了。好在记忆里同样有温馨，有思考，有感慨，更有鲜活的人物蹦出来。当年齐河老城里的马氏家族和一个个马氏人物的背影，似乎也就成了一座城郭的绝响。

此刻，我站在齐河老城东面的黄河大坝上，望着不远处马家老宅的旧址，想象着马家曾经的辉煌，或深或浅的心绪随着一缕清风氤氲到了历史的深处。

这里的房屋早已被拆掉了，不远处高耸的新住宅楼拔地而起，气势恢宏的黄河大桥壮美绝伦。一位齐河老城的房姓人氏指着一片混乱的瓦砾告诉我，那里原本就是齐河老城马家的主要宅院。小时候家父和朋友时常唠起，说马家曾是齐鲁有名的大财主，四合院分布在老城的多个位置，青砖小瓦，大院套小院，起伏有致，古香古色。而马家的坟墓也同样宏大，有石人，有石兽，神气逼肖。清朝有名的政治家，历任刑部尚书、工部尚书、吏部尚书、内阁大学士、翰林院掌院学士及军机大臣等要职的刘统勋，就是马家的女婿，他的儿子刘墉是马家的外甥，父子俩曾给马家祠堂题写过匾额榜书。

泱泱齐河，天赐之地，烟雨八百年，风尘一路走。知道齐河老城的人几乎无人不晓马家，这个家族有人物、有故事，而人物和故事说到底还是靠家族文化支撑着。在齐河这方土地上，人们忆起的往事，上至皇朝厅堂，下到乡村小巷，似乎无不与马家有关。一个将被遗忘的"水边望族"，黄河的滔滔之水给了他们灵气，也给了他们水边的遗响。

说到马家的兴衰与幻灭，最先想到的当是《诗经》里的一句话："溥天之下，莫非王土；率土之滨，莫非王臣。"苍天之下没有一块土地不是天子的，生活在这片土地上的人们，谁都不可能不是王的臣民。很多年前，马家似乎就已有了"王"的仙气。

"想了解老城里的马家？说起来话就多了。马家出了很多人物，在京城和其他一些地方都曾有他们家族做官的人，而且有的人的官职还做到很大。不仅如此，马家还出了一个外甥也是响当当的人物。当然，马家也出过街痞，比如马三彪。"

说这话的是一位年近九十的官姓老人。老人家住齐河老城外的八里庄，只是一个默默无闻的人物。但老人对齐河老城里的一些人和事，却知之详尽。听说我要了解齐河老城的马家，他笑了笑，说还真知道一些，因为打小就听老人们说来说去，很多人和事不只听了一遍两遍，而是听了无数遍，还是无数人在说。

"什么事听多了，也就忘不了啦。"老人说。

"你不是齐河老城里的人，怎么也能听到那么多人说齐河老城的事？"我说。

"齐河老城的事，可不光齐河老城里的人知道，十里八乡的人都知道，人们没事的时候总拿那些人和那些事说过来说过去，也是一种解闷吧！"老人说。

"早些年马家在齐河老城的位置你很清楚吧？"我说。

"当年齐河老城的东半部，大隅头东南角是翰林第，西南角是商家大院，西北角是耶稣教堂，东北角就是马家大院。"老人说。

老人所称的"大隅头"，是当初齐河老城的大十字街，由他的述说与一些资料拌和在一起，也就使马家成了齐河这方土地上的一种历史一种文化。而在人们对马氏家族历史的某些情绪中，又派生出了一种最世俗的力量。

二

"黄河本身就是悲中见壮的史诗，这样一条河流也是一条血脉，从骨头里滋养着我们这个民族，甚或一个家庭、一个人，都深深打上了黄河文化的印痕。"世纪之初，曾在北京与一位老作家有过交谈。老作家听说我的家乡齐河县坐落于黄河边，感慨地说了上面这段话。

水是生命之源，千百年来古老的黄河以其丰美的乳汁哺育了中华民族，以万古奔腾之源孕育了斑斓多彩、博大精深的黄河文化，推动了华夏民族思想文化、科学技术的发展。而黄河边上的许多人家，正是借助黄河博大精深的文化，壮大了一个又一个家族。早年省城济南与齐河民间就有一句口语："齐河马家，高唐郝家，章丘孟家。"虽是民间口语，却道出了一些地方的著名大户。而在齐河老城，也同样有"郝家的文章，马家的宰相，房家的牌坊"之说，这也是老齐河坊间私下议论的"水边望族"的"三大样"。

有资料显示，齐河老城的马家是一个以读书仕宦而闻名的大家族，其祖籍山东诸城，明永乐年间迁居齐河，先定居华店，后又迁居齐河老城，世居县城北关，六百年来嗣续繁昌，名人辈出，享誉大江南北。

"如今为何出不了马家那样的大户？"九十岁的官姓老人曾不止一次地感叹。看得出，曾经马氏的辉煌已深深镌刻在老人的心房里，他羡慕马氏的过往，也羡慕马氏的家风。他说马家人虽也出了个败家子马三彪，但大多子嗣有顶让人仰慕的名号，比如翰林大学士。

"翰林大学士，可是个不小的人物！"老人说。

"您知道翰林大学士是做什么的吗？"我说。

"是皇宫里专门给皇子皇孙当老师的吧？"老人说。

"那得多大的官？"我说。

"三品以上，还必须是进士出身。"老人说。

老人知之甚多，令人叹服。这也看出了当年齐河老城马家的影响力。当然，如此令人敬仰的马家，说到底充斥着的不过是两个字：文化。

老人对马氏大户的感慨与羡慕，也引发了我的思考。

刚读一年级的时候，还没认识多少个字的我，每到春节都喜欢约着一同玩耍的小伙伴到这家那家念对联。大门上的对联和室内家堂轴子两边的对联不一样，大门上对联的内容多与祈福和向往有关，比如"精耕细作丰收岁，勤俭持家有余年""和顺一门有百福，平安二字值千金"等；而室内家堂轴子两边的对联多与文化和家风有关，比如"仁爱立身宽，勤俭持家长""诗书传家久，孝悌立根基"等。一些全家都是文盲的人家，也喜欢过年时把这样的对联贴到门上或挂在堂中，向往家族能像对联上说的，早晚有个令人仰慕的门第。

父亲是个文盲，几乎一个字都不认识，十二岁时就赶着毛驴东到济南，西到聊城倒腾生活用品。从济南或聊城批发各种日用货物回来，再送到本地一些货栈，从中赚点差价钱。父亲弟兄四个，上有一个哥哥，下有两个弟弟。他曾对我说，他十二岁开始倒腾货物，为的是哥哥和弟弟能念书识字，可惜的是哥哥弟弟们识了字，他却成了睁眼瞎。好在父亲很明白，说无论弟兄几个，必定有一个要做出牺牲，替父母承担责任，把一家老小照顾好。

父亲就是那个替父母承担责任的人。齐河老城的马家，据说同样有人替父母承担责任。在齐河老城周围的一些村庄访遍八十以上高龄的老者，都说有这么回事，但具体详情却说不清楚。太久远了，一个"水边望族"的遗响，只能靠一点一滴的文化细节渗透一方乡域，渗透人们的心灵，至于这个家族内部某些隐秘详情，好像也无须知晓。

在漫长的史前时期，黄河流域的先民以极其原始的手段与自然抗争，每造出一只粗糙的砍砸器或刻好一个原始符号，都意味着向文明迈进了一步，也向后世证明了黄河流域是人类文明的源地，是华夏思想科学文化技术生成发展的源头。而一个"水边望族"的兴盛与幻灭，浓缩的不仅是中国近代史的所有悲欢离合，更象征着一个古老民族原有生态的合理存在，其影响力常常超出人们的想象。齐河老城外八里庄的官姓老人告诉我，他有四个儿子，六个孙子五个孙女，竟然一个大学生也没出。如今离马家当年的辉煌已很遥远了，老人却一次又一次想起马家，他心里总是犯着疑问，人家培养的孩子怎么那么优秀？

"不光是钱财的事，家风和家传很起作用。"老人说。

"为什么？"我说。

"有些人家也很有钱，同样不出人才。"老人说。

"是不是与门第有关？"我说。

"当然，不出有影响的人物，何谈门第？"老人说。

老人十分推崇齐河老城的马家，说虽然给孩子们讲了几十年马家的故事，却一点作用也没起，该不成事的还是不成事。老人说马家并不是开始就是大户，也并不是开始就出人才，也是像大多数人家一样，从一点一滴的日子过起来的。马家传到第六代马传朝时，才受到朝廷的表彰并立了牌坊。到了第八代，才正经地被人们所瞩目。此后，一个个光环接踵而至，紧紧地套在了马家人的脖子上，子孙们便以做官为荣，一直到中宪大夫、礼部郎中的马人龙达到顶峰，成为齐河老城真正的官宦文化家族。

三

因为年代久远，关于马家某些人物的细节难免掺杂着无数猜测和街谈巷议，但拨开历史的烟云，老齐河马家清晰的背影依然还会显现出来。

老齐河马家人物众多，得拣重要的说。最重要的当属马人龙，马家做官做到最大的人，却与"奴才"沾了边，还竟然被后来的鲁迅先生拿来说事。鲁迅一生憎恶奴气，屡说中国人奴性重，其小说《阿Q正传》对国民性中的奴性也做了某些揭示。

鲁迅有篇杂文叫《隔膜》，里面有这样一段话："满洲人自己，就严分着主奴，大臣奏事，必称'奴才'，而汉人却称'臣'就好。这非因为是'炎黄之胄'，特地优待，赐以嘉名的，其实是所以别于满人的'奴才'，其地位还下于'奴才'数等。"这篇杂文所说之事，正是齐河老城马氏家族的马人龙所为。

据悉，"奴才"一词虽含鄙意，在清朝典章制度上却有着特殊的位置。乾隆皇帝曾明确规定，奏事时"奴才"只能由满人官员所用，汉人官员则要称"臣"。这样划分当然不是因为考虑到汉人是炎黄之胄，特此优待，而是加以区分谁是家人，谁是客人。汉人自然是清朝的客人，因此"臣"虽好听，实则比"奴才"还要低上一等。乾隆三十八年（1773年），满臣天保和汉臣马人龙共同上了一道关于科场舞弊案的奏折，因天保名字在前，便一起称"奴才天保、马人龙"。敏感的乾隆皇帝看完奏折大为恼火，责斥马人龙冒称"奴才"，便规定"凡内外满汉诸臣会奏公事，均一体称'臣'"，就是不让汉臣称"奴才"，宁肯让满臣迁就汉臣也称"臣"。

有资料显示，马人龙生于雍正八年（1730年）四月二十四日，卒于嘉庆三年（1798年）正月二十五日，阳寿六十九。民国《齐河县志》载，齐河华店镇华店村西曾有一条无名河，马人龙逝世后葬于此河西岸，但该墓于"文革"中被破坏，现已难觅其迹。

马人龙是马家唯一通过科举考试取得进士者，清朝学者章学诚所作《授中宪大夫礼部郎中前工科给事中松云马公墓志铭》记载，马人龙父祖两世皆以马人龙显贵获封中宪大夫刑部福建司郎中，据文献记载，马人龙"天姿英毅、岐嶷早征，八岁能属文，弱冠补县学生。乾隆二十四年随举京师，获上第。二十六年上礼部试，赐第入翰林散馆，改授刑部山西司主事"。

亦有资料显示，马人龙任职刑部近十年，其才能得到刑部尚书、大学士刘统勋的肯定。刘统勋老家山东诸城，在朝廷权威无匹，当时没人敢质疑他的观点，可谓说一不二。马人龙却能明辨事理，与刘统勋据理力争，多次反复而不疲倦。因此，刘统勋识他为奇才，倍加喜爱，上书皇上，让他视察全国各道与府。

马人龙不仅是齐河老城马家的荣耀，更是齐河历史上的一位才俊。马人龙任礼部郎中四年退休还乡，休养期间他把家务交给弟弟，自己专注于培养孩子们读书学习。

透过历史的烟云能够清楚地看到马人龙的文官背影，可谓集官声文名于一身。后人称其完全能与同时期的刘墉、纪晓岚比肩。章学诚为其所撰墓志铭，足以显现其政运通顺、文章风流的一生。民国《齐河县志》载，马人龙曾写过一篇《义士王宪章先生传》，叙述生动，颇具文采，其官宦生涯几乎为人所忘，而其所作诗篇依然被乡亲们口口相传。

四

任何"水边望族"的存在都有其存在的合理性，而合理性的文化密码与水紧密相连。没有水，这样的家族也许难以存在，即便是存在也许也难有影响，仅仅是一个有着书香门第气息的家族而已。因而，傍水而居多灵性，清幽自得有传承。

还是初中毕业的那年夏天，我和几个同学骑自行车跑四五十里到齐河老城拍毕业照。拍完毕业照，又在南坦看了黄河，便躲过摩肩接踵、熙熙攘攘的人群，去到老三中对面一处幽静的院门旁边。那院门看上去有些精致，却也被那个年代的色调占领，很好的古典式大门漆得满身通红。我举头四顾，天上阳光正烈，门前槐树莹绿，不远处的房家湾水波荡漾。后来，我找到一条偏僻的土路，径直往里走去，几个弯一转，几丛树一遮，前前后后只剩下我一个人。土路很狭，好些地方几乎被树丛拦断，拨开枝丫才能通过。农村进城的孩子见什么都新鲜，我心里正纳闷这里咋和乡村无二致？便又见旁边多了一些坟堆，坟堆上荒草迷离，坟前有一些石碑，苍苔斑驳。一阵热风吹过，几声老鸦鸣叫，我心里一颤，便又忙忙地往回走，还边走边想，这一片苍茫之地也够劳累的，那边门上负载着现实的激情，这边的坟堆里埋藏着历史的隐秘。

不久前与出生于齐河老城西北街的战友聊老城，说起当初时，战友说那里已是城外，人称马家园。我说马家不是占据着城里的好位置吗？战友说马家也分三六九等，穷人搬出城到了马家园，在城里生活成本太高，他们不堪重负。马家园已是农村，在农村随便有口饭就能活下来；富人依然居于城中好位置，宅院越建越好，可谓一处处马氏庄园。如此，方知马家园并不完全代表齐河老城的马家，更具代表的还是那些当年居于老城里的富贵人家。一天傍晚，我再一次去到齐河老城遗址，那里已是空旷的田野，有放羊人赶着羊群在寻找生长青草的地块，偶尔还能看到几截残破的矮墙矗立在现实的夕阳里，似向后人述说着无数个古老而悲凉的家族故事。

大凡"水边望族"都泽水而居，听河流滔滔，赏四时之花，闻群鸟欢唱。而水的灵动又反过来涤荡出人世间最有性情的文化，将家族文明的脚步深深镌刻在河边。看吧，起步于青藏高原巴颜喀拉山脉的黄河，风尘仆仆来到这里，陡然变得壮丽嵌崎起来。它由西南款款而来，然后拐了个大弯向东去了，显现的是水的智慧和灵性，还有水的激情与昂然。水的智慧使其放纵无羁，变幻莫测，能屈能伸，因地制宜，随物赋形；水的天性又使其欢喜自由，期待平等，顺坡而下。作为"水边望族"的马家，无不如水一般随方就圆，其家规家教传递出的价值取向，也就决定了这个家族人才成长的程度和家族的影响力。马人龙的二弟马见龙、三弟马犹龙、侄子凤翔后来都中了举人，而他的两个儿子凤章、凤纶，同样学业优秀。他的二弟马见龙先后做过华容县和巴陵县知县，三弟马犹龙是内阁中书。马家可谓门庭光大，人才辈出，书香远溢。

有资料表明，马家还是清代著名帖学大家、浓墨宰相刘墉的姥姥家。刘墉的父亲乾隆朝的一代名臣刘统勋是马家的贤婿。而马家有这样的贤婿和外甥，竟没沾上什么光，还差点儿被连累。乾隆三十八年（1773年）十一月十六日，领班军机大臣、东阁大学士兼管礼部、兵部、刑部事务的刘统勋，像往常一样乘轿上朝，行至紫禁城东华门外时，人们发现"舆微侧，启帷则已瞑"。乾隆帝闻讯后，急派"福隆安赍药驰视，已无及"。

刘统勋死后，乾隆帝痛哭流涕，甚至亲临其丧，"赠太傅，祀贤良祠，谥文正"。乾隆帝对刘统勋评价极高，赞之"十余年黄阁，总兼部务仍叶，遇事既神敏，秉性原刚劲，进者无私感，退者安其命，得古大臣风，终身不失正""统勋乃不愧真宰相"。刘统勋确是一代名臣，更是一代清官，但他生前却曾遭抄家，并全家被打入监牢。乾隆二十年（1755年），清朝西北边疆亲王的辉特部台吉阿睦尔撒纳发动叛乱，乾隆帝一边调兵遣将，一边派刘统勋前往陕甘办理军需事务。这时阿睦尔撒纳率军袭击清军，清朝前线主将班第、鄂容安兵败自杀，萨喇尔被俘，全军几近覆没。身为西路定西将军的永常赶紧率军撤往巴里坤，因担心兵力不足，他向刘统勋求援，要求将陕甘军队调往前线。刘统勋得知前线军情紧急，给乾隆帝上了一折，却引火烧身。其奏折主要是求皇帝允许大军撤到哈密，以图后计，但因交通迟缓乾隆帝此时还没得到班第、鄂容安兵败自杀的消息，见刘统勋此折便非常生气，指责"刘统勋作此种种乖谬之语，贻误军事。且班第等在伊犁系办理军务大臣，刘统勋并不与永常亟谋安接台站，竟奏请退回哈密，而置班第等于不问"。最后，"刘统勋著革职，孥解来京治罪。伊子刘墉亦著革职，拏交刑部。永常子额勒登额著革职，在军营效力。永常、刘统勋在京诸子，并著拏交刑部。所有各本旗籍及任所赀财，并著查出，为偿补军需马匹之用。"不仅刘统勋被免职治罪，他的儿子刘墉以及其他在京的儿子也全被逮捕，下到刑部大牢之中。此外，乾隆还下令抄家，将刘统勋家的财产全部充公。后来乾隆帝得知详情，又赦免了刘统勋一家，再度任命其为刑部尚书，负责治水工程。

悲凉凶险的仕途，凄凄惶惶的人生。云雾淡去的天幕下，依然扩散着紫色的忧伤。对于马家来说，这是他们的社会关系，也是一种门庭的荣耀。还有一件事，似乎更令马家荣耀。因电视剧《铁齿铜牙纪晓岚》而家喻户晓的清代大学士、睿智才子纪晓岚，竟也与马家有关。

老《齐河县志》中收有纪晓岚的一篇《户部陕西司员外郎马公墓志铭》，所述马公是马家的马润，他和纪晓岚是儿女亲家。即便如此，马润能被"一代文宗"纪晓岚推崇，也是一种大荣耀。当然，马润年少聪颖，有过目不忘之本领，还得过县试头名，后做了户部分管陕西省财务的官员，曾为乡里捐粮千石，还自掏腰包修缮大清桥。他做官也忠于职守，处事公道，不徇私情，又不死板呆滞，而将被重用时却念及年迈老母，请辞归省，朝夕服侍老母，直到高寿而终。纪晓岚写马润后来之事，称之"公亦壮怀日减，自揣再入曹司，非复昔日少壮比，遂以未竟之志付之子孙，而林泉终老矣"。如此之马润，可谓冷眼观仕途，潇洒度日月。

五

黄河是一张绷架在中国大地上的巨弓，有时弹出去，有时弯进来，散发着的是奇异的张力和引力。这样的张力和引力演变成一种文化浸进人们心田，聚而不散。

齐河老城的马家多年伴黄河而居，似乎也被一股引力牵拽着。无论做大官，还是做小官，到了一定程度他们都忘不了回归故里，或"纯孝"老辈，或授业桑梓。

除上述人物，马家还有一双兄弟和后人马森。

一双兄弟是马绍文和马绍尧，其父马绵禄。据老《齐河县志·孝义志》记载，马绍文育有四子，分别是马渊、马润、马涵、马泓，其长子马渊之子便是马人龙。如此，马绍尧是马人龙的爷爷辈，马人龙是马家做官做到最大的人，先行述说。马绍文辞官回乡伺候老母亲的事，很多上了年纪的老齐河人说起来也无不为之动容。

据《齐河县志》记载，马绍文字丹亭，号岐生，年少好学，品行端正，十六岁补诸生，天赋习文，文章通晓流畅，常能出奇制胜，为儒生士子所推崇，后入成均（学校），雍正六年（1728年）任江南凤阳府通判。

古代的通判为正六品，相当于现在分管农业、司法、民政等工作的副职领导。古代在州府长官下掌管粮运、家田、水利和诉讼等事项，对州府的长官有监察责任的官员，又名同判，因有所避讳，亦称通判，是兼有行政与监察于一身的官员。

马绍文任通判的江南凤阳，历史上就是自然灾害频发之地，民生艰苦，条件落后。马绍文暂时代管所辖五河县期间，目睹了民众疾苦，内心极度煎熬，便自掏银两为无力上缴赋税的百姓代缴。当地有人家嫌弃女婿家贫，反悔将女儿许配给此贫穷之人，便谎称女婿亡故要退婚。马绍文查明真相，判不准予，并送给女婿金三十，催促完婚。成婚后，小两口将余钱做本成就了小生意，并逐渐富裕，终成大户。

有资料显示，马绍文为人厚道，做官正派，断事公正。曾有士子与穷人为田地打官司，士子欺负穷人不识字，诉状颠倒黑白，伪造证据。马绍文细心体察，当庭进行训斥，使士子无地自容。而且他还精通医道，辞官回乡后精心为乡邻诊病，不收分文。每年隆冬，他都自掏银两为饥寒者开设粥场，送衣御寒，数十年不间断，成为众人称赞的乡绅。

马绍尧和马绍文同是官宦之人，不同的是马绍尧虽有奉直大夫的头衔，却没出门做官。

马家以"纯孝"闻名，马绍尧在这方面做得很是出色。父亲去世后，他唯母命是从，即使为难，也尽力成全。外出先说于母亲，并算好归程，即使雨雪遇阻，也想尽办法赶回。进屋必先见母，嘘寒问暖。一次他登泰山为母祈寿，归时遇风雪。因惦念母亲，他顶风冒雪往回赶。母亲病重时他寸步不离，喂药喂食；母亲去世时，他悲痛欲绝，终日哭泣，守孝三年不露嬉笑，不食酒肉，被后人称作"公之孝友，允克继高，曾也"。说他的端行可与曾子比肩。

马森是一个当代人。他在2009年上海人民出版社出版的散文集《旅者的心情》后记中称自己出生在"山东省齐河县的黄河之滨，自幼沐浴在齐鲁文化的风情中，是地道的黄河儿女，但因离家时间久远，今日反成他乡之客"。马森童年和少年因战火颠沛流离，1949 年前曾在济南、北京读中学，1949 年到台湾先后在淡水、宜兰学校就读，总算完成高中学业，并考上台湾师范大学国文系，大学毕业后进入师大国文研究所深造。

而查百度显示，生于 1932 年的马森是当代小说家、剧作家、文学评论家，台湾师范大学文学硕士，曾赴法国研究戏剧、电影，并入巴黎大学博士班研究文学，后获英属哥伦比亚大学博士学位。他还在法国创办了《欧洲杂志》，先后执教于法国、墨西哥、加拿大、英国伦敦大学等，足迹遍布世界四十余国。返国后，先后执教于台湾师范大学、成功大学、南华大学等，一度兼任《联合文学》总编辑。著有小说《夜游》、寓言《北京的故事》、文论《东西看》、散文《墨西哥忆往》等数十种。

不能不说，马森同样是齐河老城的一声绝响。他曾在很多文章中说到故乡齐河。2011 年 1 月，他编剧的话剧《花与剑》在北京剧院公演，剧中讲述了一个漂泊海外的游子回到家乡寻找父母的故事。二十世纪八十年代后期，他亦曾回到齐河寻找记忆中乾隆御笔的"中宪第"老宅。面对荡然无存的老城，马森内心十分怅然。终于发现老宅后院的一棵酸枣树还在时，他竟激动得泪水涟涟。后来在《重归故里》的文章中，他冲那棵酸枣树大释情绪："不错，这正是我家后院楼前石阶下的一株酸枣树。小时候见它经常在半枯的状态中，却每年也结出不少足以逗引鸟雀的酸枣来。那时候大概除了我，没有人对这种捣牙酸齿的小枣有任何兴趣。其余的几株本来十分繁茂的石榴树则全不见踪影。这株酸枣树大概正应了庄子所谓的无用之木的好处，居然挺熬了三十多年，不但未被人砍伐，也未曾枯死，反倒更为高大旺盛了……"谁能说，这样的情景不是现实中的《花与剑》呢？

追寻"水边望族"的踪迹和黄河文化的史事，以认识那些对当代人来说还无疑是陌生神秘的家族——哪怕是浮光掠影，哪怕是小写意般的鸟瞰，也能给人以启迪。齐河老城的马家几乎没留下斑斑可考的详尽史迹，关于这个家族的史料也是粗略、零碎，真实的故事又大多夹杂着传说，甚至这个家族的宅地和墓穴都有着神秘的色彩。但面对一座消失的城郭，我们似乎明白了马家为什么在这里产生，又在这里消失。

治河名臣的齐河记忆

张玉华

水际孤城面面悬，

谯楼危倚大河前。

碛声唱与鸿嗷和，

帆影飞随雉堞连。

古渡空余杨柳色，

荒村齐挂鹭鸶烟。

几番欲把流民绘，

满目苍凉画不尽。

清朝光绪年间，山东巡抚、治河名臣张曜，在《查勘齐河水灾有感》一诗中，描写的黄河决口后齐河老县城被洪水淹没时的悲惨场景。一句"满目苍凉画不尽"道不尽受黄河水灾之苦的齐河人民的无助。

光绪十二年（1886 年），张曜调补山东巡抚。到任后，防范水灾，狠抓治河工程。处于黄河大拐弯处的齐河，由于险工连绵不断，数次决口，而成为张曜重点关注的地方，留下了很多珍贵的记忆。

据民国二十二年版《齐河县志》记载：清光绪十七年（1891

年），张曜在齐河"邑东北油坊赵庄河岸督修石闸，并挖掘南北河一道下连徒骇"，建闸"用以减洪水一部，水经此闸北流，入赵牛河转于徒骇河入海"。当地群众誓死反对，于闸成之日，皆卧于闸口。倡言"与其开闸后受黄患而死，不如即日葬河神也"。可见，齐河人民对黄患之忧，惧怕到了什么程度。

黄河九曲十八弯，大河歌罢掉头东。清咸丰五年六月十九日（1855 年 8 月 1 日），黄河在河南兰考北岸的铜瓦厢决口，浑浊的黄河水浩浩汤汤，源源不绝，前涨未消，续涨骤至，加之齐河所在的鲁西北多为平原，几无屏障，各个村落很快便被冲成泽国，极目所至，浩渺无涯。滔滔洪水像一头桀骜不驯的猛兽，裹着黄沙，翻着浪花，占据大清河河道，奔腾而下，在齐河拐了一个弯，由此向东折去。

齐河处于黄河"咽喉"河段，以坐弯顶冲大溜、临背悬差大、地势险要而闻名，河水自此进入两岸险工对峙的狭窄河段，进入举世闻名的"悬河"地段，成为治河的关键地段。时势造英雄。在多年的治河战斗中，涌现出了成千上万的治河英雄，而一代治河名臣张曜就是其中最为闪亮的一个名字。其治河功勋，永远值得齐河人民怀念。

张曜（1832—1891）号亮臣，字朗斋，乳名阿牛，祖籍浙江上虞，行伍出身。张曜起初在河南固始办团练起家，因智退捻军有功，深得钦差大臣僧格林沁的赏识，以御捻护城有功被咸丰帝赐号霍钦巴图鲁，是继湘军、淮军之后又一支劲旅。

张曜曾以"目不识丁"被御史刘毓楠弹劾，自此，他发愤读书，并镌刻"目不识丁"四字印，时时佩戴以自励。张曜妻凤仙夫人自小受到黎里古镇文风的熏陶，熟读四书五经，琴棋书画样样精通，知书达礼，真正是一位贤内助，一位亦师亦友的贤妻。张曜在知县、知府和布政使任上，上级的来文，下级的呈报，全仗夫人捉刀回复。他又向夫人请教官场上的繁文缛节、人情世故，最后终于应付自如了。在夫人的指导下，张曜从武功走向文治，多年的积极向学，使之成为一位多才多艺的人物。

驻军宁夏的那几年，他筑了一座书楼，推窗而望，近聆黄河淙淙有声，远望贺兰山雄奇景色，因而自书"河声岳色"四字大匾，悬挂门首。在河声岳色楼上，他日夕吟咏，虽不能说锦心绣口，至少可以说诗文俱佳，留下了一部《河山岳色集》。他还练就了一手遒劲的书法，绘得一手好画，朋辈相聚，时不时手谈一盘，铿然啄剥，一样的所向披靡。

大学士左宗棠对张曜十分赏识，在朝廷的奏折中左宗棠说："张曜之器识宏远，文武兼资，实难数觏。"左、张两人名义上是上下级，私交却如莫逆。左宗棠曾亲手以篆书作了"负郭无田，几亩荒园都种竹；传家有宝，数间茅屋半藏书"对联一副相赠，高度赞扬了张曜的喜好与品行。

光绪十二年（1886 年），张曜调补山东巡抚。到任后，为了防范水灾，狠抓治河工程。他认为山东境内黄河、运河河道均年久淤积，水流不畅，以致常患水灾，要想根治，首先必须疏浚通海河道；其次，在徒骇河两岸增筑河堤；再次，在疏浚和运输方面应该参用西法，以机船为主，提高工效。

他用大部分时间对山东黄河情况进行调查研究，根据山东河道窄的特点，除加强两岸堤防外，提出了"分"与"疏"的治河主张。他认为山东黄河两岸堤工不够坚固，河道又窄，水涨易于漫决为患，需有分水的措施，故在齐河赵庄、刘家庙和东阿陶城铺各建减水闸坝一座，以防异涨。光绪十三年（1887年）郑州十堡决口，山东黄河断流，他乘机对山东河道进行挑淤疏导。

光绪十五年（1886年）正月黄河回归故道，正值凌汛时期，由于河道疏通，使冰水顺利入海。鉴于当时黄河从牡蛎口入海不顺，他便用机船进行疏挖，改由韩家墩入海，使河口通畅无阻。他说："治河如治病，泛滥冲决，此河之病也，淤滩沙嘴，横亘河流，此又致病之由也。"认为切挖淤滩沙嘴，为治河要务，建议用平头圆船50只，每船16人，各带开挖工具，凡有河中淤滩沙嘴，水落登滩挑挖，水深则乘船淘爬，再于对岸筑坝挑水，藉流冲刷。他还提倡培堤取土远时，采用铺小铁轨带铁车运土，当时造铁轨1080丈。

张曜曾咨调刘鹗来山东办理河务。张曜与刘鹗的父亲曾经都在河南就职，刘鹗来山东测绘河图、搜集资料，张曜给予了大力支持。刘鹗提出了一系列的治河方略，都被一一采纳，并行之有效。刘鹗的《老残游记》对齐河黄河段有比较详细的涉及。

为了治河，张曜几乎天天在河堤上踏勘，每到紧急关头，昼夜不息。一年就有300天在河堤上度过。刚上任治黄河时，他没有经验，误听了幕僚中某些人"不与河争地"的意见，放弃民埝，退守大坝，结果黄河在齐河段决口，损失实多。这次教训异常深刻，从此，张曜认定只有广泛听取意见，才能集思广益，得出正确的治河措施。只要懂河务的，不管是下级官吏还是老百姓，他都亲自请教，唯恐听不到他们的意见。

为了保护周边环境，防止河堤泥沙走失，张曜下令广植柳树，安排河防营看护。直到现在，济南人民依然爱柳，还称柳树为"张公柳"。柳树是济南的市树，它同济南的市花——荷花，一起构成济南亮丽的风景。"四面荷花三面柳，一城山色半城湖"，那是对泉城的最恰当的描述。

光绪十七年（1891年），张曜在河堤上操劳过度，监工时"疽发于背"，回济南不治身亡。张曜任山东巡抚7年，办洋务、治黄河、修铁路、开厂局、办义学、建书院，在风雨飘摇的晚清时期，竭尽全力保障了山东境内的平安，用自己的忠诚和出色的才干，洗刷了早年"目不识丁"的耻辱，赢得了上下的敬重。噩耗传出，山东官民异常痛惜，张曜的属官、幕僚以及侍从都聚集于巡抚大院失声痛哭，哀声直贯长虹。出殡之日，济南百姓热泪滂沱，倾城相送。

山东人民怀念张曜，他们在济南大明湖畔为其修建了祠堂，年年供奉，岁岁祭祀。张公祠内，有人专门撰写了一副对联："公有功若历山高，我欲琅琊刻石，徂徕摩崖，橐百战空群之伟绩；灵其来兮麾旍下，谁持肥县碧桃，乐陵丹枣，歆九歌传舞以迎神。"张曜祖籍钱塘，杭州也为他建有一祠。那里有一楹联云："新祠民祭祀；旧债帝偿还。"

张曜去世不久，山东民间传说他化作了黄河的水神"大王"。所谓大王，就是一条小水蛇，传说来到黄河的"大王"都以水蛇化身。它们身上各有不同的特征，老河工只要见到，就能辨认出来，将它们迎接进大王庙。大王庙原址在济南城县东巷，内祀"金龙四大王"。张曜生前，清朝皇帝赏穿过黄马褂，他背上又生过疮，因此那条上半截黄色、中间有瘤状物的水蛇，就被老河工认定是张曜的化身。

回顾张曜的一生，为官三十多年，前半程征战沙场，战功卓绝；晚年作为山东地区的最高长官，治理黄河、兴办水利、设防胶州湾，为百姓所敬仰。张曜在齐河治理黄河的故事，被齐河人口口相传，成为激励人们奋发向上的宝贵精神财富。

如今，张曜曾经"战斗"过的齐河，正创造着令世人惊羡的业绩。在黄河文化广阔的背景之下，齐河人在党和国家的政策引领下，感悟着母亲河的雄浑博大，发扬战天斗地的齐河精神，书写着中国梦、齐河情的新传奇。

晚清诗人宋其光

姜仲华

　　宋其光，清代晚期出生，胡官屯镇郑官村人，榜名鸿儒，字锡箴，一字席珍，光绪庚子（1900 年）、辛丑（1901 年）恩正并科举人，日本法政大学毕业生，拣选直隶候补州州同。民国改建，历任湖北利川、宜昌等县知事。他是齐河历史上漂泊在外的文人才子之一，著有《瘦鹤诗文集》《椿园诗话》。从他现存的诗中可以看出，他性情恬淡，文人情怀浓郁，诗风清浅有味，有陶渊明之风。他富有才情，常有旁逸斜出之致。现选录几首诗作，从中可窥见其性情、诗风。

病中抒怀

人烟闹市近蜗庐，镇日杜门温故书。
客为僻处来往少，身因多病应酬疏。
鸡皮憔悴尘封镜，鹤发蓬松帽作梳。
每到晚来常废卷，习字行乐步庭除。

早春河干晚眺

天际云收雨乍晴，夕阳红趁晚霞明。
行人急足争先渡，衰柳垂丝系客情。

残雪未消高岸蔽，春冰初解扁舟轻。

无端一曲瑶琴奏，细认平沙落雁声。

柳枝

烟雨丝丝拂酒旗，关山客路几时归。

东风一去春无主，身逐杨花到处飞。

咏梅有感

十月梅花开正娇，最先春信报溪桥。

诗人未到江南看，反说春光泄柳条。

访梅

骑驴冒雪石桥斜，踏遍山崖与水涯。

幸有冷香风暗送，追寻春色到林家。

折梅

江北江南处处春，冷云香雪斗精神。

正逢驿使长安去，折取一枝赠远人。

问梅

究竟梅花几世修，缘何开上百花头。

襄阳和靖均归去，每到春深多少愁。

梦梅

底事看花终日忙，夜深老病怯风霜。

早眠幸入罗浮梦，纸帐春融被亦香。

对月

中秋明月倍精神，把酒吟诗兴趣新。
不识此时天上下，是人看月月看人。

咏小小公园（三首）

春满玉壶酒满杯，身缘多病少追陪。
遍栽县境新桑柘，更辟衙斋旧草莱。
庾府小圆为院落，谢家芳树净尘埃。
规模知为范围限，点缀匠心出妙裁。

体会民心与物情，为官还是旧书生。
园因日涉聊成趣，地以人传亦得名。
未架藤萝筛月影，新栽杨柳树风声。
凭栏每羡田家乐，残照一鞭罢晚耕。

退食才离虚白堂，迎人鸟语又花香。
携来书卷倚栏读，种得园蔬伴客尝。
琴枕高眠白太傅，石经爱写蔡中郎。
看山置酒登临便，数载辛勤一日偿。

宋其光的诗，常有奇思妙想，最有趣的三首诗是：

野菊嘲家菊

山野生成闲散材，从来不受人栽培。

笑他晚节黄花瘦，犹傍后门篱下开。

家菊嘲野菊

柴桑世泽黄金蕊，世世争传隐逸花。

不识何来野合种，亦称彭泽是通家。

老松居间为双方解嘲

陶径昔年同就荒，些微花事好商量。

光阴易过秋容老，争得荣华也不长。

　　说到花卉草木能言，这是中国古典文学的曼妙之处。《红楼梦》中，西方灵河岸上三生石畔的绛珠仙草，因神瑛侍者天天以甘露灌溉，始得存活，脱了草木之胎，幻化人形，修成女体。只因尚未酬报灌溉之恩，故郁结着一段缠绵不尽之意。当神瑛侍者凡心偶炽下凡之时，绛珠仙子一道下凡，转世为林黛玉，要把一生所有的眼泪还他；《西游记》中，一株杏树，一株桧树，一株柏树……这些山精树怪们，在月光星辉下饮酒作乐，吟诗唱和。美貌的杏仙恋慕唐僧，写诗："上盖留名汉武王，周时孔子立坛场。董仙爱我成林积，孙楚曾怜寒食香。雨润红姿娇且嫩，烟蒸翠色显还藏。自知过熟微酸意，落处年年伴麦场。"《聊斋志异》中的菊妖黄英，白牡丹花妖香玉、山茶花妖绛雪、紫牡丹花妖葛巾、荷花三娘子……修炼成人形，各有一段缠绵悱恻的故事。

　　托物言志的诗歌，也叫"咏物诗"，是中国诗歌的一个类别，古今名作数不胜数，但大都以作者的角度、口气去写。宋其光的三首诗却不是此类，是物自己说话，野菊嘲笑家菊依附于人，家菊则嘲笑野菊是野种，各执一词，打起了嘴官司，老松在中间为之费心调停，十分有趣。菊本无思，诗人却赋之以思；松本无言，诗人却使之能言。宋其光这三首诗，使人想起宋代卢梅坡的《雪梅》：

> 梅雪争春未肯降，骚人阁笔费评章。
> 梅须逊雪三分白，雪却输梅一段香。

梅雪无思，在多情的诗人眼里，梅雪却在争春。诗人的闲情逸致无处发泄，替梅花、雪花做起了调停工作。宋其光也有这样的才思，在他的眼里，家菊和野菊也各有想法，还有一位老松当和事佬呢！

在生活中，许多事物，分家里的、野生的。笔者记得多年前曾看过一则《家猪和野猪》的寓言，和宋其光的家菊、野菊的诗可以对照一看。那个寓言中，家猪与野猪没有互相嘲笑，而是互相羡慕。写的是：

家猪与野猪偶遇，野猪羡慕家猪生活安逸，饮食送到口边，无忧无虑，而自己为了果腹，奔波劳碌；家猪则羡慕野猪生活闲逸，没有太多规矩的约束，无拘无束，自由自在。家猪问："既然我们互相羡慕，可以换换吗？"它们都低头深思，然后都坚定地摇摇头，道别而去。

这种诗文十分少见，构思新奇，作者须有才、情、趣，缺一不可。齐河的举人宋其光就以自己的才、情、趣，以幽默的笔调，写出了佳作。

进士王芝兰的才情人生

姜仲华

在清代的光绪年间，齐河出现了中国科举史上的一个奇迹——孪生兄弟俩，都考中了进士。在封建社会中，科举考试无论在朝廷还是在民间，都备受瞩目。国家通过科举考试选拔优秀人才治国安邦，是国家的大事；读书人通过科举考试改变命运，是个人的大事。科举考试一般分为三级：乡试，会试，殿试。殿试三年一次，是皇帝主试的考试，是顶级的考试，考中后统称为进士。在清代，每次殿试只录取三百人左右。古代考中一个进士，比现在考上北大、清华，不知难多少倍。

潘店镇潘店村这对孪生兄弟——王芝兰、王蕙兰，都考中了进士，在中国科举史上堪称凤毛麟角。

王芝兰考中进士后，被朝廷任命为江苏省丹徒县知县。丹徒是《老残游记》作者刘鹗的老家。在那里，王芝兰发挥自己的才干，造福一方。他有很多精彩的故事，被李伯元写进了《南亭笔记》。这个李伯元，还写了一本特别有名的书，就是晚清四大谴责小说之一的《官场现形记》。

王芝兰为人机警，多谋善断。这天，他在县衙，遇到一桩奇案。县内一位少女，爷爷在广东某地经商，可能是酒桌酬酢之际喝高了，把少女许配给了广东一位少年，写了婚书，我们称这个少年为甲；少女的父亲，在陕西某地做生意，又把少女许配给了陕西一位少年，也写了婚书，我们以乙代称。古代女子在婚姻上没有自主权，讲究父母之命、媒妁之言，爷爷、父亲为少女许下婚事，却没有通知在家乡丹徒的少女。这时，更奇葩的事出现了，少女的母亲在老家丹徒，又把女儿许配给当地一位少年，我们称之为丙。

正所谓一马难将两鞍鞴，好女不可配二夫。一位少女又怎么可能同时嫁给三个男人呢？出麻烦事儿了！

少女的爷爷和父亲回家，听说少女已经被母亲许配给当地一位少年，大惊失色。一家人商量来商量去，无计可施，最后决定把少女嫁给本地少年。于是，少女的爷爷和父亲分别给甲和乙写信，商量退亲。

婚姻是大事，古代人对此更是严肃，甲、乙怎么可能轻易放弃呢？于是，他们都赶到丹徒，向县衙告状，要求把少女判给自己为妻。

诉状送到王芝兰案头，难住了他。这种罕见的案件，他不仅第一次遇到，而且闻所未闻，古书之中也没有类似事件。

王芝兰升堂，详细问清案子情况后，宣布退堂，回去细想如何判案。甲乙丙三家都有理，都不想退婚，万一处理不当，不知会出现什么后果。他一夜未眠，苦思冥想，天亮之时，心里有了一个方法。

第二天，升堂再审，王芝兰问甲乙丙三方谁愿意退婚？三方都坚持要求把女孩子判给自己，据理力争，毫无退婚之意。威严的衙门大堂上剑拔弩张，少女的爷爷、父亲、母亲都唉声叹气，悔不当初，少女羞惭地缩在角落，低头啜泣。王芝兰沉吟片刻，对少女说："你以女儿之身，却受了三家聘礼，不管最后嫁给谁，对另外两家都是不忠，活着也是生不如死。"少女无法辩驳，"扑通"一声跪在堂下，哭得更凄惨了。

王芝兰不慌不忙地说："既然这样，你勉强活下去，也免不了遭人白眼，受人指责，我看，不如现在自尽，还可以保住自己贞洁女儿的名声。这是唯一的办法了。"说完，王芝兰让衙役端来毒酒一杯，放在少女面前。

少女面临困局，丝毫无法解脱，更重要的是，古代社会特别注重女子的贞洁和名声，所谓"饿死事小，失节事大"，知县说的话，还是很有道理的。少女当然不愿被人戳着脊梁骨说是失节，自己这些天愁苦无计，也确实有过轻生之念。

少女想来想去，知县说的，确实是唯一的办法，于是把心一横，端过毒酒，一饮而尽，倒在地上。王芝兰知县派人给少女的尸体盖上布，当场奖给少女家里五十两银子，作为少女保守贞洁自愿赴死的嘉奖。

奇变陡生，甲乙丙三人都没预料到，面面相觑，不知如何是好。

王芝兰知县不慌不忙地问甲，愿不愿意把少女的尸体领回去？甲想到道路遥远，尸棺不好携带，当场拒绝。问乙，乙也以同样的理由拒绝。王知县要求，既然不愿意带回少女的尸体，等于男方自己放弃婚约，必须毁掉婚书。甲乙一听，毫不犹豫地撕掉了婚书，以求快速了结此事。

王知县接着问丙，丙也拒绝。王知县"啪"一拍惊堂木，严厉地说："此女为了维护贞洁，已经喝了毒酒。此心可敬，此情可悯，你若不把她尸身领回去，难道让她做无家之鬼？你于心何安？"王芝兰知县当即派了几个衙役，把少女的尸体抬到了丙的家里。王知县命令少女的亲人一起去丙家，陪着处理后事，三天后入土为安。

甲乙二人一看事已了结，立即打道回府。

当天晚上，少女就苏醒了。原来，王芝兰知县让她喝的不是什么毒酒，而是加了点迷药的烈性酒，少女只是晕倒在地，并不是死了。这桩难以处理的奇案，就以少女嫁给同乡少年丙而结案。

王芝兰知县按现代标准来说，显得有点霸道。按古代标准，在当时的复杂局面下，绝对算得上是个好官。面对这个复杂难解的案子，他用一杯假毒药，解开了乱麻似的纷争，保全了少女的性命、名声，让这件事有了一个最好的结果，的确非常有才能。

王芝兰在丹徒当父母官，面对形形色色的案件，总能随机应变地去处理，做到公正、妥当，在百姓中有极好的口碑。

有一次，他坐着轿子外出巡视，看见一个农夫在路旁大哭，一头驴子系于树旁。他停下轿子询问，农夫说，他用驴子驮着两袋货物进城。快到市场时，他把驴子系于此树上，挑着货物进市场交割。等办完事回来时，他那头壮实的驴子却变成了一头又老又瘦的驴子，因此伤心痛哭。

王芝兰知县听完农夫的陈述，笑着安慰他："不要伤心，我可以用这头驴子帮你找回丢失的那头驴子。"农夫听了将信将疑。

王知县让人解开绳索，打了瘦驴子一鞭，瘦驴子便奔跑起来。知县对农夫说："你跟着瘦驴子跑，就可以找到你的壮驴子了。"农夫跟着瘦驴子跑了起来，知县随后坐着轿子跟在后面。瘦驴子走街串巷，到了一家豆腐店门口，便径直走了进去。农夫进去一看，他那头壮驴子就在那里，不禁破涕为笑。豆腐店老板目瞪口呆，一看知县来到，心里霎时明白，吓得跪下低头认罪。原来，老马识途，老驴也识途。王知县利用驴子的这个特点破了案，围观的人看了无不拍手叫好。知县把豆腐店老板带到县衙门，训斥了他一通，打了几大板后放他回去。找回驴子的农夫对王芝兰感激涕零。

王芝兰不仅善于为百姓断案，公务干得出色，生活也富有情趣。他很有才子气味，喜欢登山玩水，吟诗作词。在镇江的金山寺外不远处，有一处泉水，叫"中泠泉"。此泉原在波涛滚滚的江水之中，由于河道变迁，泉口处已变为陆地，是万里长江唯一的泉眼，人称"天下第一泉"。王芝兰工作之暇，去中泠泉游玩，写下一副对联，表达对这个美景的喜爱，对故乡山东济南的思念。对联写得才华横溢，文采飞扬：

水木湛清华，金焦而外，又益名区，却忆向岁经营，江左风流贤太守；

春秋多佳日，簿领余闲，偶来游眺，犹记故乡仿佛，济南潇洒大明湖。

这副对联，还镌刻在中泠泉旁边的一个叫鉴亭的亭子里，供游人们欣赏，现在被编入《中国名联选》。王芝兰将自己的诗文编为《丹柿轩诗稿》《双桂轩文约稿》等书，现已遗失。

这个鉴亭旁边，是白娘子用长江水淹没的金山寺；不远处，有一座楼，叫芙蓉楼，是王昌龄送辛渐的芙蓉楼。许仙和白娘子的人妖奇缘、水漫金山的传奇故事，王昌龄的千古绝唱、一片冰心，中冷泉这一天下名泉的名胜佳景、清澈泉水，和齐河进士王芝兰善断奇案的精彩故事、文采斐然的对联，共同组成了一幅多姿多彩的画卷。

王芝兰有着强烈的家国情怀。正值晚清，他在江南多个县担任知县，国势江河日下，八国联军入侵，烧杀抢掠，恣意而为，中华民族处在水深火热之中。王芝兰忧心如焚，盼望国家早日重整旗鼓，便向朝廷捐出廉金万两，上书一封："自恨宿疾缠绵，不能囊笔荷戈，以尝上马杀贼，下马作露布之志，情愿将历任所储薪金充作军糈，藉申报效，不敢仰邀奖叙……"他爱国报国之举，得到了政府和百姓的交口称赞。

王祝晨发起全国地方志编修工作

姜仲华

地方志具有"存史、育人、资政"的作用，对社会的发展、文明的传承，具有不可替代的重要意义。国家规定，地方志每 20年左右编修一次。新中国的地方志编修工作，是由齐河人王祝晨发起的。

王祝晨，1882 年出生于齐河县安头乡王举人村，是民国初年"山东四大教育家"之一。新中国成立后，任济南一中校长、山东省教育厅副厅长、山东省政协一至三届副主席、第一届全国人大代表。

1954 年 9 月，第一届全国人民代表大会第一次会议召开，王祝晨作为代表，首先提出了"早早动手编修地方志"的建议案，并提出应该重点先编修县志。此议案当即得到总理的首肯和高度赞扬。日理万机的总理为此专门抽出时间接见王祝晨，交流、探讨了地方志工作的具体想法，形成了初步构想。在这里值得一提的是二人的交谊。1927 年，王祝晨赴广州参加革命，与黄埔军校政治部主任相识、交厚。新中国成立后，政务院总理曾有请王祝晨出任首任教育部部长的动议。在征求意见时，王祝晨以自己年龄已大为由，坚辞不就。现在，两人为了新中国的地方志工作，再次单独坐下来交谈，共商国是，畅叙友情，为建好新中国这个共同目标，一起奉献着丹心和智慧。

在这次大会上，王祝晨编修地方志的建议案获得通过，可能因为新中国刚刚成立，百废待兴，工作繁多，地方志编修工作没有立即开展。

1956年6月，第一届全国人民代表大会第三次会议召开，王祝晨再次建议编修地方志。6月29日，《人民日报》第7版发表了王祝晨撰写的《早早动手编修地方志》一文。总理做出指示，立即在全国组织、推进地方志工作。全国各省纷纷开展地方志编修工作，按照王祝晨的建议，重点先编修县志。山东省走在了这项工作的前面，1956年底，《冠县县志》完成初稿，这是新中国成立以来山东第一部新编县志稿。

1957年6月，为了将山东省的省志编好，王祝晨带领有关人员赴京征集资料，新华社记者拍了一张题为"山东旅京科学教育文学艺术界地方志座谈会"的照片。照片的中心人物是王祝晨，他的左一为夏莲居，山东郓城人，清朝云南提督夏辛酉的长子；左二为康生，时任中共中央山东分局书记、中共中央华东局副书记。王祝晨的右一为赵建民，山东冠县人，时任山东省省长；右二为李澄之，山东临沂人，时任山东省副省长、政协副主席兼秘书长。

在总理的关心下，1957年，国务院科学规划委员会制定的《十二年哲学社会科学规划方案》（《1956年—1967年哲学社会科学规划纲要》）中，提出了编写新地方志的任务，并将其列为12个重点项目之一，"要求全国各县、市（包括少数民族地区）能够迅速编写出新编地方志"。这项工作准备先从有条件的县市着手，逐步推广，计划到1967年以前，编出全国大部分县市的新地方志。

1957 年 7 月，第一届全国人民代表大会第四次会议召开，王祝晨又作了《进一步开展地方志工作的发言》，并提出多项具体建议。会后，全国的地方志编修工作如火如荼地开展起来，到1957 年年底，全国各省、市、区相继建立了地方志工作机构。

1957 年，山东省成立了地方志资料征集委员会，余修担任主任委员，王祝晨、王献唐等担任副主任委员，负责指导全省新修方志资料的征集、积累、研究、编修工作。王祝晨为这项工作积极谋划、奔走。他专门提交了《编纂山东地方志的初步办法》，提出资料征集工作的三个步骤和四大态度，并写道："我们要想编一套人民的山东地方志，不管在内容上和形式上，还是在立场、观点和方法上，都要与旧日的官文书有根本性质的不同。"这个文件，奠定了山东省地方志编写与研究的基础。

在王祝晨的大力推动下，山东各地纷纷组织地方志工作班子，开始编修地方志工作。至 1966 年，全省地、市、县已成立修志委员会 87 个，有 49 个市、县志修成初稿，如历城、胶南、平原、乐陵等。这个阶段的志稿，反映了新中国各条战线欣欣向荣的面貌以及翻天覆地的变化。

王祝晨对地方志工作的倡导和奠基，为中华文明的传承做出了突出贡献，将永留史册。

武生泰斗的"齐河缘"

王艳鸣

　　要说武生泰斗盖叫天，二十世纪五十年代来齐河老城演出过，你可能不会相信，你会怀疑这么大的角儿，怎会到我们这巴掌大的小城来。不过这是真的！我手头有一张父辈留下的盖叫天和弟子小效琴在定慧寺的合影照，照片背面简单记载着他来齐河演出的这段往事。

　　1957 年 12 月，聊城专署举办文艺调演（那时齐河归属聊城地区），我县参演的评剧小戏《小女婿》荣获二等奖。我父亲王树杰先生时任齐河县县政府文化科科长，他去聊城专署参加颁奖会时，正值盖叫天京剧团在聊城演出。他们剧团的下一台口是济南北洋大剧院，间隔有两天时间。双方商定途经齐河时商演两场。

　　这张照片拍摄于 1957 年 12 月 23 日，当天盖叫天在作为文化馆的定慧寺里给弟子小效琴说戏。照片拍摄者为文化科科员刘景文。后来，这张照片一直由我父亲珍藏，现在又传到我的手中，成为一代名角与齐河渊源的历史见证。

　　那时对名人的了解哪像现在的互联网这样便捷，可说起"江南活武松"盖叫天，人们还是知道一些的，尤其他的自断腿骨再接的故事更令人折服！盖叫天来齐河演出的广告一经发出，小城的人们奔走相告，邀朋友接亲戚，两场戏的票连同站票都卖光了。

齐河老城几乎全是由外来人员构成的。那时黄河在老城王庄至对岸北店子设有摆渡，自国道309来的西路官商进济南，这里是必经之路。冬季黄河淌冰无法摆渡过河，只有在此待渡。有的年头一等就得一两个月。新中国成立前这里酒肆牌楼，澡堂旅馆，各种手艺人，玩杂耍的、唱小曲的，各色人等，一应俱全。因此，这里的人的艺术欣赏水平高，一般的戏班在这儿摆不下摊子。经常是炮戏打不响被喝了倒好，第二天就得拔锚开船。虽说新中国成立有几年了，但老城人员的成分变化并不大。

盖叫天在老县城的两场戏一是《武松打虎》，二是《狮子楼》，都是他的代表剧目。演得真是出神入化，唱念做打无所不精。虽是在小地方演出，但他对演出无一丝一毫懈怠，这充分体现了他崇高的品德和艺德。他的演出让一向挑剔的老城人开了眼！这也是人们见到过的最高级别的京戏。

盖叫天，这名儿就透着铮铮骨气不是？他原名张英杰，生于1888年，河北高阳人。盖叫天幼时入天津隆庆和科班学习武生和老生，出科后加入杭州一戏班。按规矩得取个艺名，他崇尚当时的伶界大王谭鑫培，谭的艺名是小叫天，他便取名"小小叫天"。同戏班便有人嘲笑他，说他不自量力。他一怒之下更名为盖叫天，意为要超过谭鑫培！自此盖叫天勤奋学习，刻苦训练，继承了南派武生创始人李春来的艺术风格，兼收全国各派武生长处，并借鉴中国武术，自创了许多武生戏路和身段。他还大力提倡武戏文唱，为武戏增加了色彩。他因对京剧独特的贡献被行内称为盖派。他常演出的剧目有《武松打虎》《三岔口》《快活林》《狮子楼》《十字坡》等。1949 年始，任浙江省文联副主席和中国戏剧家协会浙江分会主席。其代表作先后拍摄成《盖叫天的舞台艺术》《武松》等影片。

最能体现盖叫天骨气的是自断腿骨再接。1934 年演出《狮子楼》时他不慎将右腿折断。不幸时，他治伤时遇庸医将腿骨接坏。当得知再不能在舞台上做"金鸡独立"或将永远告别他心爱的舞台时，他不由得失声痛哭。他问医生有无救方时，医生说除非再折重接。话音刚落，只见他纵身将右腿磕向床帮，只听咔嚓一声腿又断了。几个月后，他重返舞台饰演武松，仍做出"金鸡独立"的亮相！曾任上海市市长的陈毅为他题诗曰："燕北真好汉，江南活武松！"

盖叫天为何大半生一直在上海杭州等地演出而不来江北是个谜，莫非是避免与一直在北方的"小叫天"谭家碰面生出尴尬也未可知。到了 1952 年和 1956 年，盖叫天演出的《武松打虎》和《十字坡》获文化部荣誉奖后，其家乡多次邀请，才打开盖叫天的北方演出之门，也才有了 1957 年 12 月的齐河演出，齐河人也才有幸一睹盖叫天的风采。

盖叫天于 1971 年 1 月溘然长逝，享年 83 岁。

尹作滨制作开国大典红灯笼

姜仲华

在 1949 年 10 月 1 日举行的中华人民共和国开国大典上，天安门城楼悬挂着的 8 个大红灯笼格外引人注目。

开国大典悬挂的大红灯笼意义非凡，为了能在比例上匹配天安门城楼宏大的体量，让灯笼烘托出喜庆的气氛，它们背后的设计者和制作者，展现了出色的才艺和过人的技巧。

里面能蹲三四个人打扑克

1949 年 9 月，焕发新生的北京喜气洋洋，百废待兴，开国大典的各项准备工作也在紧锣密鼓地进行着。9 月 2 日，总理批示"阅兵地点以天安门前为好"。此时的天安门城楼仍急需修缮，装饰悬挂的画像，正面的两条字幅、城楼上的灯笼，都需要现做。画像、字幅都还容易解决，灯笼却令所有人为难。天安门城楼原有的六角宫灯，既小又旧，落满灰尘，根本无法适应"举国欢庆新中国诞生"的主题。

天安门上的 8 个红灯笼由张仃和钟灵二人负责设计。张仃是著名画家，负责开国大典的美术设计工作；钟灵是中南海政务院总务办公室主任、政协筹备委员会布置科科长，也是著名美术家，负责对外联络和向中央领导请示汇报，同时也参与一些设计工作，曾参与中国人民政治协商会议会徽和中华人民共和国国徽设计。

钟灵曾在回忆录中这样写道："当时天安门的会场布置，有明确的分工：城楼两旁的大标语、会议的横幅、红旗、大灯笼等由我们会场布置科负责；天安门前、观礼台、车队、升国旗的设备由华北军区政治部张致祥主任负责；阅兵式、包括飞机飞过天安门广场、放礼炮等由聂荣臻负责。我和张仃教授事先绘制了天安门城楼的布置图样，包括大典横标、两旁的标语、八个大红灯笼、两边的八面红旗等。"

张仃和钟灵在中南海瀛台东海岸的三间平房"待月轩"里进行设计。天安门城楼上共9个开间，中间一间最大，也是大厅的出入口。张仃、钟灵决定此房间不挂灯笼，以便留出更开阔的空间。两侧各4个房间，逐渐缩小，每个开间要悬挂一个灯笼，共8个。他们研究发现，每个灯笼的直径只有接近3米，整体效果才能和天安门雄伟、雍容的气势协调。这么大的红灯笼，史无前例。钟灵开玩笑地对张仃说："这灯笼做出来，在里面可以蹲坐三四个人打扑克！"

张、钟二人设计好大红灯笼的图纸后，去提请总理批准。总理在图纸上用铅笔批示"同意"。

天安门城楼上扎灯笼

设计好了，然后就是制作。因为灯笼之大前所未有，制作难度不可预料，而且用在开国大典这样的盛典上，要求极高，不能

尹作滨有一手娴熟的扎灯笼的手艺，这为他圆满完成开国大典的灯笼制作奠定了基础　高义杰／绘

出任何失误，工期又短，钟灵等人在偌大的北京城里找人制作，竟没有一个灯笼师傅敢承担这项工作。经过反复寻访，终于在前门外廊房头条的一家"永顺成小器作"，即做红木家具和灯笼的作坊，找到一位领头的工人师傅——尹作滨。

尹作滨，20世纪初出生于山东省齐河县马集镇尹庄村，因家境贫困，11岁逃荒去北京，拜著名手工艺人张玉宽为师。尹作滨虽没读过书，但聪明好学，心灵手巧，善于动脑筋想办法，在制作家具、灯笼方面表现出极高的天赋。凭着一手精湛的手艺，尹作滨在北京成家立业。

尹作滨看了设计图纸，知道是开国大典用在天安门上的，非常激动，对灯笼的具体要求反复思考后，自信地拍着胸脯对钟灵说："请放心，我一定能把灯笼做好！"

当时商定，由钟灵备料，尹作滨带几个徒弟第二天就开始工作。考虑到灯笼太大，作坊里摆不下，制作完成后运输也是难题，尹作滨建议在天安门城楼现场施工，钟灵同意了。

尹作滨带着几个徒弟在天安门城楼上制作灯笼，他的儿子尹盛喜只有十来岁，每天都从家里提着饭送到父亲身边，在旁边帮着干些力所能及的活儿。没承想30年后，他竟成了北京城家喻户晓的人物，不仅在前门卖起了大碗茶，还开了一家名扬全国的"老舍茶馆"，这是后话。

尹作滨虽然扎过无数个红灯笼，但是这样大的灯笼，还是头一次，制作过程中遇到的难题比比皆是。他凭着对新中国的热爱和对新生活的向往，靠着自己的天赋和多年的制作经验，想方设法解决各种难题。有时对着图纸和铁棍、竹片、红纱等材料苦思冥想，有时被竹片划破手指鲜血下滴也不在乎，有时因为想出好办法而喜形于色、手舞足蹈，有时儿子叫他吃饭他也恍若未闻，完全进入一种全身心投入的状态。正是这样全神贯注、心无旁骛，灯笼制作过程中的一个个难关才得以突破。

最耀眼的灯笼

开国大典前几天，总理亲临天安门城楼检查开国大典的准备工作，这时，扎制8个大红灯笼的工程已接近尾声。钟灵向总理介绍了尹作滨的制作情况，总理非常高兴，亲切地和尹作滨握手，表示赞许和慰问。尹作滨见到仰慕已久的总理，非常激动，赶紧把双手在衣服上擦了擦，紧紧握住总理的手，汇报制作灯笼的有关情况。总理勉励他和徒弟一定要把这项重要工作干好。

经过尹作滨和徒弟夜以继日地工作，8个大红灯笼终于如期做好，每个灯笼高2.23米，周长8.05米，直径2.25米，重约80公斤，外罩红纱，饱满圆润，骨架以铁棍和竹片做成，坚挺结实，完全达到预想的效果。在张仃、钟灵的指挥下，尹作滨带着徒弟们，怀着紧张而喜悦的心情，把八个大红灯笼，逐一悬挂在天安门城楼上。张仃、钟灵在天安门的各个角度看效果，非常满意，对尹作滨竖起了大拇指。尹作滨这个朴实的山东汉子，只是憨憨地笑着，不说话。

1949年10月1日，天安门城楼上张灯结彩，喜气洋洋，气氛隆重热烈。在八个大红灯笼的映照下，举世瞩目的开国大典顺利举行。下午3时许，毛主席庄严宣告："中华人民共和国中央人民政府今天成立了！"

这8个大灯笼是当年中国最大的灯笼，也是中国历史上最耀眼的灯笼。它们见证了一个世界上最古老、人口最多的国家浴火重生，开创新纪元。此后的日子里，这8个大红灯笼在天安门城楼上，见证了新中国一个又一个重大的事件。

1994年，为庆祝中华人民共和国成立45周年，北京天安门管理委员会决定对天安门城楼进行装修。城楼上的8个大红灯笼宣告退役，被折叠式新型灯笼代替。按照摆放位置，8个大红灯笼的编号分别为东一、东二、东三、东四和西一、西二、西三、西四。东一号和西一号因靠近天安门的中轴线，作为革命文物由博物馆收藏。天安门管委会决定将东二号和西二号这对旧宫灯进行"无底价拍卖"，筹措资金捐献给北京贫困山区解决饮水问题。

刘宝纯先生的"齐河缘"

王道温

说齐河有黄河，妇孺皆知；到齐河去看海，是说这里有世界最大的室内海洋馆。说齐河有座"铁槎山"，却令人莫名其妙，其实"妙"在一个名人刘宝纯。

刘宝纯是当代杰出的山水画家，其家乡为山东荣成铁槎山，故号"铁槎山人"。他创作的《山高水长》被作为国礼赠送给日本访华代表团。他的许多出神入化的作品被人民大会堂、国宾馆、驻外大使馆收藏。他还有 200 多幅惊世骇俗的作品被介绍到日本、美国、法国、西班牙等国家。从此，铁槎山也随着刘宝纯的名字而蜚声海内外。

1982 年的初春，天上下着小雨。上午九点多钟，两位衣着朴素无华的人走进我的办公室，一进门就直盯着对面墙上的一幅写意山水画《源远流长》（是刘宝纯画的）。那个身材魁梧、个头略高的人先是愕然，继而露出了山东汉子特有的那种淳朴的微笑，接着拿起桌子上的毛笔在画上添了几笔。我惊讶地"啊"了一声。这时候，他们仿佛才发现了我，问我这画是从哪里得来的。我一时紧张得很，不知从何说起，只好吞吞吐吐地说："是济南表姐送给我的。"其实这里面还隐藏着一段不为人知的现代版的陆游和唐婉的爱情故事。我心想，这人肯定是刘宝纯。于是恳求他给我题上名字。然而他却把笔往桌子上一放，挥挥手："下次我来了还要补上几笔，好吗？"他这种对艺术的虔诚、严肃，和对自己作品的苛刻，令人肃然起敬。我羞愧地说："你瞧我，净顾着说话了，让您二位这么干坐着，我去给二位老师沏茶。"不一会儿，馆长、文化局局长、分管文化的县长都来了，大家一见如故，边喝茶，边山南海北地聊起来。陪同刘宝纯来的省文联秘书长齐河老乡戎玉秀告诉大家："宝纯擅长写松画海，画黄河也是最拿手的。早在十年前，他和画友从河南花园口溯黄河而上，过三门峡，闯龙门、壶口，直上刘家峡；又折至开封、兰考的'悬河'，经梁山、东平湖下至黄河入海口，风餐露宿数千里，画了一百多幅写生稿，出版了《黄河》画集。宝纯与黄河结下不解之缘，正因为喜欢黄河。他特别向往我们的家乡齐河，很愿意把齐河作为他的第二故乡。他说，至今脑海里还牢记着齐河旧城的模样，像一个饱经风霜的老人依偎在黄河大坝的脚下，日夜倾听着黄河的笑声、哭声、怒吼声。"接着，刘宝纯兴致勃勃地为我们讲述起在北京饭店为大使馆创作《黄河》的经过。他那略带胶东口音的济南话，让我们听得津津有味。当他讲到第一次画十米的大画，自己又没有大笔，又不好意思让领导去定做，画还必须要画时，越说越激动，一不留神，将桌子上的茶杯碰歪了，洒了一地水。我急忙找来了扫地的笤帚，不料，却被刘宝纯要了过去。只见他把笤帚往空中一挥，说："当时我忽地想起房间里的这个玩意儿，便找来在水管上一冲，蘸上墨和彩，在纸上横涂竖抹。那满纸云烟，笔墨狼藉，不知所然的景象和意想不到的微妙效果，真乃石破天惊。"这时候，我那颗揪起的心才渐渐松下来，忙向前递给他一支香烟，顺便把笤帚要过来，将地上的水扫干净。

刘宝纯吸着烟，道一声言归正传，遂把在齐河举办名家书画展览的想法讲给大家听。

十一届三中全会以后，全国人民在社会主义现代化建设的里程中迈出了强有力的步伐，居于上层建筑范畴的文化艺术，也理所当然地随之跨入一个划时代的阶段。随着物质生活的不断改善，人们对精神生活的需求也逐渐强烈起来，欣赏书画艺术再也不是少数人的专利。他的话，像一把无形的钥匙，打开了我们心中那把还锈着的铁锁，让人豁然开朗。第二天，我们便开始了紧锣密鼓的筹备工作。

经过一个多星期的勠力合作，我们从省城收集到50余件（套）著名书画家的作品，有关友声、黑伯龙、刘鲁生、张彦青、弥菊田、刘宝纯、张登堂的山水画，有柳子谷、王企华、张鹤云、王炳龙、闫学曾的花鸟画，有王凤年、单应桂、吕学勤、孙敬会夫妇的人物画，还有蒋维崧、魏启后、陈左黄、陈梗桥、于太昌的书法篆刻，还有几个年轻人的优秀作品。经过细心地装裱，终于在庆祝中国共产党建党五十一周年的日子里，举办了"山东省部分著名书画家作品欣赏展览"和"齐河县书画展"。展览的名字由著名书法家魏启后亲笔题写。展出历时七天，后来又到德州地区展出五天，每天观众络绎不绝，深受广大干部群众的青睐。一位年届花甲的书画爱好者激动地说："我活了这么大岁数，第一次看到这么高水平的展览，这才叫艺术。"

这次展览最引人瞩目的是刘宝纯新创作的《月是故乡明》。画面包含巍峨的山崖，汹涌的海涛，高空一轮圆月。画家雄健浑朴、飘逸旷达、纯任自然的风格和魅力，如同壮丽磅礴、高潮迭起的交响乐章，震撼、感染和痴迷了众多的人，让无数观众赞叹称奇，流连忘返。从此人们记住了刘宝纯的名字，喜欢上了他的画。

展览结束后，刘宝纯以《怎样欣赏中国山水画》为题，给全县美术爱好者做了一次演讲。他满腹江山，才溢四海，让我们受益无穷。大家既敬仰他的学识渊博，又热爱他的平易近人。全县上下掀起了一股书画热，从几岁的娃娃到花甲的老人，喜欢写写画画的人越来越多。全县书画的水平也越来越高，齐河的书画活动一步一层天。山东电视台做了专题报道，《齐鲁画刊》《山东画报》刊登了齐河的书画作品。画展在社会上引起了相当的轰动与关注，齐河被誉为"书画之乡"。记者在采访刘宝纯的时候，刘宝纯说了这样一句话："齐河是我的第二故乡，我所做的一切都是应该的。"

春去冬来，一个北风呼啸的腊月天，刘宝纯和他的画友骑着摩托，满载着一腔的热忱，风尘仆仆地来到文化馆。我早已把美术室的炉火烧得旺旺的。他们刚刚坐下，还未暖和过来，就让我带上笔走，我问："往哪儿去？"刘宝纯说，去农村画画。我说，农村连取暖的炉子也没有，能伸出手来写字画画吗？无论怎么说，只要他认准的路，就要坚定地、执拗地走下去！于是在宣传部部长的带领下，我们一行八人来到离县城三十多里远的靳家村。村里的群众，听说省里的大画家来画画，高兴得像过年一样，敲锣打鼓，张灯结彩。大队会议室里欢声笑语，满屋热情洋溢，翰墨飘香。群众有送来花生的，也有送苹果的，还有送大红枣的。唯有一个胖胖的大嫂风风火火地送来了四五个热水袋，说是让画家们暖手用。刘宝纯望着眼前这一幕幕动人的场景，仿佛回到自己的家乡——铁楂山。他的心沸腾了，腾地一下站起来。

手中的画笔奋舞急挥，掷洒铮然。巨橡之下，奇峰叠涌，浩渺澎湃，高风荡荡，劲节昂昂，一幅幅无声的画，有情有韵，把他对生活、对人民的一腔赤诚、一腔热爱抒写得如火如荼、如潮如涌。

天渐渐地黑下来了，在支书的再三催促下，人们怀着满意而又不满足的心情陆陆续续地离去，独有一个驼背的老人，依然蜷缩在墙角里，眼巴巴地望着刘宝纯。刘宝纯重新拿起刚刚收拾好的画笔，蘸着冰霜，以轻笔浓墨为老人画了一幅《铁槎山》。看似漫不经心，信笔所致，仔细欣赏却是轻笔藏重意，淡墨含浓情。寓重于轻，以淡显浓，颇具一番艺术匠心。

我心中立刻耸起一座铁槎山，想起刘宝纯常对我说的那句话：人民是艺术的母亲，一个忘了母亲的艺术家是个不孝之子。

没想到老人回到家让儿媳妇送来了一碗热气腾腾的水饺。更出人意料的是，我们的车离开村子的时候，老人和乡亲们一块站在凛冽的寒风中等候欢送我们，让我们热泪盈眶。路上，我和闫学曾纵情地唱起当时最流行的那首歌《冬天里的一把火》。

不得不提的是，1983年的金秋十月，刘宝纯同高启云带领着20多名著名书画家来到黄河岸边的小八里村。这里"芦花放，稻花香，杨柳成行"——好一派"江南风光"。二十世纪六十年代大队党支部书记官延昌带领全体社员苦干三年，把一片片盐碱涝洼地改造成一方方稻田，被列为全县红旗单位。老支书满腔热情地向书画家们介绍了如今这里的生产、生活状况，他说："自从农村实行土地承包责任制，群众的生活芝麻花开节节高。富裕起来的农民再也不满足于以前那种'吃饭、干活、睡觉'一天三部曲的单调生活，他们迫切需要丰富多彩的文化生活。今天来了这么多著名书画家给老百姓作画，我代表全村的父老乡亲表示衷心的感谢。"在一阵阵热烈的掌声中，书画家们饱蘸着浓浓的乡情，挥毫描绘着一幅幅最新最美的图画。

最后，在刘宝纯的倡导下，二十多名书画家共同合作了一张六尺的大画送给小八里大队留念，由高启云亲笔题款。时至今日，三十多年过去了，当时的情景还历历在目，当时的笑语声还在我耳边回荡。遗憾的是王炳龙、闫学曾、吕学勤已英年早逝。高启云、张鹤云、张彦青、张登堂等也都驾鹤西去，但他们与齐河的书画情永远铭记在人民的心中。

那一天，刘宝纯再也按捺不住喷薄欲出的激情，为那位喝着黄河水长大的老支书画了一张《黄河颂》。画面的上方水天一色，中间九曲黄河穿山越岭迎面而来，下面浪花翻滚，汹涌澎湃。我第一次目睹了他画黄河的风采，简直是一种享受，无法比拟的享受。他先饱蘸彩墨，以大笔触挥写出水的动势和层次，再随势勾画出线条，使水的动势更为盘旋激荡、一泻千里。在场的无不为他那激情充沛、变化莫测的表现手法所倾倒。

老支书开心地笑了，他让我给他和刘宝纯拍一张合影。我说，咱们去黄河大坝上拍。

他们站在坝顶上，在金色阳光的斜照下，如同一座塑像，一座人民与艺术家的塑像。像一座山，一座矗立在黄河岸边的铁槎山，我情不自禁地喊了一声"好"，按下了快门。

老支书认为我拍完了，刚才脸上那紧张的神态骤然消失，转身去握刘宝纯的手，两人如久别重逢的故人，那纯朴的爱、那敦厚的情，我清晰地收藏在相机里。

让我更加佩服的是刘宝纯以黄河为蓝本不知画了多少幅佳

作，但每一幅都不重复。无论是画斗方小品还是几米、几十米的宏幅巨制，他从不拟稿，总是因势造型，笔笔生发，造险破险、造势抱势，擒纵有法，一气呵成，这是当今一些画家所不能及的。我曾经见过他给齐河宾馆画的那幅《黄河之水天上来》。刘宝纯笔下奔腾的黄河水，汹涌澎湃，漩涡盘转，惊涛裂岸，使观众触目惊心。画中一棵苍松，横空出世，枝如铁，干如铜，蓬勃旺盛，倔强峥嵘，与湍急如箭、汹涌迂回的黄河水相得益彰，充分表现了"黄河之水天上来，奔流到海不复回"的雄伟气势。欣赏着它，宛如欣赏一曲旋律激昂的交响乐，令人意动神摇。

画家对他的这幅作品也十分满意，时刻想着收集到自己的画集中，然而随着岁月的流逝，那幅惊风雨泣鬼神的杰作早已不知去向了。惜哉！

2014 年 5 月的一天，82 岁高龄的老画家又来到他的第二故乡。吃饭的时候，与我谈起那张画。我怕他老人家伤心，忙递给他一杯红葡萄酒，他接过酒杯，手颤抖着，虽然酒不重，我感觉出老画家的心是沉的。

饭后他也没有休息，让我们几个人陪他去务头闸看一看。因为他曾经在那里画过画，正好也散散心。我们驱车来到闸口上，望着那干枯的黄河水，老人的眼圈湿润了。我说，咱们去闸管所坐坐好吗？他说："何必访戴，还是回去吧，我还要赶回济南哩！"于是我们沿着南潘干渠绕上了黄河大堤。这时，天阴沉沉的，凉风习习，枝头、丛中有鸟的鸣声，令人如入幽谷。车子驶到豆腐窝时，太阳又从乌云里探了出来，远处一只蝉在领唱，接着响起了不同旋律的大合唱。大坝上几个年轻的姑娘骑着电动车追逐着，刘老脱口吟出了汪曾祺的两句诗："'夹道白杨无尽绿，殷红数点女郎衫。'四道堂你知道这是谁的诗吗？"我误以为他诗兴大发，即兴而为，也蒙出一句："莫对桃花说李白，纯者也是谪仙人。"逗得老画家笑了。

太阳落山时分，我们来到南坦广场。这里虽然没有泉城广场大，也没有那里的喷泉美，但坝下有一条古老的黄河。"要把黄河看，南坦之上站"，这里是观看黄河最宜的地方。当年刘鹗也曾来到这里看黄河，写下了"黄河看凌"和"月下破冰"的美文。今天刘老望着眼前这条瘦瘦的黄河静静地流淌着，如一位黄昏的老人蹒跚着。夕阳投一抹血红，染得两颊如绯，能否激发起画家浮想联翩的创作欲望呢？"愿乞画家新匠意，只研朱墨作春山。"

他深思了片刻，滔滔不绝地给我们讲述起四十多年前的黄河。那时黄河像一匹野马来到这里，忽然打了一个绊——它被激怒了，抽打着浪涛，捶揺着岩岸，轰然摔碎，雪沫飞天；又驱遣着下一批小山似的浪头压过来，拼命地撕咬大堤，力竭了，打了一个"回儿"颓然东去。

刘老讲得眉飞色舞，我们听得早已沉醉忘了归路。突然间从远处飞来一群野鸟向着他歌唱，他张开双臂，好像在拥抱黄河。不是，像是在指挥《黄河大合唱》，也不是，是他满腔的诗情犹如火山一样，喷薄而出……

他那铿锵有力的声喧，仿佛对着黄河在放声高唱。此时此刻，广场上响起了欢快的舞曲，那群跳广场舞的中老年朋友们尽情地跳了起来，好像在为他伴舞。

天醉了，水醉了，人也醉了。

风物乡情里的齐河

美如绸缎的齐河

丁淑梅

齐河有河，有桥。河是黄河和大清河，桥是黄河之上的桥。还有梦幻欧乐堡，神奇的极地海洋世界，世间桃源般的湿地公园，幽静空灵的定慧寺，典雅别致的中国驿美食小镇，星罗棋布的博物馆群……它独特的风景和区位优势，仿佛从天边捏下几朵白云放至世间。站在黄河大桥看齐河，水之滔滔，绿之荡荡。夜晚，灯火绕城，如诗如画。

生活不止眼前的苟且，还有诗和远方。总有些向往，比如大山的神奇，或者如梦般景致，吸引着我们的视线，拽着我们的衣角。当我在某个时刻，与世上的一些人同时抬头，感知到的存在正好是远方卸下的重量。

初春，风略带寒意，但齐河的春天铺陈着复苏的兴奋。绿色处于变换之中，今天，地面之上繁殖嫩绿；明天，春暖花开，万物掀起绿之海。

当天空披着蓝袍，先于我们在这片绿油油地面上的鸟儿，生养出许多的小鸟儿。我看着它们，化作朵朵白云，在田间地头喜悦，河面上低飞，树枝、屋檐、窗户上激情四溢。

我看到愈来愈多的鸟儿，从绿丛飞向河面，在起初的姿势里展开翅膀和歌喉，像先祖鸟儿一样衔枝筑巢。一只喜鹊，就在我身边，蹦来蹦去，展示它黑白相间的身子和翘着的尾巴。一群麻雀，时而从树枝上飞向草丛，时而从草丛飞向空中。它们叽叽喳喳的叫声，使我好生喜悦。

这里到处是花草树木，到处是流水和滴水的声音，到处是露出河面的翠绿和小路的幽静。相比那些烟气弥漫下的鸟儿，这里的鸟儿，是否幸福无比？

齐河之春，就是一场春暖花开的盛宴。那嫣然的花事，是盛开在花里最美的诗歌。高空的云，把飘动中的影子递下来。地上的宴会忙于盛开，天上的宴会渲染着欢喜，天地衔接中，有令人沉醉无言的美。此时，产生不可言状的错觉：平静也是起伏的，它日益归隐于淡泊之景。我所信服的美，在平静中淡于云，云轻于风。

说起大清河，眼前闪过流经齐河八百年之情操："大清河，济水也……"它通而复枯，几近消失，却位列四渎，源于不抵海誓不罢休的精神。温柔似刀斧的流水，充满清澈中的欢快，就这样，流向前方压低的天际。波澜不惊的河面，让我联想到1855年时，黄河汹涌澎湃夺大清河而去的悲壮。一定源于长久的孤独和耐心的等待，它才有今天光辉的质感。我驻足遥望，一水浩渺，仿佛一把剪刀，在蜿蜒曲折中剪掉时光碎影，形成贯穿河流的源头。作为一条再现的经脉，丰富着人们的想象。

对于一条河流而言，没有比消失更残酷的，但存在的精神，才是作为一条河流最完整的记忆。而我觉得，唯有此刻，才是最真实的美丽，才能认得流水，才能称它为大清河文化。阳光照耀下星光闪烁，暖色的河水边，垂柳映衬形成丰富的图案，美如绚丽多彩的绸缎。

每日从它的胸脯上匆匆走过，未曾仔细聆听，而一旦停下来，好似错过许多季节。

一河如画，小舟静候于碧波，在时间里泊着，仿佛只是一滴水，在河水里，化成万瓣，变成巨大的响动。这些悦耳的响动，可以叫它情怀，这些情怀不仅需要勇气，还需要飞着的心，需要色彩和举动，需要敞开内心，亮堂地将视线放大放远。这些水草的亲吻、景观与枝丫，需要光的垂爱，需要时间悄悄地向前。一声波动，就是一个上上签，就是又一个奇迹诞生。这正如重塑的"齐城八景"。这八景是：泰山南峙、长岭东环、济水左绕、文庙古槐、官堤荫柳、渔舟唱晚、寒沙栖雁、隐城蜃气。以何着笔，以何为重。我们内心只需回归乡野，回归自然，回归记忆和情感，回归清流，记住乡愁。

城南新区，被美景环绕的各个景区，都有着诱人的芳名：滨河栈道、主题广场、亲水沙滩、景观长廊、生态堤岛以及河面上的车行桥和人行景观桥，布设树、桥、品、园、景观元素、形成主题迥异、各具神韵的水系景观，形成了"一河、四图、五园、八景"的景观布局。

被查慎行留诗"大清桥畔人侧望，一丛春树涌齐河"的大清桥，自然是精巧优美，远望如一条丹青腰带连接着绿波的两端。站立桥头，"桥北雨余春水生，桥南日落暮山横"。我站立桥头，望一城之景，心境怡然。

听，桥下那鸣琴般淙淙的水声，石板上那荡漾在微光下的墨绿青苔。

看，桥面上那停留或行走之人。

我心思游荡，仿佛心泊桥廊，心泊着溢漫的时光和冥想。大清桥以赤裸硬朗之身躯，与河水相恋，同大地相依，与日月相望。在风霜雪雨里与脚印摩擦出匆忙或轻盈之步履，承载着车轮的碾压，缩短着从此岸抵达彼岸的步数，默默地看着人们进出视线。这是它的使命还是敞开的胸怀？我凝视着它，羞愧大于感激。

刚刚从水面上盛开的荷花，锁定了我的目光。

一河的荷花送来缕缕清香，不时一阵风，荷叶上，啪嗒啪嗒地滚下露珠，有几滴在河面上闪了闪，满城的绿水荡呀荡！嫩黄色的小莲蓬，可谓是"出淤泥而不染，濯清涟而不妖"。我陶醉于含苞待放，陶醉于盛开，心思如莲，心境豁然开朗。

与荷池为邻的百位名人雕像园，在被流水洗净的石头边，聆听莲池四季的呼吸，骨子里也像莲一样珍爱自洁。

我站在晏婴祠前，想晏婴打马过齐河，他在我历史的知识里越来越丰富，直至一头迈进齐国。他喂养了封地上的子民和村庄，喂养了河中的鱼虾和河道上的庄稼，也喂养了人们内心的白云。

我抬头，仰视齐州塔。怎么看，它都像端坐于河边的圣人，把岁月请进城内，把心事请到院落，把风铃唱成鸟语，挂在塔上。

我一遍一遍地走过山水画长卷墙、历史文化碑廊、济源桥、烟波桥、民俗博物馆、党史馆，还有梅园、兰园、竹园、菊园、牡丹园。它们被树木掩映，却又像透明的画卷一样，寂静、安宁，引人入胜，映射出每一位行人的身影。每一处风景都是一座长廊，洞悉人间所有的阴晴圆缺和悲欢荣辱。

那些小草也一样，摇着细细的身子，沙沙地，小声笑着。花畔间的一条条青石小径，通往它用月光铺就的大道。

　　傍河而居的人们，都爱将门窗朝河面打开，连同路边的蚂蚁也是，庄稼也是，树木也是，众多的溪流也是。这些勤劳的人们好像每讲一句话，河水都会应答。他们像芦苇一样弯下腰，栽种他们慢慢吐穗的田野和日子。这里是醉太平的天地……流水潺潺河水有约，生活有波无险，日子有澜不惊。

　　我在齐河与花草树木为伍，与每一座楼房为邻，与每一处景观为友，已经成为它相依相伴的恋人。每日听流水抚琴，悠远的琴声，震落了飞扬的尘土，也震落了我内心的尘土。逐渐像它们一样，在落花流水里寒来暑往，置身于时间之外。

　　齐河之美有凝聚力，它孕育出的风和雨，就在晨练的跑道上，就在上下班的路上，就在孩子们的书桌上，就在鸟儿清脆的叫声里。城南新区刻有"齐河"的石碑，站立大地之上，似山一样坚韧，似水一样纯净。

未曾消失的风景

—— "隐城蜃气" 在齐河

华　锋

我在一篇文章中说它已经消失了，想不到它未曾消失……

——题记

一

齐河有奇景，其名"隐城蜃气"。这一奇景，载入清康熙以来的《齐河县志》，是旧时"齐河八景"之一。也是唯一距齐河老县城较远的历史景观。"隐城蜃气"一景的最初记载，见于清康熙年间编修的《齐河县志》的"艺文志"，是明朝齐河人朱锐的组诗《齐城八景》中之第八景。诗为七律，有小序，如下：

隐城蜃气

在城北三十里柳行店西，其地旷野无村落，每于日初出时，东立西望，俨然空中城市，雉堞整齐，至辰时始没。此亦蜃楼海市之奇观也。

苍茫晓色黯迷漫，隐隐山城镜里看。

海国画楼惊幻影，林峦粉堞总奇观。

依稀万井迷春树，变化千岩似翠盘。

215

堪笑昔人劳费筑，霜凝百雉角声寒。

此诗的作者朱锐，是齐河历史上的著名人物，以孝行闻名，载于县志。朱锐生于明朝，系官宦之后，祖父朱楫曾任州判，父朱玉曾任知县。朱锐本人于明朝成化癸卯年（1483年）考取举人进士，曾任南和县、五台县知县，后任山西代州知州。在康熙年间编修的《齐河县志》上，他有三条信息引起我的关注：一是他在"孝行志"中排在第一位，可谓"齐河第一孝子"；二是明朝的齐河知县赵清亲自为他写了《朱孝塘记》，以载其孝行；三是以现有的资料显示，他是第一位提出并写诗赞美"齐河八景"之人，也是记录齐河有"隐城蜃气"这一景观的第一人。关于他的为官政绩，县志没有具体记载，只在齐河知县赵清写的《朱孝塘记》中有简单的记述："先知南和县，民安物阜；今知五台县，事吏畏民，怀其文章、政事，又吾道中之出类者。"如今若有人有机会去山西，可以到代县（即代州）史志部门去查一查。关于他的孝行，《朱孝塘记》中有具体描述，大意是：知县赵清一次外出视察，见在路北旁边树下有一水塘，水塘四围有四丈左右，水深有七尺余。水塘碧波荡漾，十分美观。赵清就向随行的官员询问水塘的来历，他们都说这是本县朱公的庐墓，是他挖浚的水塘。又问其缘故，随从者又说朱公这个人，不忍父母双亲故去，在守孝期间，每日早晚，肩挑背负父母坟墓附近的塘中之土，积于坟茔之上。日积月累，三年时间，坟茔如丘陵之高。又在坟地之界筑起围墙，在坟墓周围栽植树木，形成了一片树林。由于草木繁茂，就有许多鸟类来此栖息，婉转鸣叫。高高的坟茔，繁茂的树木，清澈的池塘，甚为美观。随同的官员又补充说，朱公之举，并非仅仅是为了亲人墓地美观，而是为了让亲人的骸骨与天地一样悠久。朱公名锐，字文威，在山西为官。当地百姓称朱公取土形成的水塘为"朱孝塘"。知县赵清听后十分感慨，因此就写了《朱孝塘记》一文。

由"隐城蜃气"的记载引出了朱锐其人，可见齐河这块土地上的文化积淀之丰厚。朱锐虽然官职仅为知州，但在齐河历史上也算是比较大的官了。他的孝行被记载下来，说明齐河"孝"的观念有悠久的历史渊源。朱锐不但在山西为官的口碑好，还是一位有文采的官员。除了他写的《齐城八景》组诗之外，县志上还载有他写的其他三首诗和一篇文章。三首诗题目分别为《古伦义塾》《题贺节妇》《乌巢白雏》；文章是《孙耿镇真武庙碑记》。

二

随着时光的推移，有关"隐城蜃气"的记载也逐渐明晰和具体。在民国二十二年（1933 年）编纂的《齐河县志》卷四"形胜志"中，"隐城蜃气"这一奇景有了更为具体的文字解释。如下：

【隐城蜃气】城北三十里，地名柳行店。每于日初时，凭高西望，城市人民宛然毕具。层峦远树，隐现微茫，殆蜃气所幻，凌晨即没。蓬壶阆苑之胜，尤足令人目想云。

平原上有此奇景，极为罕见。因此，历史上到过齐河的文人骚客闻有此事，就借题发挥，吟咏一番。有的把此景称作"小蓬莱"，有的比作"武陵源"。如仁和人士万绵，其诗曰：

> 柳行西望郁崔嵬，晓色空蒙幻作堆。
> 岂是壶中含造化，旋惊空际起楼台。
> 曈昽日隐动连旗，叆叇云旌雉堞开。
> 若过三山问徐福，海天移却小蓬莱。

对于"隐城蜃气"，历史上齐河县的官员和文人也多有赞誉唱和。其中清人马人龙有诗赞曰：

> 晏城北去柳行西，苍茫青郊入望齐。
> 雾里楼台春匼匝，画中烟树晓蒙迷。
> 明明小市依村近，隐隐环桥带郭低。
> 一样酒旗摇飔处，征鞭络绎送轮蹄。

马人龙，字友夔，号松云，齐河望族马姓后人，清乾隆年间进士，官至翰林院庶吉士，任刑部山西司主事。县志载，马人龙祖上自明朝永乐年间从山东诸城迁居齐河，其六世祖马朝才开始以孝行闻名乡里，其高祖马逢泰开始为官，其后一直是官宦之家。清朝乾隆年间著名学者章学诚为马人龙撰写的墓志铭称其"天资英毅""八岁能属文"，及至为官各地，颇有政绩。

以上两首赞美"隐城蜃气"的诗（当然不止这两首），载于民国年间（1933年）编修的《齐河县志》，距最初的记载，已有数百年的时光，由此可见，"隐城蜃气"这一奇观，一直存在于齐河这块土地上，并且有确切的地点，就在城北三十里（指齐河老县城与柳行店之间相距三十里）柳行店。这就如同著名的蓬莱海面上的"海市蜃楼"奇观一样，是齐河固有的自然景观。虽然史书上没有注明多少年出现一次，但也说明了每次出现的时间均在早晨日出之前。其中马人龙的诗中还透露出是在春天（"雾里楼台春霭匝"）。

岁月悠悠，"隐城蜃气"在齐河，不时被人提及并加以赞美。

三

我很早就注意到了县志上关于"隐城蜃气"这一奇观的记载。但是，我想当然地认为，随着气候的变化，这一景观在齐河大地上已经消失，只能存在于县志上的文字记载了。因此，每每看到这段文字，我心里就感到一阵阵的惋惜。所以，当我应文友赵方新之约为《行吟齐河》一书写《"齐河八景"今何在》一文时，就表达了对这一奇景业已消失的意思和惋惜之情。但是，就在《行吟齐河》一书即将出版之时，方新告诉我一个信息："隐城蜃气"这一景观可能并未消失——如今健在的柳杭（行）店村党支部书记裴来庆就看到过。我闻之，欣喜不已。数日后，就与柳杭店如今所在的晏城街道办事处的张丽华联系，请她与柳杭店的裴支书沟通一下，择时去做一次简单的采访。

一个阳光明媚的深秋之日的下午，确切地说，是2014年10月23日下午，我与沈仁强、张丽华、宋波一行四人，由沈仁强驾车，出县城沿着晏黄公路向北，一起来到柳杭店村。在村南部的村两委办公室里，我较为具体地询问了有关"隐城蜃气"的情况。使我大喜过望的是，村支书裴来庆说，看到"隐城蜃气"的

平原上的海市蜃楼堪称奇观，而这一奇观一直存在于齐河大地之上　高义杰 / 绘

是他和同村的任常来两个人！我赶紧让他把任常来也叫来。根据他二人的叙述，我们了解到了四十多年前的那一幕。

　　1968 年 2 月 13 日（农历正月十五）清晨，齐河县南北公社柳杭店村青年裴来庆、任常来二人，结伴一同去禹城王字庄拉白灰。早春的田野上，薄雾如纱，太阳尚未出来。二人行至村西晏黄路上（当时的晏黄路还是乡间土路），遇上一位清晨起来拾粪的老汉。那老汉对他们说：我老了眼花，你们看看那边是什么。二人往老汉指的方向（西偏北，那里应是豆腐匠村）看去，只见一大片薄雾中，原有的村庄不见了，却出现了本地早已不见的门楼和青色小瓦为顶的一幢幢房屋，像是一个早年间的县城模样。房屋的远处，是一条大道，似有来来往往的马车行驶。左下角，是一条河，一座拱形桥横跨两岸。二人正想看个仔细时，那样的景象竟逐渐模糊，进而慢慢消失了，前后只有几分钟的时间。这时他们回首东望自己的村庄，太阳刚刚露出。回到村里，裴、任二人说起早晨看到的景象，一位名叫焦文龙的老人说，他年轻时也看到过那奇景，并说，这奇景六十年出现一次。

采访中，我让他们二人画一画当时看到的景象，由于二人没有绘画基础，只有任长来画了大致情况。虽然二人叙述有细微差别，但毫无疑问的是：在1968年正月十五那一天清晨，柳杭店村西确实出现过"隐城蜃气"的奇景。

简单采访之后，我们在村两委办公室院门口合影留念。我注意到，柳杭店村名已经更名为"柳杭社区"。而在刚进村的新式牌坊上端，仍然是"柳杭店村"的村名。我们请村支书裴来庆一起上车，到他们当年看到"隐城蜃气"的地点去看一看。

我们与裴来庆一起乘车来到柳杭店村西的晏黄公路上，在与青（岛）银（川）高速公路交叉口北侧下车。裴来庆说："这里就是当年他们看到'隐城蜃气'的地方。"我们向裴来庆、任常来二人当年看到奇景的晏黄路以西的旷野中望去，只见秋收后的田野上，刚刚出土不久的冬麦一片新绿，不远处的杨柳叶子尚未落。目及远方，旷野上一片苍茫。我环顾了一下，此处的地理形态没有太大的改变，只是晏黄路由以前的乡村土路变成了平坦的柏油路，左侧有了一条高出地面数米的青银高速公路，不时有车辆从高速路上呼啸而过。

四

实地到柳杭店村采访之后，回到家中，我翻开了近年出版的《齐河县农村简志》。在《简志》上册第199页，看到了有关柳杭店村"村庄来历"的简要记述：

明朝永乐年间，宋刚福由青州府诸城县宋家营迁至此处。因为此地树木葱郁绿柳成行，并设有客店，故取名"柳行店"。后来"行"演变为"杭"，成为"柳杭店"。

在该村简志的最后一部分即"附记"中，收进了县志上有关"隐城蜃气"的记载。前面已经录入，此处不再赘述。

我从"隐城蜃气"记载的历史中走过，止于最近一次被柳杭店人目睹，历史跨度长达五百年（即从明朝成化初年的1465年至1968年）。

我想，五百年，对于有五千年文明史的中国来说，时间并不长，但是，它对于我的故乡齐河来说，却非同一般。首先，"隐城蜃气"出现的地点是固定的，就是齐河县北部的柳杭店村村西那片苍茫的田野上。其次，"隐城蜃气"出现的时辰也是固定的，即清晨太阳尚未出来之时。其三，根据最近一次两位柳杭店人看到的时间和清朝乾隆年间齐河人马人龙的诗作中透露出的信息，"隐城蜃气"出现的季节很有可能也是固定的，即在春天，很可能是早春季节。对这样一处确凿无疑的奇异景观，我进一步想到了一个问题：这一奇景与这一方土地的相互关系。

对"隐城蜃气"这种自然现象稍有知识的人都知道，它来源于海上的一种奇异现象，即人们常说的"海市蜃楼"。"海市蜃楼"是"蜃景"的通称。对于"蜃景"一词，权威的解释是：由于光线的折射作用而形成的一种自然现象。当空气各层的密度有较大的差异时，远处的光线通过密度不同的空气层则会发生折射或全反射，这时可以看见在空中或地面以下有远处景物的影像。这种现象多在夏天出现在沿海一带或沙漠地方。古人误认为是蜃（大蛤蜊）吐气而成，所以叫"蜃景"，通称"海市蜃楼"。（《现代汉语词典》第6版第1159页）

在中国，出现"海市蜃楼"最多的地方首推山东蓬莱。蓬莱因有著名的蓬莱阁和附近海面常出现"海市蜃楼"奇观而被誉为"人间仙境"。我从网上查了一下有关资料，蓬莱在2006年10月13日上午出现过一次"海市蜃楼"，2009年4月14日下午则先后出现了"海磁"和"海市蜃楼"。我想，蓬莱如果没有出现过"海市蜃楼"的现象，它的"人间仙境"的美誉将会大为逊色。而在平原上出现蜃景，更为罕见。因此，齐河北部的柳杭店出现的"隐城蜃气"被前人誉为"小蓬莱"，实不为过。进而言之，蓬莱为"仙境"，齐河虽为平原地区，却有这一独特景观，可以这样说：这里也是一方神奇的土地。

对于已有500多年历史记载的柳杭店"隐城蜃气"，有一个问题县志上语焉不详，就是它出现过的确切的日子。它出现的最确切的日子就是最近这一次，即1968年2月13日（农历正月十五）清晨，有如今仍健在的柳杭店村党支部书记裴来庆、村民任常来亲眼看见，共同印证。至于该村村民焦文龙关于"隐城蜃气六十年出现一次"的说法，只是说明他在年轻时也亲眼见过。因焦文龙早已去世，"六十年出现一次"的说法只能作为参考。

"蜃景"作为一大气折射的自然现象，它的出现需要具备特有的自然（气象）条件，故而不应该有固定的时间（何年何月何日）。特别是根据蓬莱出现海市蜃楼现象的确切记载，它在何时出现是不固定的。因此，齐河柳杭店出现"隐城蜃气"也不应该是固定的。由于在平原上出现"蜃景"现象极为少见，说明达到出现这一奇景的气象条件概率极低。特别是根据现有资料来看，它都是出现在早春，而且都是清冷的早晨，出现的时间又极短（最近的这一次只有几分钟）。试想，在春寒料峭的清晨，能有几人到过农村的旷野中？因此，能够看见这一奇景的人少之又少，也就不难理解了。

由"隐城蜃气"的奇景，联想到齐河今日的繁荣发展，笔者感慨万端，情动于衷，吟成仿古旧体诗一首，以赞"隐城蜃气"奇景未曾消失：

齐河"隐城蜃气"赞

君不闻齐河北部有奇景，柳杭村西旷野中。

君不见"隐城蜃气"史书载，古人誉称"小蓬莱"。

早春清晨多出现，一城景色雾中见。

楼阁耸立多巍峨，青瓦房舍一列列。

大路横陈车马行，河上拱桥似彩虹。

疑为梦中见仙境，却是置身阡陌中。

转瞬奇景不复见，侧身东望旭日现。

柳杭店人有眼福，四十年前亲眼睹。

奇景罕见寻常事，如若常见难称奇。

奇景本来未消失，若再呈现应有时。

地灵人杰展新颜，齐河跻身百强县。

奇景奇迹相辉映，故乡四海有美名。

我心飞扬且有歌，一曲吟成寄深情。

齐河有清泉

华 锋

作为齐河人，有一个久久萦绕于本人脑际的问题，就是：济南以泉水众多誉满天下，有七十二名泉之称；济南东郊的章丘，也因有百脉泉、墨泉而知名。可是，作为济南西郊的齐河，究竟有没有泉水呢？这个问题，近日有了明确的答案：齐河有清泉！

多年前，在齐河县焦庙镇东部数百米地下，打出了优质矿泉水。一个晴朗的夏日，县文联组织我们一些文友到实地参观。我见到了来自地下几百米的含水岩芯，很有感触，就写了一篇题为《这里有一脉清泉》的短文，发表在县报上。通过那次参观，我了解到，齐河深埋于地下的优质矿泉水，为泰山西北余脉在地下延伸的泉水带，它发源于泰山，富含锶元素；县里对深井矿泉水进行了开发，并取了一个很好的名字——"齐鲁锶源"。如今，以"齐鲁锶源"命名的瓶装水、桶装水已家喻户晓。我还了解到，济南、章丘的泉水众多，是因其南部为山区，地下水系呈南北走向，南高北低，到了地势低洼的济南、章丘，泉水就从地面冒了出来。而齐河离南北走向的主要泉水带偏西了那么一点儿，故而地下含有泉水的岩石，到了齐河就延伸到地下几百米了。因此，齐河以深井钻探打到一条深层泉水带上，就发现了这难得的矿泉水。据介绍，齐河一处深井还能自己流出矿泉水。得知缘由，我一方面为齐河深井钻探发现矿泉水而感到欣慰；另一方面，为齐河的地下泉水未能在地面呈现而感到有些惋惜。

齐河县作为德州市唯一的沿黄县，是中国北方少有的丰水区。在滚滚黄河之水的滋润下，境内河流纵横交错，大小湖泊星罗棋布。这些人们看得见的这些河流、湖泊，成就了"黄河水乡，生态齐河"的美名。而地下深层含锶元素矿泉水的发现与开发，又为黄河水乡做了一个鲜亮的注解。

令我没有想到的是，齐河也有地表的泉水，而且不止一处，地点就在县城之内！还是去年夏天的时候，在微信朋友圈内，有朋友说在河道中发现了泉眼。我将信将疑。因为我曾经是一个垂钓爱好者，夏天在河中钓鱼，河水中冒出水泡之处多矣。据我多年在河道水中钓鱼的经验判断，河水中这些冒泡之处，一是鱼群，二是甲烷。水下有鱼就冒泡，这是钓鱼人皆知的常识；甲烷冒泡，则多是因为河床之下有多年树木杂草等沉积物。夏天气温高，那些沉积物在水下埋藏日久，就产生了甲烷，以气泡的形式冒出水面。所以，去年夏天有朋友说河道中有泉眼，我未曾寻访或细究。

刚刚迈进农历壬寅虎年的门槛，2022年2月2日（即正月初二）下午，我在小区临近的沁园公园散步，顺便到德百超市买了点食品。返回时，行至德百玫瑰园小区东北角齐鲁大街桥上（即沁园公园西北角，亦即人工湖西北角）。随意往桥下一看，只见清澈见底的河水中，有两处冒着清亮的水泡，一串串涌出水面。那一串串的水泡，在下午斜阳的映照下闪闪发亮，煞是好看。这冒出水泡的地方有一处在河道东侧河水中，有三股水泡上涌；另一处在桥下河道西侧河水中，距桥六七米，有一股水冒泡。桥下河水东侧三股水冒泡处，虽有些许杂草和纤细树枝漂浮其上，但仍引人注目。我稍稍驻足观看，心头一阵惊喜：这不是泉水在冒出吗？是泉水在冒呢！此时还是冬末，一些河水中还有薄冰。这儿的河水清澈见底，没有鱼儿，气温这么低，河底中也不可能有甲烷！我想起了在章丘的百脉泉参观的情景。百脉泉中一串串的水泡冒出水面，就是这个样子。水泡生发之处就是泉眼！

返回的路上，惊喜之余，我渐渐冷静下来，想到一个问题：河水中冒泡之处，会不会是自来水管道穿过河底时漏气漏水造成的呢？第二天（即正月初三）下午，我再次来到能观看到泉水涌出的桥上，景象依然。我沿着桥西河边公路东侧人行道往南走，察看河道中还有没有泉水冒泡处。没有新的发现。但是，我看到河道边坡上有水务部门竖立的地下供水管道的标志桩，标志桩上有水务部门的电话。我试着打了上面的电话，果然打通了，是一位姓靳的女士在值班。我询问齐鲁大街南侧有没有穿过河道的地下供水管道，她说不了解情况，可以给我问一下。不一会儿，她打来电话，说是那儿没有穿过河底下的供水管道。我松了一口气，说明我判断桥下冒泡处是泉水涌出是对的。我散步返回时又来到桥上，心想，桥的南侧河道中有泉眼，桥的北侧有没有呢？令我喜出望外的是，桥的北侧河道中也有两股泉眼冒泡，位置在河道中的西侧。只是泉水涌出的程度没有桥南侧河道东部那一处那么大，并且是间歇冒泡涌出。

好消息接续传来。正月初四，微信朋友圈里有朋友发了短视频，是河水中泉水冒出的景象。我询问了一下，是不是人工湖西北角桥下河中的泉眼，说是。就是说，有朋友也发现了河道中的泉眼（可能比我还早！）。这证明，齐河有清泉，是真的。2022 年

2月5日（正月初五）下午，我散步至倪伦河边昌奥国际小区西南的荷塘边。这是一个有着不锈钢围栏的荷塘，一年四季有市民在荷塘边散步和小憩。人们春天观荷塘中田田的荷叶冒出水面，夏天看荷塘中粉红色雍容华贵的荷花竞相开放。荷塘西边就是倪伦河，荷塘与河水相通，之间有一S形小木桥供行人观景。也许是春天的荷叶和夏天的荷花太美、太夺人眼球了，我没有注意过冬天和早春池塘中有什么可观之处。我来到小木桥上，观察整个池塘，池水清澈见底，残荷之茎静静地在水底纵横交错着。当我的目光由远及近，发现荷塘西侧水中有冒出水泡之处。驻足仔细观看，原来冒出水泡的地方有三处，均距荷塘西岸约两米，呈南北向排列。其中最北面的冒泡处有较密的几个点，距小木桥一拐角处不足两米；中间冒泡处出水最大，水可涌出池塘。我惊喜之余，看了一下四围的环境，认为池塘在建设时不可能把自来水管道铺设在其底下。因此，可以认定，这又是一个小小泉群。

回到家中，翻看民国二十二年（1933年）编纂的《齐河县志》（今人校注本），卷六古迹志"晏城"条目下记载："城内有井，水合胶入药""（金华）寺内有井，甘冽异常。"据说，金华古井旧址在原晏城供销社院内。这个位置，大约在昌奥国际小区北边一公里左右。我想，县志上记载的金华古井，应当就是一处泉水所处之地。因为古代，井、泉是一个大的概念，有泉才有井，地表之下较深处的泉就是井水的来源。因此，旧志记载的晏城金华古井，亦可称"金华泉"。如今，我看到的两处泉水，相距不远，而金华古井的位置，距昌奥国际小区也不远。由此可以推论，在如今齐河县城（晏城）西部，世纪路以东，阳光路以西，京沪铁路以南，齐心大街以北，在这么一个范围内，极有可能有一个泉水带。在这个泉水集中的区域，不可能只有两三处泉水冒出，也不可能只有我见到的两处出水量不大的泉群，很有可能有出水量较大的、可以与济南的某些名泉（趵突泉、黑虎泉除外）相媲美的泉群，只是我们以前没有发现，也没有标志，亦没有开发保护而已。

齐河有清泉！我写这篇短文的目的，意在引起人们对齐河泉水的关注。同时，建议有关部门（单位）对此进行科学考察，对齐河的泉水进行认定、命名、标志和开发，进而进行有效的保护。让人们知道，齐河是一个美丽、神奇的地方。仅就水而言，就呈现出黄河滔滔、湖泊荡漾、小河静流、泉水汩汩的瑰丽景象。水是生命之源，水也是灵秀的代名词。平原城市，以水为媚。齐河的清泉，必将为齐河增加更为美好而灵动的韵致。

2022 年 2 月 10 日（农历壬寅年正月初十）于怡心园

老城寻踪

朱长新

皇亭

我在马家园住过两年多的时间，马家园东有一片空地，坑坑洼洼，杂树丛生，荆棘缠绕。地上散落的是细碎的砖瓦，稍大能用的都成了社员们盖房砌墙、垒猪圈的材料。一条羊肠小道，东接北关进城的大道，道两旁是挨挨挤挤的民房，公家的供销社、洗澡堂、粮所等也挤在其中。向北不远是聊城通往济南的沥青公路，即今天的309国道。

民国县志将这个地方归类到古迹志中。其实从它建成起的清康熙二十四年（1703年）到民国三十三年（1944年）不过二百年的时间，称古迹有些勉强。齐河城比它古的建筑有的是，也许是由于皇帝的龙体曾在此躺过一个晚上，齐河人想留住这股龙气的缘故吧。

古迹是指皇亭：

在邑北关三官庙路西，为清康熙帝南巡驻跸之所。阖省绅商具修亭榭，旁列宫殿。雍正十二年（1734年），建碑以颂功德。后经黄水漂荡，坍塌殆尽，居人禀奏，拆建戏台于三官庙内。谚云："拆了皇亭盖戏楼。"即指此事。今戏楼尚存，碑已断卧路侧矣。

齐河城外古建筑不止皇亭，且建造时间大都比它早，除去人为破坏，基本保存下来。说皇亭是毁于黄水漂荡，不可思议，难道是豆腐渣工程？

康熙帝一生六次南巡，四次过境齐河。康熙二十三年（1684年）第一次南巡过齐河，驻跸晏城东的马寨，在此接见地方官员，听取汇报，作出指导。"时乡贤徐绍先迎銮左侧，亲承顾问，奏对甚悉。温旨慰以潜心学业，养成公辅之望，后当自陈所遇，以备清华重用。"（《齐河县志》）此事重大，荣耀千秋，地方乡绅遂建"惹香堂"存念。

康熙帝二次南巡，康熙二十八年（1689年）过齐河，驻跸晏城。本次南巡，由御用画家王翚将其巡行全过程绘制成巨幅《康熙南巡图》十二卷，其中第二卷是自平原至济南一段的行程，可惜在外国人之手，藏于法国巴黎集美博物馆。不过，我们仍可透过其他卷想象到当年康熙南巡过齐河的壮观场景。

康熙四十二年（1703年），康熙第四次南巡过齐河没有停留，在邱家岸渡济水到济南。即使不做停留，这位皇帝也没有让齐河人失望，留下《三渡齐河》诗一首以作留念：

淑气霓旌绕，光风拂济川。
曾经三次渡，未若十年前。
疾苦劳宵旰，深恩赖保全。
颇知民食重，安抚责臣贤。

一、二、四次都有了，那么第三次该住在齐河北关的皇亭了吧，这隆重的大事情，千载难逢，齐河地方志中却没有记载，康熙帝到底在没在皇亭下榻还真成了谜。

皇帝能在皇亭留宿一晚，哪怕坐一坐也好，如果不是，那岂不是伤了"阖省绅商"的一片衷心了吗？

康熙过齐河有两次明确记载是乘船渡过济水，他不选择走齐河城东的大清桥，而偏走荒郊野渡，这就需要地方官员骑马乘轿下乡动员百姓修路，征调民船。须知，康熙南巡不是轻车简从，而是一支庞大的队伍，上千人马的护卫，成百的随行官员，众多的后勤人员等。如果在一条民间道路行走，在一个民间渡口过河，那需要多长时间，他真能沉得住气。或许只有如此他才能了解民俗民风、民间疾苦吧。仔细一想，其实不然。

有人说康乾两帝南巡是劳民伤财，摆威风，瞎折腾。我想，摆威风是主要目的，他需要震慑那些前朝的遗老遗少和对清朝不服图谋恢复大明江山的人，威风能起到真枪真刀起不到的作用，尤其对于老老实实的百姓和那些"软骨头"的文人。这也是一种心理战。

这位雄才大略的帝王也是一位小心眼的人。清朝入主关内，一统天下，时时刻刻防备汉人的动向，对前朝遗民的镇压毫不手软。他们曾想从文化上改造中原民族，唯恐大明王朝死灰复燃。就是提到"明"这个字，也令清朝警惕。康熙无中生有地大搞文字狱就是其中的一例。

平心而论，康熙对齐河还是有感情的，他留下的诗就是最好的证明，而对齐河城却有几分冷淡。其中原因，后人也是猜测，只有他自己明白。

康熙帝在皇亭住也罢，不住也罢，反正皇亭是为他而建，雍正十二年（1734 年）不是又有人在此立碑以颂功德吗？

清末民初，社会巨变，人心不古，皇亭无人管护，附近百姓常到此寻宝，有时挖地三尺，更有甚者，拆砖卸瓦，运到自家使用，而且有愈演愈烈之势。士绅们坐不住了，联合请示拆除。获准后，将仅剩的砖石木料运到三官庙，建起一座戏楼。

县志上说皇亭是"黄水漂荡，坍塌殆尽"，这仅是一个原因，人为的破坏不可忽视。作为地方史志的编纂者来说，忌讳二字不可没有，一方史志怎可出现民众的不轨之举？

不管如何，皇帝留在齐河的住所是没有了，人们又多了一处看戏的地方。这就是历史。

督扬书院与督扬钱局

督扬书院始建于清道光十三年（1833 年），位于东门里路北文庙东，是齐河县的"高等学府"，也是规模最大的学校。

督扬钱局创立于道光二十三年（1843 年），最初在东门里路南，后迁移至督扬书院后院。

书院和钱局、士子和商贾怎么扯到一块呢？

先说督扬书院。

学校，夏、商时称"庠"，西周称"序"，就是孟子说的"谨庠序之教"中的学校，另有"泮宫""辟雍"的叫法。书院始于唐，兴盛于北宋，理学大师朱熹曾讲学于湖南岳麓书院，另有江西庐山的白鹿洞书院、江西上饶的鹅湖书院、河南登封的嵩阳书院等。书院的形成发展，在中国教育史上占有重要的位置，它不仅仅是教育名称形式的改变，而且是教育思想上的一次飞跃。这些书院近似于现在的高等教育——大学，一般是私人或半官半私性质，学生与文庙中学习的廪生、曾广生、附生不完全一样。书院真正践行着圣人"有教无类"的思想，开门办学。

始于孔子"学而优则仕"思想到隋代基本形成制度，学校培养学生的目的就是为了考试，直到金榜题名，光宗耀祖。

齐河有记载的学校是元至元十三年（1276 年），县尹高源修建的学宫，后毁于兵燹。明洪武三年（1370 年），知县王得成重建。成化十五年（1479 年），知县惠明重修。嘉靖三十四年（1555 年），曾任山西按察司兵备副使的齐河人尹纶又重修。清顺治三年（1646 年），学校毁于火灾。到清乾隆十六年（1751 年）先后重修增修五次。

然而，学宫还不是真正意义上的学校，且招生有限，不少学子被挡门外。社学的兴起，填补了这一空白，这等于说又建了一所学校，容纳更多的学子前来读书。社学虽是官办，官衙却不包揽一切。康熙末年，县署曾在北关建社学一处，因管理不善，资金来源没有保障，房屋设施日渐老化，透风漏雨，又不挡风寒，日复一日，学生越来越少，最后有名无实。

道光十二年（1832 年），知县许朝保带头捐资，并召集士绅唐廷栋、韩芳晨、赵还珠等人，四处募捐，得钱一万余串，购买县署前房宅一处做学校。聘请山长（老师）一人主持讲习，监院一人管理一切事务。新校取名督扬书院。

齐河春秋时属齐国，称祝柯，西汉改称祝阿。春秋襄公十九年（公元前 279 年），诸侯会盟于此，《左传》中称督扬，故城在今济南西古城村。所以，齐河又有督扬之称。

新校建成，环境优雅，在这样一个地方安心读书，士子皆大欢喜。为督促学子刻苦攻读，谋取功名，书院对优秀学生给予奖励表彰，使读书蔚然成风。光绪七年，童子科岁考，借督扬书院作考场，不仅是书院的荣幸，更是齐河的荣幸。

齐河的"文运之兴实基于此（督扬书院）"。

办学需要银子，钱从哪里来？当年所募款项余额越花越少，总有用完的那一天，到时书院如何维持？士绅张声闻想出良策。

他发起，由志同道合的士绅再次捐钱一万串，租赁房屋，开设钱局。所谓的钱局就是当铺，需用钱者，以物作抵押，待还钱时，偿付利息并取回抵押物品。督扬钱局开业后交易兴旺，如此一来，不仅解决了山长、监院的薪水和士子们吃饭问题，还解决了三年一考的乡试中士子们的津贴和费用。

光绪三十年（1904年），知县邓际昌将钱局所得利息全部划归学堂使用。从中看出，督扬钱局盈利可观，开支一个书院花费绰绰有余，其他学堂也从中获益。三十一年（1905年），为节省每月的租房费，钱局搬到书院后院，但交易仍然活跃。

士子们能衣食无忧，安心读书，全仗钱局支撑。而钱局财源滚滚，也是与这种官商不分的身份有密切关系。官府是一种权威，是百姓生活的保障，是稳定的基石，即使没有官员的直接操作，钱局的信誉也会为百姓接受。

光绪三十一年（1905年），清政府颁令停止科考，延续了一千三百多年的科考制度结束，中国士子读书做官的路也走到尽头。督扬书院改头换面，成为新式学堂。

督扬书院存在的时间不长，仅仅七十多年，但它见证了传统教育的衰亡和新型教育的诞生，在这一历史性的巨变中，不变的是教育的本质——传授知识，培育人才。

督扬钱局作为书院的金主，进入民国乱局，屡受军队、战争骚扰，生意日渐萧条，甚至入不敷出，民国十五年（1926年）只得关门歇业。恰巧，国民党县党部成立，便借此办公。十七年（1928年），土匪占领县城，督扬钱局封存的账目及用品被悉数烧毁砸烂。值此，督扬钱局的历史正式结束。

由于督扬书院和文庙同在一个大院，后人便视书院为文庙的一部分。这所大院，1912年成为齐河乙种农业学校——桑蚕学校。1949年后又成为齐河初级师范。1957年师范撤销，齐河县委成为它的新主人。

夕照晏婴祠

朱长新

走出晏婴祠，落日正红，齐州塔的斜影正悄悄拉长。本来就没有几个游人光顾，向晚时分已是人去屋空。重建的晏婴祠对外开放有些日子了，之前我想游人不少，也就没有去凑热闹。也许是到一些旅游景点屡次遭遇人潮败兴而归造成的条件反射吧。此时庙堂门前寂然无声，两阙傲然孤立，旗杆独木擎天，就我一个人还徘徊在春秋战国的时间隧道里。

来时见到庙堂左右两尊青铜色伏卧的怪兽憨态可爱，忍不住摩挲几下，猜想是麒麟，或是狻猊，问管理人员，回答不知，打听游人，更说不上一二。我愿意相信它是麒麟，《礼记》中把麒麟、龙、凤、龟称为"四灵"，是瑞兽，并认为麒麟出没处必有祥瑞。孔子出生前，有麒麟在他家院子里"口吐玉书"的记载，民间也有"麒麟送子"传说。此时没有了日光强烈的照射，两尊怪兽着墨似的通体发黑，面目有几分可怖。好在有鲜红的日头让人心生夕阳无限好的壮美，有天上鱼鳞般的片片薄云呈现着淡淡的金黄色，渲染着晚霞的绚丽。云之上是干净的蓝天，云之下有清凉的风从大清河上吹来。夕照下的晏婴祠简约明朗，端正大方，红墙灰瓦，殿堂廊榭飘逸出春秋神韵，盘桓着秦汉之风，河边塔影相伴的晏婴祠还是美到极致。

晏婴祠是一座仿汉制殿宇式建筑，两进院落，由阙门、过道、大门前殿、正殿、东西回廊和后院组成，布局工整严谨，殿宇宏伟，重檐翘角，雕梁画栋，气象庄严。前殿为文物展，从石器时代到青铜时代、从龙山文化到大汶口文化、从尧舜禹到夏商周、从秦汉到明清，一件件锈迹斑斑、灰头土脸的物件向你诉说着那个年代的故事，它们已不是器物的本身，而有了更高层次的文化意义。一圈下来，看到的是一部连绵不断的地方文明史。正殿中央有晏婴半身彩像，乍看羸弱瘦小，貌不惊人，与历史记载并无二样，然而细细端详你就会体察出胸有文墨才有从容不迫、韬略在胸才能镇定自若是一种何等的风度，晏婴就是这样一个既能治国安邦又善于体恤民情的平常人。

晏婴生活于春秋时期的齐国，世袭上大夫、历灵公、庄公、景公，辅政五十余年，是名副其实的三朝元老。司马迁在《史记》中将他与辅佐齐桓公成就霸业的管仲并列为传，并有"假令晏子而在，余虽为之执鞭，所忻慕焉"的"太史公曰"。然而到晏婴时的齐国，齐桓公开创的霸业已丧失殆尽，内忧外患缠身，积重难返。晏婴依靠自己的治国理念和聪明才智，巧妙地促成君王们实施"仁政爱民"的主张，以缓和社会矛盾；用智谋铲除危害国家的上层人物，维护施政的稳定；周旋于列国之间，化解危机，赢得体面，创造了史称"景公之治"的局面。晏婴深得君王士民的信任爱戴，这得益于他"节俭力行，恭谦下士"的深厚个人修养和公正豁达坦荡的人格魅力，他是智慧的化身，也是道德的化身。晏婴和孔子相识并反对孔子的某些迂腐主张，规劝齐景公勿信勿听，最终将孔子赶出齐国。然而孔圣人虚怀若谷，对晏婴评价中肯，其中"救百姓而不夸，行补三君而不有，晏子果君子也",要算"赞曰"了。晏婴的言行在后人编纂的《晏子春秋》一书中有精彩记录,从大政治国到个人修养无不对后世产生影响。

祠堂是祭祀祖先或贤人的场所,有大有小。大到曲阜的孔庙,殿堂庙宇连片,敢称天下第一家。太原的晋祠也是诸侯级别的亭台楼榭,规模宏阔。小到乡村中零散简陋的宗祠家庙。南宋朱熹的《家礼》从儒家立场出发,详细说明了有关祠堂的规格制度,可见在当时,于祠堂设置上是不能乱来的。在齐国故地的山东,晏婴祠或晏婴庙不止一处。较为有名的当属临淄、高密和晏城三处。临淄是齐国故都,是晏婴为官和长眠之地,高密是晏婴故里,这两个地方与晏婴关系密切,建个纪念场所很是自然。晏城则是晏婴的"食邑",是他收租子的地方,想当年也来不了几趟,关系是无法与临淄、高密相比。然而,历史上,晏城的晏婴祠建筑规模之宏大、雕饰之精美、祭祀之盛况,与其他地区相比毫不逊色,而且以晏婴姓氏为地名,晏城独此一家。

康熙《齐河县志》载:"晏城,县西北二十五里,齐相晏婴采邑,今以旧址为镇,晏城驿亦以此名。"旧晏婴祠原在镇北,建于明代,清代重修,为两进砖瓦坛庙建筑,前五间是过道房,称"金大殿",后五间居中供奉晏婴塑像,两侧是泥塑的各路神仙,俗称"晏婴老爷祠堂"。院内有古井一口,宋《太平寰宇记》载:"晏婴城城内有井,水和胶入药方。"清乾隆帝游晏婴祠曾留诗曰:"彰君赐固服桓子,执彼鞭犹慕史迁。羸马敝车一时耳,晏城千古属斯贤。"晏婴祠不仅留下帝王的足迹,还闪过众多达官贵人、文人骚客的身影。清初诗坛盟主钱谦益凭吊怀古晏婴祠吟诵出"采地遗者谁?相国齐晏子。千驷不匡君,二桃能杀士。

激彼梁丘生，浮白为之起"的诗句。这些胸怀天下的帝王和秀才们对晏婴治国理政才能无不钦佩，而普通平民百姓关心的是丰年岁歉，纳粮徭役。他们祭奉的"晏婴老爷"是位开仓放粮、赈灾救命的人。众多美好向往期盼集晏婴于一身，晏婴就成了百姓心里半人半神的偶像了。

这座晏婴祠毁于 1950 年，在这之后的若干年里，晏婴祠只留在老人的口头上和书中的文字里。没有了晏婴祠，大家似乎也渐渐忘记了晏城的来历。

正如宗教要告诉人们"你从哪里来，要到哪里去"一样，文化同样要阐释这样的道理。一座城的来历，这个城里人的集体性格是如何形成的，它的特征又是什么，这离不开文化背景的诠释。齐河人崇尚践行的"贤人文化"无疑来自晏婴的影响。晏婴"有道行道"式的贤人观点与孔夫子有关贤人的论述不谋而合，千百年来催发出这一方人的家国情怀和对土地的热爱。

第一次寻找旧晏婴祠是二十世纪七十年代初，虽只剩满目的残砖碎瓦，但总算还有个凭吊的遗迹。距离第二次造访已过了十年，去时只能看见新修的供销社的仓库，遗迹早已不在，我连发个思古幽情的地方也没有，只好悻悻而归。

重建的晏婴祠已不在原址，而是坐落在晏城之南风景优美的大清河景区，与大清桥、齐州塔、牡丹阁、孔庙、碑廊、齐河八景等古色古香的建筑相互映衬，形成当地源远流长的历史文化景观。

晏婴祠虽不是游人如织，香火旺盛，然而，我在夕照下的晏婴祠前并不感到孤独。

光闪温聪河畔

马传波

我一直居住在现今华店镇的大马村里。一次次路过张博士村东小河，一次次对小河神往着——这条小河叫什么名字？这条小河从哪里流过来，又流到了哪儿去？这条小河两岸村里的人真有福气，可以在河里游泳，可以在河干涸了的时候逮鱼……我问过一个长我四五岁的叔伯哥哥，他经过打探后告诉我，那条河叫"文通河"。我又问过村里的几个老人，他们也说叫"文通河"。再问，谁也不知道"文通河"的其他什么了。

弹指光阴，直到去年九月份，一直忙忙碌碌的我，被借调到镇政府编修《华店镇志》。我镇的"温聪河"一次次映入我的眼帘。当然，我也很快确认了"温聪河"就是"文通河"。

我村所属的华店镇内仅有两条小河，西面的赵牛河和东面位于张博士村村边的温聪河。住在华店镇的中老年人都知道赵牛河畔"义牛救主"和"血战郭家桥"的故事。为什么温聪河畔是一纸空白呢？靠近温聪河生活的村里人，数百年中，在温聪河里游过泳、逮过鱼、挑过水，不可能没留下一点趣事。我有幸编写自己镇的镇志，利用这个有利条件，我决心找一找许多年来一直神往的、离我家最近的小河畔的闪光故事。

一

《齐河县志·山川志》中载："在县西北二十五里滕官屯西。因刘洪坡秋水泛滥，淹没禾稼，乡民温聪告准修河，以泄水势，时谓温聪河。"在这里面有"因刘洪坡秋水泛滥，淹没禾稼"，可以确定，当时开修温聪河的源头是"刘洪坡"了。

刘洪坡就是现在刘桥镇内温聪河边的流洪村。

流洪是温聪河的源头。可是看看现在的地图，地图上明明标注着，流洪南距离温聪河近十里呢！怎么回事呢？民国十一年（1922 年），国民政府齐河当地官员根据下级反映的水灾情况，到现如今属于焦庙镇的郭窑、前郑等附近几个村进行实地考察。同年秋后，政府调集人力物力对温聪河清淤延展。就是因为这次工程，才有了流洪南的温聪河段。

二

接下来让我们视线北移，看看温聪河流域的中部地区。

今年春季，一个天朗气清的星期天，我骑着摩托车，驮着儿子，带着相机，去早就有所耳闻的华店镇尹屯村东南温聪河上尹屯闸东约 100 米远的一个大土丘游玩。

初到荒草覆盖着的大土丘前，我和儿子首先认真观看了省县人民政府 1992 年 6 月 12 日为山东文物保护单位"尹屯遗址"立的石碑。石碑的背面清楚地记载着尹屯遗址的相关信息："尹屯遗址，晏城西南 3.5 公里处。冢呈台状，南北长 70 米，东西宽 60 米，高 5 米。曾出土文物有石器、蚌器、骨器、陶器，出土蛋壳黑陶残片，为'龙山文化'至汉代遗址（约公元前3000年—公元200年），保护范围100米×100米。"

看完石碑，照相，我、儿子，还有石碑上的史料都被记录到了相机里。在石碑的后面，四米多远，是一个一米多高，半米多宽的铁栅栏门，门里面就是所谓的"尹屯遗址"。门上没有锁，一推就开。我和儿子过了小铁门，直接往大土丘上爬。在这里，我并不想过度描绘在此的所见所闻，而是要形象简明地直接地告诉朋友们，我在大土丘上的所见。大土丘的最上面顶端中间有一个底面积约十平方米的大坑，坑底被人平整过，栽种着十一棵碗口粗细的杨树。大坑的北壁坡斜度大些，东、南、西三面壁很直，大坑的平均深度约两米。俯下身子，我清楚地看到坑底边缘处有一块块散乱着的蓝色土制烧块。出坑来，我在大土丘的南半坡上也发现一些零碎的蓝色土质烧块。大土丘上，剩余的能使我记住的就是初春时节半人多高，黄里透着新绿的，密密层层的茅草，还有西南斜坡上有一棵还干枯着的野枸杞树（本地俗称红姑娘子）和西北角最高处的一棵三米多高的小榆树。

温聪河边闻名全镇的大土丘上有的就是这些。我从上面下来，站在大土丘的北面看了好长时间——本县史料和其他材料，对这个大土丘称呼不一，有的叫晏子采邑处，有的称晏婴衣冠冢，还有的像土丘前的石碑上一样命名为尹屯遗址。

三

从我说的孟德家附近，沿着温聪河向北，过了东岸边的东辛村三里就到308国道。在308国道北，温聪河西岸边的第一个村庄就是张博士村。

从张博士村顺温聪河向东北两千米，就到了 101 省道和津浦铁路。温聪河在 101 省道和津浦铁路底下穿过，再斜向东北就不在华店镇境内了。

明朝末年，一个初冬的早晨，济南府锦川镇西北一个枣树掩映的土窑边，有穿着土布破衣的郭姓爷孙俩，前拉后推着一辆装满盆子罐子的木推车，上了东北方向的路。这俩人，爷爷中等个头，头发半白了；孙儿十三四岁年纪，披散头发，看上去和爷爷齐高。车上是从自家的土窑上装的一件件货物，他们是要把自家烧制的盆子、罐子拉到京城去卖。

前面拉绳的郭小子说："爷爷，我们什么时候能到北京城啊？现在听说国家的西部有个叫李闯的人，开始拉队伍起义了。李闯前几年到我们这些村子来过，可我们家一直忙着窑上的活，外面的事儿了解的少。"后面驾车把的郭大爷咳嗽了一声说："国家打起仗来可不是好事儿。这次如果天气好又碰不上乱兵，我俩几十天就能到北京城。"

你一言我一语，倒也消除了旅途的疲劳。上午半阴着天，正好不冷不热。中午，天阴下来，他们走到了温聪河中部东边的于楼村。爷孙俩都饿了，停下车子。郭大爷从一户农家讨来两碗开水，与自己的孙儿拿出自带的干粮蹲在路边将就着吃了。

简单地吃过之后，郭小子先站了起来，说："爷爷，我觉得我也有力气了，我推着，你拉着车前绳子吧！"

"行，你试试。"郭大爷说。

郭小子走到木推车跟前，弯腰伸手把车子驾起来了，用力往前推了两步，还真行。郭大爷心中喜欢，收拾完吃饭用具，高高兴兴地走到车子前，去拉绳子。看看云层加厚的天空，郭大爷心中默念——但愿大白天别下雨。郭小子的力气还真行，他稳稳地驾着车把的同时还能猛力地向前推。用力推车的郭小子想着只要车子走得快一些，爷爷就能少用一些力气。推啊推，走啊走，一个时辰的功夫，爷孙俩到了姜屯村东齐河县通往宁津县的官道上。官道比两旁的土地洼下一尺多深，路面上有许多浮土，但很宽阔，要比乡间路好走得多。

天阴得更厉害了，爷爷说要在天黑前过了北面的李庄才行。孙子更卖力气了。正当郭小子俯身推得起劲的时候，忽地听到身后传来马嘶叫銮铃响，略一回头，只看见后面有马匹闪电般地向他们奔来。郭小子大呼："爷爷，靠右边。"之后，他使劲全身力气往右推车子。因为前面有爷爷，郭小子猛推车向右靠的同时，右手拽了一下车把。爷爷躲开了，车子躲开了，郭小子也躲开了，只是，车子和郭小子都歪倒了。

躲到路边的爷儿俩，看到自己身边尘土飞扬处，一个四个足蹬粉底皂靴，身穿宝蓝直裰，头戴褐色纱帽的人跨马扬鞭，呼啸而过。郭小子赶快爬起来，检查车子和货物，说："爷爷，有一个靠地的盆裂纹了。"

"不太要紧。卖个低价，别人用锔子连起来还能用。"郭大爷看了看说。

爷孙俩把车子正起来后，郭小子又问："爷爷，刚才那是什么人啊？怎么这么孬？幸亏我躲得快。"

"唉！看上去像是官绅。现在这年头，有了事儿，当官的大部分只顾个人。"郭大爷摇了摇头叹着气说。

郭小子绕到车子前，给爷爷拍拍身上的土沫子，再拍拍自己身上的，而后又转回车后，重新驾起车把。

天阴得更厉害，开始下起淅沥小雨了。郭大爷的脑门子皮紧皮紧的，郭小子更加用力。虽然雨点加密加大了，但郭大爷看看前面的一个大村庄，脑门子上的肌肉松了。

"爷爷，天还没黑，咱们晚上在前面那个大村子里过夜吗？"

"不，往前走，过了村子，你会看到河边有一个店，宿在那里。"

一会儿，爷孙俩绕过村子。雨蒙蒙中，郭小子看到了前面三十丈外的河边有十多间茅草屋，其中靠近路的三四间茅草屋旁，一根长木杆上挂着一个斗大的"酒"字。

"爷爷，就是那里吧！"

"是啊！那是你一个从河南迁来姓黄的伯伯开的旅店。"

再往前走，小雨点继续簌簌地下，郭小子渐渐看到了"酒"字旁边店门前写着"黄草铺"三个字。

"爷爷，我知道了，你看那店门口的三个字，因为是黄伯伯开的旅店，所以叫黄草铺。"

"是，是。我们住的村庄因为我们郭家开了个土窑，叫了郭窑村；咱爷孙俩刚过的这个村，是温聪河边最北端的村了，也就是因为你姓黄的伯伯开的店叫'黄草铺'，过往这里的人都称我们身后这个村子为黄家铺了。"

写到这里已经到了温聪河的尽头，再往东北是倪伦河畔了，倪伦河的情况我很陌生，这里便不再展开。郭大爷和郭小子陪我们走完了靠近温聪河的五十华里路，明天他们继续向北，就离开温聪河畔了，让我们共同祈祷他爷孙俩一路顺风吧！

大清河是条文化河

孙德奎

　　要追溯齐河的历史文化，大清河是绕不过去的。她的前世是济水，今生是黄河，济水——大清河——黄河，源远流长几千年，尘封着齐河这方地域太多的历史印迹。

　　大清河的前世是济水。济水是中国古代一条著名的河流，被称为"四渎"之一，与黄河、长江、淮河齐名，一向以"流清、泽广、德厚"著称。尽管济水早已成为历史，但从一些地名中还可以看到她曾经的影子。济源即为济水源头，济南即为济水之南，济阳即为济水之北。"齐河"地名与济水也是息息相关。东汉初年，大将耿弇率军渡济水讨伐谋反的张步，后人为耿弇率军渡河的地方起名"耿济口""耿济渡"。唐朝在此设镇，名"耿济镇"。宋朝时将耿济镇改为"济河镇"，后又将济河镇改称"齐河镇"，这便是"齐河"地名的演化过程，从中可以看出此地地名的确与济水息息相关。金天会八年（1130年），齐河镇改称齐河县，在济南对岸的河畔开始修建齐河城，风风雨雨八百年的齐河古城便由此开始。

　　那么，济水是何时改称大清河的呢？清胡德琳辑《历城县志》记载："济水自东平以下，唐人谓之清河，至宋又有南北清河之名。南清河即泗水，北清河即济渎。南渡后，北清河又有大

248

小之分，盖自刘豫导泺东行始。"根据这段记载可以看出，济水在唐代已改称清河，而出现大清河、小清河的称谓应在伪齐刘豫当政期间，即在金天会八年（1130 年）之后的十余年内。从中，可以看出"齐河县"与"大清河"这两个称谓，在历史上是几乎同时出现的。

大清河是一条景观河，也是一条文化河。历史上围绕着这条河，衍生出许多自然景观和人文景观。齐州八景之泰山南峙、长岭东环、济水左绕、官堤荫柳、渔舟唱晚、寒沙栖雁，皆与大清河有关。而文庙古槐在齐河城内的文庙院内，与大清河咫尺之遥。只有隐城蜃气出现在齐河城北 30 里的柳杭店村。

这八景首次出现在代州任知州的齐河人朱锐写的八首吟诵故乡的七言律诗中，是作为诗的题目出现的。这是齐河的远方游子对家乡最美好的记忆，融进了乡愁，寄托了乡情，抒发了乡思。于是齐州八景便作为文化符号，被载入齐河史册。清康熙年间编修的《齐河县志》对齐州八景有明确记载，而民国二十二年编纂的《齐河县志》，则对齐河八景有了具体的文字解释。

泰山南峙：泰山雄踞于齐河县的南边。从齐河城内眺望，只见泰山群峰缥缈，矗立在天边。特别是天气晴朗的时候，站在高处远望，更是一番雄伟壮丽的景象。

长岭东环：在大清河左岸，有一条长长的土岭，如巨龙迤逦绵延，望之如图画一般。这条长岭，后来有专家通过战国简初步考证，认为这里很可能就是第一条齐长城的遗迹。

济水左绕：古济水绕着齐河县东面流淌，是齐河县的东部边界，其风光之美，可以和古时著名的濠水、濮水一较高下。

文庙古槐：齐河城内的文庙中有数株古槐，均为千年以上的古木，其状如虬龙，望之使人油然想到树木树人的道理。

官堤荫柳：城南至城东大清河边的大堤上，绿柳成荫，自成一景，甚至可以与皇城长安的灞河柳岸、辋川胜景相媲美。

渔舟唱晚：当时大清河是一泓清波，水面宽阔而平静，打鱼的小船在清波上缓缓轻荡，每至傍晚，渔歌互答，船影绰绰，使人恍惚间如置身江南水乡。

寒沙栖雁：城东面大清河景观，特指大清河岸边的小沙洲。每逢深秋，南飞的大雁常在沙洲上栖息露眠，成为大清河的又一风景。

隐城蜃气：此景并不在齐河城周边，而在距县城以北30里的柳杭店。相传有人清早站立村旁向西望去，曾看见掠地云雾之中出现过城市街市的奇幻景象。此景在海洋和大漠之中屡见不鲜，但在平原地区却很少见。

齐州八景，原生态的景致，真是美轮美奂，令人叹为观止。

除齐州八景外，大清河上最有名的景观，当属大清桥。这座连接南北、辐辏八方的桥梁，充满神奇色彩，饱含文化气息，几百年来不知被多少文人雅士赋诗吟诵。

大清桥的缔造者是一位名叫张演升的道士，没人知其从何而来。他有感于川阔水深，行旅病涉多有不便，遂发愿架桥。广募官民，集聚资财，自嘉靖二十七年（1548年）开始修筑，到嘉靖三十四年（1555年），历经八年方大功告成。大桥建成后，张演升即羽化而去，埋葬在桥之东首偏北，当地人称为"神仙坟"，墓碑前书"张道人之墓"，碑后书一句谶语"坟在桥在，坟坏桥坏。"几百年后，大清桥最后的命运，果然与神仙坟的命运一模一样。

围绕着大清桥，还有许多富有传奇色彩的故事流传。据采衡子《虫鸣漫志》载，大清桥中间的桥孔水色独黑，从没有人敢撑船经过。有一水性极好的愣头青，曾潜入桥底窥探，见一巨鼋做熟睡状。后有一富商闻之，出大钱让该愣头青潜水将一根铁链缚在鼋足上，用九匹骡子拉拽。登时天昏地暗，浪高数丈，桥栏被掀到半空。众人大惊，纷纷跪地拜求，才复天朗气清。

大清桥东西各有一牌坊，一额写"大清桥"，一额写"济水朝宗"。道光十三年（1833年），齐河知县沈其云把两座牌坊合二为一，立于桥西，并且增加了两副很有气势的对联，一副是"马蹄晓踏卢沟月；鳌背晴蒸岱岳云"，一副为"岳色河声千古壮；月卿星使九霄多"，吟哦之间，大清桥的阴晴圆缺和山色水声便一并涌出。

大清桥不仅为交通要道，而且还是齐河旧邑的风俗展台。正如民国时期齐河县知事吴福森所言"如大清桥者，不独一方之名胜，亦遐迩共推为大观也"。

的确，凡路经齐河的文人骚客，大都留下诗文流传后世。歌咏大清桥的著名之作，当推清代著名诗人查慎行的七绝《大清桥》："风柔自觉轻衫便，山近微嫌湿翠多。日暮大清桥畔望，一丛春树拥齐河。"诗轻灵含蓄，顾盼生情，确为抒写登览之情的好诗。

但一切都有结束的时候，天灾就像一把剪刀把属于大清桥的诗情画意统统剪碎，浮萍碎影，随风飘逝，咸丰五年（1855年）六月十九日，黄河决口于河南铜瓦厢，漫漫黄水夺大清河入海，从此盛极一时的大清桥湮没于茫茫烟波中，正所谓"良辰美景付浩渺，世上再无大清桥"。

于是，从咸丰五年（1855年）开始，如诗如画的大清河被浊浪滚滚的黄河取而代之，从此进入黄河时代。

黄河水势大，大清河河床小，而且黄河流经黄土高原携带大量泥沙，所以在"磨合期"水患频繁，两岸人民深受其害。随着泥沙堆积，日积月累，河床逐年增高，与此同时河堤修得更高，黄河下游最终成为一条"悬河"。这条高高架在头顶上的河流，在齐河南坦险工处拐了个急弯儿，然后挤进一段相对狭窄的河道。这个弯儿是危险的弯儿，流经这种河道的河水对堤坝的冲击最大，也就最易遭受洪水和凌汛的威胁。但这个弯儿也是个美丽的弯儿，千里黄河大堤雄浑和秀丽并存，这里是最佳观赏点。《老残游记》的作者刘鹗先生曾在老齐河城逗留，便在此地观看黄河凌汛，这里也便成了黄河沿岸的一个著名景点"老残观凌处"。

相对于黄河和济水而言，还是大清河更适合做齐河的文化符号。宣统三年（1911年），江苏无锡人吴福森就任齐河县知事。作为江南才子，吴福森喜欢寻觅古迹，抒发兴废之慨。故而彼时已沉没于黄河泥沙下近五十年的大清桥，便成了他索隐往昔的最好由头。他在《大清桥沿革记并序》中，不仅为后人留下了大清桥变迁的清晰脉络，且还原了一幅大清河未被黄河夺道之前的优美画图："昔黄河水之（未）合于济也，济水自西南蜿蜒而下，其色碧且清。附城两岸多菜圃，王瓜坠地可折数断，土性之肥美可想矣。一时之达官富绅名园别墅多卜地河畔。杨柳茂密如结翠幄，往来歌声与鸟语错杂如笙簧。桥亘东西如驾彩虹。登桥远眺，见东南诸峰罗列如张翠屏，有山拔起疑与天齐者，泰岱也。"这段文字俊朗飘逸，历历如画，所绘之景正是古时"齐河八景"之首的"泰山南峙"。

古人抒发兴废之感慨，其实表达对美好事物一去不复返的遗憾。而古人的这种遗憾，在现今社会已得到最大程度的弥补，弥补的方式就是结合城市建设的需要，重修一段大清河，恢复大清河的传统景观，把埋藏在历史深处的美好记忆唤醒。

恢复重建的大清河，在齐河县城南与黄河二道坝之间，首尾与倪伦河相接，全长近 3 公里，建成后既承担着防洪排涝的任务，又拥有休闲旅游之功能，更重要的是还承担着宣传齐河地域文化的任务。

重修后的大清河在县委党校附近。大清河深厚丰富的文化与县委党校培训党员的职责有机结合，让大清河顺理成章地成为党校传播地域文化的现场教学点。为深入挖掘大清河文化，党校的某些老师常漫步大清河畔，游目骋怀，思接千载，在观察中思考，在赏心悦目中增长知识，提高境界。

大清河畔最有历史厚重感的当属齐河历史名人园。这里从春秋时期到当代社会的两千五百多年中，选取了与齐河相关的百名历史人物。这些有资格在大清河畔占有一席之地的历史名人，尽管身份不同、时代不同，却都曾在齐河历史上产生过重大影响。

他们中有帝王，如光武帝刘秀、明成祖朱棣、康熙帝玄烨、乾隆帝弘历等；有文臣武将，如耿弇、尹秉衡、房守士、马人龙、韦逢甲、左宝贵等；有造福一方的官吏，如朱瑞、尹伦、赵允振、吴福森、邓际昌等；有扬名一世的英雄，如石勒、倪伦、温聪、郭少棠、刘鹗等；有文人墨客，如骆宾王、元好问、钱谦益、查慎行、郝氏四子等；还有现代的革命者和英模人物，如李聚五、马馥塘、郭仁强、时传祥、孟祥斌等。

灿若群星，各领风骚。这些彪炳青史的人物，每个人都有动人心魄的事迹，也都有震撼人心的精神。穿行其间，我们膜拜他们，他们俯瞰我们，在膜拜和俯瞰之间，古人和今人完成了思想的传递和精神的升华。

晏婴是齐河的标志性人物，晏城因晏婴而得名，但在名人园里却觅不到晏婴的踪迹，似乎有些美中不足。其实大可不必为此遗憾，因为在齐州塔东侧专门建有晏婴广场，广场中间高高地矗立着晏婴雕像，而广场对面是古色古香的晏婴祠。在齐河历史上，晏婴祠曾经多次重修，这次重修的晏婴祠是一座汉代风格的仿古建筑，占地面积30亩，内有金华古井、穹碑、东厢房、西厢房、前殿、后殿及晏婴的衣冠冢。作为历史名相，晏婴以廉洁、勤勉、爱民、仁政而得名，深得百姓拥戴，这或许就是晏婴祠在几千年的历史上多次毁坏而又多次重修的原因吧。现在晏婴祠是齐河的廉政教育基地，也是县委党校的又一个现场教学点。

在晏婴祠与名人园之间，是齐河党员教育体验基地。这里是齐河县委、县政府在新时代为增强党员党性、提高党员素质而搭建的教育平台。这个平台以"担当"为主题，以情景体验为主要表现形式，共设置27个情景体验区，展示了在百年党史中涌现出来的典型人物和典型事件。这里有李大钊、毛泽东这样的伟人，也有钟南山、郭永怀这样的院士，还有时传祥、孟祥斌这样的普通党员。作为县委党校培训党员的重要载体，基地在提高党员干部思想自觉和行动自觉方面，起到了重要作用。

在齐河党员教育体验基地正前方，有一条与大清河并行着的文化长廊，这就是中国第一历史碑廊。在大清河畔，文化气息最为浓厚的当属这里。

这里陈列着183块碑文，这些碑文有诗词歌赋，也有名言警句，从中能看出齐河的历史文化、风土人情，也能看出古人的思想情感、志向抱负，还能看出这方地域曾经的四时美景。而且这些富有浓郁地方特色的名篇佳作均由古今书法大家手书，王羲之、颜真卿、苏轼、米芾、赵孟頫、郭沫若、舒同、白蕉、启功、刘炳森等古今名家的墨宝在碑廊都能找到。漫步历史碑廊，欣赏古今书法，品味美妙诗文，的确是一种非常过瘾的文化享受。

"彰君赐固服桓子，执彼鞭犹慕史迁。羸马弊车一时耳，晏城千古属斯贤。"这首名为《晏城》的诗作，是乾隆皇帝路过齐河时留下的。康熙皇帝、乾隆皇帝都曾六次下江南，两个有诗瘾的"老头子"走到哪里就写到哪里，康熙皇帝的《渡济水》《三渡济水》，乾隆皇帝的《齐河道中》《渡黄河》《晏城》在碑廊中都能找到。在齐河本地诗人中，碑廊中出现频率最高的当属"郝氏四子"。在清中期山左诗坛上，活跃着齐河县孙耿镇的郝允哲以及他的弟弟郝允秀、女儿郝秋岩、儿子郝答四位有成就的诗人，他们被时人称为"郝氏四子"，其中郝秋岩因其卓越的才华，被称为清代山东第一女诗人。在所有题材的诗作中，《齐州八景》占了相当大的比重，朱瑞、马人龙、万福、吴征士、万绵五人写的同题诗《齐州八景》总计40首，均在碑廊之列。

走出历史碑廊，还在意犹未尽之时，却见一座七层宝塔矗立眼前，这就是齐州塔。济南古称齐州，齐河历史上长期隶属于济南，是齐州的一部分，在大清河畔有齐州塔矗立当不为过。站在齐州塔上举目南望，只见长桥卧波，复道行空，那就是大清桥。大清桥西是文庙，文庙古槐是齐州八景之一，而泰山南峙、长岭东环、济水左绕、官堤荫柳、渔舟唱晚、寒沙栖雁、隐城蜃气也都以不同的姿态重现于大清河畔。这些人为的景观，当然不能与几百年前的自然景观相提并论，但是看到眼前的景观，我们思维的触角却能延伸到几百年前。大清桥东是牡丹园，这里生长着各种牡丹，花开时节芬芳馥郁，争奇斗艳。大清河畔不仅有牡丹园，还有梅园、兰园、竹园、菊园。这些地方，白墙蓝瓦、小桥流水、怪石横卧，是典型的南方园林风格。

除了五园八景，大清河畔的景观绿化，也很有看头。这里按南方园林的标准来布置，同时又考虑了北方四季分明的季节因素。樱花树、山楂树、核桃树、玉兰树、栾树、法桐、大叶女贞、江南槐、金丝柳、杜梨、雪松、海棠、红叶李等，130多个品种，上万棵树木，各就各位，立正站好，接受游人的检阅。随着地形的起伏变化，各个树种有机搭配，移步换景，无论站在哪个角度，总有新的视觉冲击，绝不单调，绝不重复。三季有花，四季常青，无论观花、观叶、观果、观枝、观形，在北方的这条大清河畔，一年到头，总能做到赏心悦目。

大清河畔，风光无限；大清河畔，文化璀璨。大清河是一条文化河，漫步大清河畔，就是在齐河的历史和现实之间来回穿越。

诗情画韵大清桥

张丽华

大清河与齐河历史同样悠久，与长江、黄河、淮河并称"四渎"，为齐河境内黄河的前身。"大泽清河"展现的是齐河历史人文的大爱精神与润泽万物、泽被百世却不求闻达的品德。大清桥则又成为大清河的灵魂，是大清河上一道独特的风景。大清河河道宽度 70 到 100 米，景观宽度 188 到 300 米。大清桥以其复古的中式风格，重新雄伟地矗立在大清河上。大清桥是一座三孔石桥，采用廊桥式建设，颇有江南风韵。桥面为柏油路，设计为复式 3 车道，供车辆通行。桥中段是对望的复顶翘檐门廊，上面挂有牌匾，书"大清桥"。回廊的顶部绘有山水花鸟图案，更添古朴雅致之风。大清桥处于城南新区，地势开阔，每当天气晴朗，天空一片湛蓝，桥顶翻卷着片片白云，让人不禁遐想大清桥百年风云变幻。

站在大清桥南望，一个古老的人文景观映入眼帘——泰山南峙。古人有文字记曰："登桥远眺，见东南诸峰罗列如张翠屏，有山拔起，疑与天齐者，泰岱也。"现今的齐河人，雨过天晴，站于高楼之上，仍可见黄河南岸的泰山山脉连绵起伏，如在眼前，齐河小城自古至今，得造化钟爱，集名山之雄浑与大川之神秀于一身。站在大清桥北望，水面开阔，岸边植被繁茂，景区北端党史馆和齐州塔相互映衬，相得益彰。不远处河东岸有两座古典建筑，红柱白墙，拱顶飞檐，门前清波绿苇，偶有水鸟荡起碧波潺潺。距离较近的那座便是牡丹轩，附近种植了大片牡丹花苗，高两尺左右，刚刚扬花绽蕾。河西岸的古典建筑是一座文庙，庙后耸立着几棵高大的槐树，与文庙的红墙蓝瓦交相辉映，展现的正是古"齐城八景"之一的"文庙古槐"。传说齐河城内文庙中有数株古槐，是千年以上的古木，其状如虬龙一般，望之使人油然想到树木树人的道理。

文庙的正殿内，塑有中国古代齐鲁大地上产生的九位圣贤的雕像，供人们瞻仰。他们分别是法祖皋陶、文圣孔丘、兵圣孙武、艺圣鲁班、科圣墨翟、医圣扁鹊、亚圣孟轲、智圣诸葛亮、书圣王羲之。齐河人充分利用齐鲁圣贤人物荟萃的优势文化资源，弘扬传统文化，陶冶人们的情操，净化人们的心灵。文庙即是在溯源追思，以期文脉源远流长。

文庙的西厢房，是两间红色木梁柱的典雅的书房，文房四宝，笔墨纸张，古典书籍，名人字画，摆满了房间。东厢房是黑陶艺术馆，陶艺家定期在此向少年儿童普及陶器制作技艺，激发孩子们对手工制作的兴趣。齐河县朗诵家协会入驻了西厢房，他们曾长期举办每月一次的大型朗诵会。每次朗诵会都是齐河作协的作家们提供作品，朗诵精英们反复体会作品的思想感情，排练形成声情并茂的朗诵作品，在文庙演出。朗协还从娃娃做起，培养了一大批小朗诵家，他们小小年纪便登堂入室，面对众多凝望的眼睛，面不改色，声振林木。那一年，我便是奉献作品的作家中的一员，米黄色的灯光让西厢房温暖而柔和，朗诵家们或情感激昂声如洪钟，或语速柔和温情如水，时光几乎静止，只有感动的泪水，接住了此刻的光芒。朗诵会的结尾，作家们向参加朗诵会的小朋友签名赠送了自己创作出版的书籍。这多像金色的秋天，收获了本季的稻谷，又播下了来年的新麦。

大清河风景如画，春天茵茵绿草铺满河岸。大清桥畔，迎春花一树树举着喊春的小喇叭，樱花、海棠、碧桃灿烂如霞。夏天层层莲叶铺满了大半个河面，一朵朵白荷粉荷从莲叶间冒出来，高高低低错落其间，分外娇艳。秋天河水同天空一样蓝，秋风吹拂着高天的云朵，变化万千。冬天万籁俱寂之时，一场大雪覆盖了桥面，覆盖了河床，尚有踏雪寻梅的人来这里踩下足迹，还有兢兢业业的环卫工人来桥上扫雪，他们橘红色的环卫服闪耀在桥上，仿佛洁白天地间点燃的几簇火苗。

赏景的人入了画，把景色也搬入了画中。大清桥畔的牡丹轩是齐河县美协的写生创作基地。2021年9月，为庆祝中国共产党建党100周年，传承和弘扬优秀传统文化，抒发广大人民爱国爱党爱家的真情，齐河文联、齐河县美术家协会共同举办了"清河流韵庆国庆美术作品展"，在大清桥畔的牡丹轩展出。齐河县20多名画家多次到大清河写生创作，运用传统国画的笔墨语言，运用不同的表现手法，描绘了大清河秀丽风光和人文景观。他们画得最多的是绿树蒲草掩映的大清桥，高耸的齐州塔，齐河历史碑廊，寒沙栖雁，夏荷田田，清河泛舟。人们耳闻目睹的熟悉的风景以笔墨的形式走入画中，别有一番风韵。他们的作品或古朴苍劲，或清秀俊逸，或清新雅致，为大清桥更增加了一层浓郁的诗情画韵。那次画展正值国庆假期，前来赏画的群众络绎不绝。

大清桥这座当年连接南北、辐辏八方的桥梁，充满神奇色彩，几百年不知被多少文人雅士赋诗吟诵，而今的大清河景区花木点缀，小桥流水，游廊掩映，更是如诗如画。如今的大清河景区，已是省内外游客向往的地方。齐河人节假日闲暇时第一件事，也是去游览一下大清河，在碧波潺潺、柳荫匝地的河岸走一走。攀登到大清桥顶遥看一下高高的齐州塔，看一看清波绵长的河道蜿蜒南去。古代大清河畔的富庶繁华和今日现代化建设的蒸蒸日上交相辉映，不仅感慨：前有古人，后有来者！上风上水的齐河正阔步迈向未来。

黄河南坦的弯道风景

解永敏

一

有位作家说过，上帝是吝啬的，也是慷慨的；上帝是偏心的，又是公平的。

的确，上帝很慷慨，上帝也很公平。

水能够孕育生命，上帝便将水洒向人间，让水永远统治着地球，恣肆汪洋，浩浩渺渺。

水无论多么恣肆，无论多么柔软，依然是要讲规矩的。于是，上帝用河谷束缚住了水流，给了埃及尼罗河，给了印度恒河，给了美索不达米亚幼发拉底河和底格里斯河。之后，上帝仁慈的目光扫描着华夏大地，扬起手来，给了这片厚重的土地一条黄河。从此，这条巨龙彻夜不息地咆哮奔腾在神州大地上，苍苍茫茫，九曲回环，生生不息。

我无数次看过黄河，无数次被黄河的气势所震撼。滚滚黄河水，是那样的质地柔软，却又有如此无坚不摧的力量。而一路东奔的黄河水，也并非只有蛮力。碰到层层叠叠的阻物，它便迂回旋转一番，再顺势折转身躯，继续不歇脚步，向着东方汩汩滔滔，一路前行。而如黄河齐河段南坦弯道处的河流，不但能让人

261

感受到其不可遏阻的冲撞力和宏伟气势，还能让人感受到她百折不挠的柔韧。

当然，大河行地，是以乐章的形式弹拨人间的琴弦。

大河的故事，又是大地的故事。

大河流动的不仅是芜杂喧嚣的历史，还有色彩斑斓的民俗、风情、宗教，抑或文化和艺术。

这是一个冬日的午后，我又一次站在齐河段的南坦观望黄河。本想感受黄河的雄浑与壮阔，感受黄河在这里独有的弯道风景，却感受到了这个季节里黄河的荒凉之美。

冬天的黄河，除了河道里闪亮着往前涌动的滔滔水流，看不到大堤上有绿叶，更看不到春夏时节的灿烂花草。虽然大堤上有树木挺立，一排一排，却也都是枝杆，如健美运动员一般，伸胳膊露腿，张扬着它们的强健。双目远际，想找一株泛着绿色的植物，也只能等待春天的来临。

这个季节的黄河，其弯道处的主色情调便是荒凉。没有了春夏的喧嚣和繁杂，犹如一位饱经沧桑的老人，默默的，静静的，好像在思考，亦好像在期待着什么。站在南坦远远望去，宽阔的黄河两岸有的只是长长的整齐的河堤，像水上长城一般婉转悠长。而刺骨的寒风却不管那么多，只顾着呼呼地吹，吹得太阳似乎也怕冷了，躲进云朵织就的被窝里头，也不再往外露一露。而河道里的水流，也速度缓慢，似是在踽踽独行。再看水边那僵硬的滩涂和大堤上一排排萧瑟的树木，根本没有任何生气。这一切使得原本万马奔腾般的黄河，像是用尽了气力，只顾躺在这方湿润的土地上唏嘘喘息了。

第一次感受黄河南坦的景象，还是二十世纪七十年代初的一个夏天。那时候，刚刚初中毕业的我，随着几个同学从四十里外的学校跑到老齐河城里拍毕业照。拍完毕业照，便与同学约着去看黄河。原本是要往城东走的，听说那里有一个百年渡口，渡口上车来人往，煞是热闹。照相馆的人听说我们要去看黄河，便告诉我们看黄河最好的地方是南坦。站在南坦看黄河，那才叫一个美。

当时，对于美的感受完全还是一种孩子气，说白了仅仅是好玩而已。但当真的站在南坦看黄河的时候，内心已然受到很大冲击。只见黄河从西南方向气势汹汹而来，到了南坦这里一转身拐了大弯，又奔东而去了。那低沉的吼鸣，似远方隐隐的奔雷，似一万张牛皮大鼓被纷纷沓沓地一起擂响。于是，我嘴里禁不住冒出这样一句话："好大一洼水啊！"

十几年后，从部队转业回到故乡，又几次骑自行车跑二十几里路，专门去到南坦，看到的却不仅是"黄河之水天上来"的气势，还有两岸景色的迎风扑面，真真有了从未有过的感受。那一刻，极目远眺，便见阳光下的黄河犹如从西南方向抛过来的万丈金练，阔步前行，旋而拐了一个很大的弯子，便将南坦抛在一个转折点上。居高临下饱览河景，浊流从上游滚滚而来，又突然转身而去，令人目移景换，情思激飞。黄河风尘仆仆而来，到了南坦这里像是突然舒展开了宽阔的腰身，特别是到了六、七月份，其河道表面看上去缠绵有余，内心却激越无比。再到九月十月，则又换了另一副面孔，显现出的是其粗野的本性，也就应了早年民间"九月水淹，十月水泛"之说。

二

对于南坦这"好大一洼水",不久前曾与一位朋友有过一次聊天。

这位朋友坐在我的对面,穿一件深色的羽绒服,神情看起来十分平静。

我和这位朋友是战友,曾经在一个连队里摸爬滚打过很多年。虽然从部队退役回到地方后亦经常见面,但像这样坐下来面对面地一起聊黄河,聊黄河上的南坦,还是第一次。

这位朋友出生在老齐河城的西北街,老家的宅子,往南走几十米,爬上黄河大堤也就到了南坦。因而,说他生在南坦亦不为过。生在南坦,对南坦自然有诸多了解。所以,与这位朋友聊黄河,聊南坦,算是找对了人。

"为什么要聊南坦?"朋友说。

"某种意义上说,南坦是黄河文化的齐河符号,这个符号有其历史意义,也有其现实意义。所以,想听听你这个南坦土著对于南坦的理解。"我说。

"其实,南坦不叫南坦,而叫南坛。"朋友说。

一句话,把我多少年来对于黄河南坦地名的概念颠覆了。

南坦不叫南坦,叫南坛,还是第一次听说。

后来,翻看文友黎明先生所著关于齐河旧城纪事的《烟雨八百年》和房庆江先生的小册子《齐河古城逸事录》,方知道为什么南坦曾经是南坛了。

朋友告诉我,南坦的"坦"字本应写作"坛"。当年,齐河老县城两面临黄河大堤,因黄河在南坦这里拐了个大弯,南门外的大堤是东西走向，东门外的大堤是南北走向。而在黄河大堤的外坡上，原有南坛、东坛和北坛，后来因为大堤不断加高增厚，"坛"便被埋在了堤下。

据悉，"坛"一般是古代祭祀的台子，如北京的天坛，就是皇帝祭祀皇天、祈五谷丰登之场所。一般用土堆就，四周再用砖石砌起，大多坛墙南方北圆，象征着天圆地方。而黄河大堤上的"坛"，是为祭祀河神保一方平安而建。后来，随着黄河大堤的一次次增高加厚，南坛、东坛和北坛全都不复存在了，唯有南坛的名字被保留下来，而且越叫越响，在字面上也逐渐由"坛"演变成了"坦"，看上去更像是由黄河大堤派生出来的一处险峻之地。

因为黄河在南坦急急转了一个大弯的缘故，黄河水的冲击力在这里也就增大了，南坦便成了黄河防汛时重点防守的危险地段，河边还竖起了"南坦险工"的标志。这一段的黄河弯多道窄，曲折蜿蜒，北岸和南岸相距不宽，仅有四百六十五米，因而被称之为"黄河咽喉"。

"在咱们齐河，看黄河南坦是最好的一个去处，很小的时候就听老人们说过这样的话：'想把黄河看，南坛上面站。'"朋友告诉我，一年四季黄河水的变化，黄河水的流势以及周围的各种景致，唯在南坦这个地方看得最为真切。他还把黄河水随着季节的更替描述成了三种颜色，春天是黄，夏天是红，到了秋天黄和红则糅和在了一起，看上去煞是舒服。

"秋天黄河上游雨水比较多，如果遇到上游几天几夜下大雨，在南坦这地方看到的黄河，也就有点桀骜不驯的样子了。"朋友说。

"那个时候，黄河是不是有点暴跳如雷的样子？"我说。

1958年的黄河大洪水造成许多处险工决口，英雄的齐河人民众志成城，化险为夷　高义杰／绘

"对，就是暴跳如雷。在那样的季节里，人们都有点不太敢看黄河了。"朋友说。

听朋友这样说，我突然想起了很多年前在郑州花园口事件广场看到的一处浮雕。浮雕记载的是黄河花园口事件，而此事又是刻在黄河上的一段抹不掉的印痕。瘦削的老人蹲在地上，拢着手，无助地望着前方；逃荒的人流，个个衣衫褴褛，满面凄苦，有的拄着木棍，有的挎着篮筐，还有的挑着担子，一头是讨饭的瓦罐，一头是哭泣的孩子。

历史的片段像一帧帧画面在许多人脑海里闪回，那是悲怆的，也是痛心的。而关于黄河的历史，花园口事件自然是特别沉重的一页，酿成 1250 万人受灾，391 万人流离失所，89 万人死亡的悲剧。

由此，便也想到了南坦这个地方的安全问题。

"黄河如果从南坦这里开口子，会是什么样子？"我说。

"怎么可能？再怎么也不会让黄河在南坦开口子。"朋友说。

"为什么？"我说。

"因为这里太过重要，真要开了口子，那会淹掉京沪铁路和整个华北。"朋友说。

有资料显示，在齐河县境内，从黄河南坦到大王庙二十多公里的距离内，河道两岸堤距小，弯道急，黄河中心以流速快、冲击力大而著称。如今的京沪铁路大桥处为两岸最窄的地方，仅三百多米，犹如人之咽喉。故而，这二十多公里的河段便被称为"黄河咽喉"。多少年来，此河段遇洪阻水，遇凌阻冰。因南坦距豆腐窝分洪闸处不远，民间亦早有"开了豆腐窝，华北剩不多"的说法。所以，这一河段成为山东沿黄最危险的地段，又被称为"山东黄河第一险"。

齐河黄河河务局的朋友告诉我，南坦险峻，对其治理也下了很大功夫。房庆江在其《齐河古城逸事录》中，对南坦有如此描述："几百年来，不知往里投放了多少方石头，水下护住坝根，也不知消耗了多少人力、物力和财力，才方有南坦之安在。"

古往今来，在黄河南坦这样一片"咽喉"之地，演绎过无数故事。正是这无数的黄河故事，作为炎黄子孙，黄河在其心目中就成了一条无出其右的圣河。如今的这条圣河，随着日月的更替，早已演变成一种偌大的文化符号，凝结在华夏历史与传统的骨髓中。而南坦，则成了黄河文化的齐河符号，流动在齐河文明的血脉里。作为齐河本地人，每一次站在南坦纵目黄河，感受其"天上来"之气势，一种豪纵狂放之感便油然而生。

三

"读过刘鹗《老残游记》的人都知道，老残曾经专门跑到南坦看水，看冰凌。"朋友说。

"这是大家都知道的事，南坦那里还有一块很大的'老残观凌处'的标志石呢。"我说。

"是啊，刘鹗应该就是老残吧？"朋友说。

"差不多，刘鹗的《老残游记》应该写的就是他自己游历时的所见所闻。"我说。

"自古文人多风流。"朋友说。

一部《老残游记》摆在那里，如此一部传世之作，能与齐河的黄河南坦相联系，则是一桩幸事。起码齐河这样一个小地方，早在二十世纪初就随着刘鹗的作品闻名天下了。

"当年的南坦一带，应该说比较繁华，无论是商业还是服务业，在鲁西北都很出名。"朋友说。

"是啊，刘鹗《老残游记》里就有记载，称'走到齐河县城南门觅店，看那街上，家家客店都是满的'。当年的县城南门，不就是如今的南坦吗？"我说。

"差不多，南坦也就是南门。"朋友说。

朋友说的时候很得意，对出生之地的自豪通过他脸上的表情，显现得十分清晰。

谁人不为故乡赞？曾经的一首《谁不说俺家乡好》，让多少沂蒙山人为之骄傲！

九曲黄河九十九道弯，黄河的故事万万千。南坦作为黄河文化的齐河符号，不仅仅出生在此地的人为之骄傲，每一个齐河人说起南坦，都会心生敬仰，因为这是黄河的南坦，更是故乡的南坦。

早年在部队服役的时候，每到礼拜天或节假日，战友们都会跑到营房院里的大草坪上坐着聊天。而一些齐河籍的老乡战友，聊得最多的就是黄河，就是南坦。一位从南坦旁边村庄入伍的战友，讲过一个"开了"的风俗故事，至今令我记忆犹新。

那位战友说，早年黄河上经常发大水，而真正开口子的时候却不多，毕竟黄河开一次口子是一次大灾难，人们想什么办法也得做好堤防。二十世纪七十年代的一个秋天，黄河出现大汛，战友父亲当时是村里的民兵连长，天天带领村里的青壮劳力上大坝防汛。尽管如此，村里依然人心惶惶，有些经历过洪水灾难的老人，甚至焦急地准备着逃生。夜深时分，战友父亲拖着疲惫的身体回到家里，一家人还没睡，都十分不安地等待着什么。爷爷见儿子回来了，便急切地问："怎么回来了，什么情况？"战友父亲有气无力地回答："那边开了。"一句话，引起了全家人的惊慌和悲伤。"那边开了"，也就是说这边安全了，但这并没有让家人们感到庆幸，反而为对岸长清县那边人们忧心忡忡。

战友说，那年月黄河洪水就像吊在两岸人民头上的一把利刃，时刻威胁着大家的生命安全。每逢汛期，青壮劳力都得上大坝防汛，家人们整天提心吊胆。最紧张时，各家各户都收拾好行李，备足干粮，以防万一。有的甚至还把梯子竖在房上，预备猝不及防时上房躲避。就连平时说话也多有忌讳，做饭时烧水，如果谁说"水开了"，老人们会立刻紧张起来："俺得个娘哎，吓煞人啦，怎么说开了呢？"因而，在齐河南坦一带，早年水开了不能说开了，得说"水熟了"。

当然，黄河留给我们的不全是悲伤，还有一些开心的事。

每年夏季在黄河边上戏水，是很多孩子乐此不疲的事。而黄河丰富的水产，又大饱了人们的口福。朋友说因黄河南坦段的弯道，有名的黄河刀鱼在这里出得最多。

刀鱼学名刀鲚鱼，因从渤海湾逆流而上，齐河人又称"倒稍鱼"，而在黄河口一带，则称"倒鱼"。一个"倒"字，大概是因其沿黄河逆流洄游的缘故吧。

历史上，黄河几经改道，黄河刀鱼却总是顺河而去，又沿河而来。长江口和海河口虽然也有刀鱼，却总不及黄河刀鱼量多味美。齐河本地有句渔谚：麦稍黄，刀鱼长。黄河刀鱼属鳀科，小的六七寸，大的一尺多长，身薄色亮，细鳞小肚，短喙圆突，看上去像一把尖刀。它们有时会游到海里，有时又会游到河里，脂肪丰厚，肉质细嫩，味道鲜美，烹调无须多少佐料。

黄河刀鱼是黄河独有的季节性鱼种，海里生，河里长，只有每年麦收时节才能捕捞。朋友说黄河刀鱼出水即死，早年大都在河堤上交易，从水里逮上来就卖，不会挑到集市上销售。时节一到，便会看到人们手提用鲜柳条串着的一些刀鱼，在黄河大堤上叫卖。

南坦一带河水多回流。朋友说有一年的麦收时节，很多刀鱼截流在了这里，多得让人无法想象，顺河道望去，阳光下一片银光闪闪，用网拉都有点拉不动。孩子们拿着筛子捞，拿着签筐端，都能捞到不少鱼。但那时没有储存条件，肥美的黄河刀鱼也只能卖个"白菜价"。

有资料显示，后来因黄河几次断流，河里的十几种洄游鱼类消亡，真正的黄河刀鱼如今也很难再觅其踪。当然，也有用黄河水人工养殖的刀鱼，但与真正的黄河刀鱼相比，却差了很多。

很难想象，经历了几千年甚至上万年进化而来的物种，在劫难面前终还是灰飞烟灭。无法想象，鲜活的生命无论经历了怎样的垂死挣扎，最终亦不得不绝望地走向枯竭。从此，它们的故事像一个个美丽而忧伤的童话，只能存在于人们对往事的记忆里了。

宜人清河

付其文

　　我以为，高明的园林设计者，是最善解人意的。一到清河，你就会清楚地感受到这点。

　　每条小径，都干净利落，不沾尘渣，每一片落叶，都会被及时打扫，像自家的院落，每天都清清爽爽的，让人清心，舒适。每条路，都有绿树掩映，地上都是阴凉。风都是干净清爽的，吹在身上、脸上，都有轻拂的感觉。那垂柳，那国槐，均如玉人执扇，保你凉快，保你在凉快里生出醉意，心儿早已飘飘欲仙。每条小径，必是曲折有致，断然不会，一竿子到头。它们总是曲径通幽，诱着你往前去，也断不会诓骗你，转过弯去，定然有不一样的风景，让你眼前一亮。走了不多时，便会有一座小亭，静立在那儿，亭下有座儿，生怕你累了，烦了。到亭下，歇歇脚，拍个照，聊聊天，发个微信，有陈旧习惯的，还可以吸根烟，云雾缭绕，但不要乱丢烟蒂，旁边有分类的垃圾桶，很干净，都给你准备好了，可不兴不守规矩的。每条小径，都不是一片坦途，走一段，就会有几级台阶，抑或，有一座拱起的小桥，仿佛故意阻住你匆匆的脚步，让你慢下来。清河这么用心，可不允许谁走马观花，它执意要让你细细欣赏，它有信心，有内涵，值得你去用心的。

绝非只有小径这般用心，再去看看那些桥吧。因为河很长，怕你看倦了这边的风景，巴望着对岸。但又不轻易满足你，所以各座大桥之间都距离甚远，让你熬过上下求索的心路，它才迟迟出现。等它出现了，它又不让你匆匆而过。它用它的雄伟大气，用它的豪迈深沉，用它的善解人意，留你驻足，让你流连，让你感受到此岸与彼岸之间，同样是风景，生命的每一寸时光，都不可虚度，到处都有收获。你在桥上看风景，看风景的人，也在看你。多么入景入情入诗。桥上有亭，有椅，有眼界，如此宜人，何必脚步匆匆呢？

大桥如此，小桥也不例外。清河相对开阔，边上便自然生出河汊。匠人们丝毫没有忽略这些，也细心地架上各式的小桥，供腻烦了的出去，向往的人进来，进进出出，都自由随意，从不去勉强谁。坚信着，向往的，大有人在；走了的，还会从头再来。一份大气，一份包容与开放。

来清河的人，都希望亲近水。匠人们，早替你想到前面了。在几处冲要的部位，都设计了平台和台阶，供你去掬水，濯足。来清河，如果想登高望远长啸，那就去登齐州塔吧！尽管不可以登塔而小鲁，而小天下，但足可以望见滔滔黄河，绵绵东山，足可以，骋目驰怀，摒弃狭隘，荡涤偏见。更莫说，风雪中怒放的梅园，可以砺志；清幽处依然挺拔的竹园，可以静心；红尘中依然诗意盎然的碑廊，可以沉淀。

劝君，闲时常来常往，因为清河实在宜人宜心！

北展区的新生

张玉华

　　沿黄河向下，来到一个河窄弯多的地方，人称"黄河咽喉"，这里就是齐河。在悬河大堤之下，曾经有一个历史久远的齐河老县城，始建于金天会八年（公元 1130 年），隶济南府。元，隶燕南河北道德州；明，隶济南府；清，隶山东布政使司济南府；民国，隶岱北道，继隶济南道。因为和省城隔河相望，所以老齐河自古是南北通衢、八方辐辏之地，"南接岱宗之麓，东跨济渎之流，徒骇诸河周环襟带，衢交九达，冠盖如云"。特殊的地理位置，便利的交通条件，使得老齐河城商贾云集，成为一方风水宝地。

　　《老残游记》第十二回"寒风冻塞黄河水，暖气催成白雪辞"写道：

　　却说老残由东昌府动身，打算回省城去，一日，走到齐河县城南门觅店，看那街上，家家客店都是满的，心里诧异道："从来此地没有这么热闹。这是什么缘故呢？"正在踌躇，只见门外进来一人，口中喊道："好了，好了！快打通了！大约明日一早晨就可以过去了！"老残也无暇访问，且找了店家，同道："有屋子没有？"店家说："都住满了，请到别家去罢。"老残说："我已走了两家，都没有屋子，你可以对付一间罢，不管好歹。"店家道："此地实在没法了。东隔壁店里，午后走了一帮客，你老赶紧去，或许还没有住满呢。"

由此可见，当时的齐河县城客满为患，旅社一间难求，其繁华景象可见一斑。但是，随着黄河泥沙的逐渐堆积，河床越来越高，河堤越筑越高，两岸人民夜夜枕河而眠，齐河的悬河越来越成为国之隐患。

1971年，国务院水电部批准修建滞洪区，在黄河一道坝之外，再修一条二道坝，这样就在一道坝与二道坝之间，形成一片滞洪区，人称"黄河北展区"。它位于齐河县城的东南，南临黄河，横跨济南与齐河，距县城约10公里，总面积106平方公里，其中齐河境内63平方公里。北展区之内的老齐河县城，及其区内村庄，都要搬出。其用意在于，一旦黄河在此决口，北展区就会成为一片泽国。

有着800多年历史的老齐河县城要搬迁到10公里之外的晏城。晏城"北依禹疏九河之漯川，南望古四渎之济水，地势平坦，土地肥沃"，为晏婴封邑之地，故得名"晏"。

经过3年的努力，被称为黄河二道坝的黄河北岸新堤正式建成，还修建了豆腐窝、李家岸分流闸，同时，老齐河县城也搬迁完毕，剩下遍地狼藉。一丛丛野草从瓦砾间蓬勃蔓延，书写着新的故事。黄河北展区在瑟瑟风雨声中，静静等待着前途未卜的命运，静静等待着某一天黄河水从天而降，将这里变成泽国，变成鱼虾的乐园。

经历了近40年的沉寂，作为昔日热闹的车马舟帆云集之地的北展区，远离了人类的喧嚣，远离了车马的骚扰，她在温润的气候条件下，自由自在地生长着，期盼着“女大十八变”的旖旎，翘首着“天生丽质”的涅槃。

某一天，人们突然发现，经过岁月的梳洗，经过风雨的培育，这里发生了神奇的变化——有林面积28000万亩，林木覆盖率达58.6%。有12000亩生态湿地，4500亩的天心湖水面，池塘星罗棋布，面积达10000亩。有天鹅、丹顶鹤等数十种珍稀鸟类，有十余种鱼类在此栖息，野生资源极为丰富。由于黄河防洪防凌的需要，国家长期限制开发，使黄河北展区成为省会济南周边生态最原始、环境最幽静、空气最清新、水质最清纯的一方宝地。

2008年水利部、国务院相继下发文件，明确取消黄河北展区防洪防凌功能；7月，国务院正式批复黄河北展区全面解禁，开发不再受限；11月，北展区被山东省委、省政府列为重点扶持的旅游项目，被省发改委列为服务业重点项目。昔日“养在深闺人未识”的北展区，终将迎来“天生丽质难自弃”的华丽登场。

这里有丰厚的文化底蕴。有周朝诸侯会盟地、野井亭（齐侯唁鲁公处）、老齐河古城遗址、明朝恩荣坊遗址、明朝黄河以北第一名寺——定慧寺、老残观凌处和康熙皇帝三次南巡驻跸之所等历史人文资源。

这里有便捷的交通。国际生态城距济南建邦黄河大桥仰首可见，京台高速公路、804省道和京沪高速铁路在区内穿过，位于展区内正在筹建的济齐黄河大桥距京沪高铁济南西客站和齐河县城区均只有10公里，预计将在2017年通车。

这里有丰富的水资源。地下水储量约26亿立方米，大都能做矿泉水开发利用。特别是北展区有丰富的温泉资源。目前已开采 3 处，水温 57 度，每天流量 1500 立方米，还注册了"齐鲁温泉城"商标。

这里林木覆盖率非常高。林区氧离子含量超出一般平原县的 2 倍以上，是名副其实的天然氧吧。北展区内荷花飘香，绿树成荫，水库是泛舟、垂钓的好场所，绿荫是人们休闲娱乐的好去处。独具特色的农家饭店正在等待过往游客，在那里可以吃到地道的农家宴。大面积的林场、湿地，优美的田园风光及淳朴的民风，是游客休闲娱乐的好场所。

这里有"齐河八景"之一的"泰山南峙"景观带。站在此处的黄河大堤上举首南望，河水浩浩荡荡，浪涛澎湃汹涌。黄河之水天上来，挟风裹电，呼啸而来，直接南天。俯首低瞰，放荡不羁的黄河水在这里被坚固的黄河坝迎头拦住，发疯似的打着旋儿，撞击着游人脚下的堤坝，发出震耳的轰鸣，激起数丈高的浪花，不情愿地改向东行，显现出九曲黄河中少见的雄壮美，而不远处的泰山余脉，清晰可见，令人倍增豪壮之感。

齐河县委、县政府抢抓机遇，依托黄河北展区良好的生态环境、丰厚的文化底蕴和区位交通优势，作出了建设黄河国际生态城的战略决策。2010 年 11 月 30 日，黄河国际生态城被山东省人民政府批准设立为省级旅游度假区。

一张白纸上描绘出了美好的未来画卷。黄河国际生态城的美好画卷正在渐逐展开。

齐河县依托北展区良好的生态环境，突出温泉、水乡、文化、生态农业和休闲度假主题，以建设国家级文化生态度假区和国家级生态经济示范区为目标，规划了"三片一带"、四大节点、六大社区和 21 个旅游项目。"三片一带"，即整个生态城划分为齐晏凤城片区、梦幻水乡片区、田园古风片区和大河风情游览带。"四大节点"，即凤凰阁、黄河北展区工程纪念塔、黄河楼和天湖观光塔四个标志性建筑。"六大社区"，即生态城现有居民将集中生活在嘉禾园、昭阳屯、长丰庄、齐晏城、天湖岛和新渔村社区。

"齐晏凤城"片区东起京沪铁路，西到王府闸。该片区作为生态城的核心区，重点发展房产、商务、休闲、度假等功能于一体的中高端旅游产品。概算投资 119.6 亿元，设计了泉城海洋极地世界、天心湖休闲区、黄河生态家园、黄河高新文化产业园、耿济古城、齐晏温泉度假村、齐晏古城、泉城大型游乐场、泉城水上世界等旅游项目。

"梦幻水乡"片区北起王府闸，南到北展堤，突出做足做活水、沙、湿地的文章，概算投资 30.6 亿元，设计了黄河水乡湿地公园、黄河运动休闲苑、黄河湿地汽车营、金水湾温泉度假村、黄河国际垂钓中心和黄河农渔科技生态园 6 个旅游项目。

"田园古风"片区西起京沪铁路，东到县界，重点发展生态农业，概算投资 24.9 亿元，设计了黄河温泉城、黄河休闲农场、黄河文化博览园、黄河大本营、稻香农园和林海生态休闲园 6 个旅游项目。

"大河风情"片区由黄河、黄河大堤及大堤沿线村台形成的带状区域，依托黄河，挖掘黄河文化，概算总投资 0.4 亿元，设计了豆腐窝水利观光休闲区、齐鲁黄河第一漂、黄河滩游乐区、黄河情体验区和李家岸水利观光娱乐区 5 个旅游项目。

解禁八年来，黄河北展区种下梧桐树，引得凤凰来。泉城海洋极地世界、泉城欧乐堡梦幻世界、定慧寺、黄河水乡湿地公园、东盟城、晏子湖、玉带湖、大清河风景区等一个个航母级旅游项目纷至沓来，扎根、开花、结果。人流聚物流，物流聚财流。齐河旅游业的迅猛发展带来了巨大人气，带动和促进了其他行业的发展。

解禁以来，黄河国际生态城初具规模，文化旅游产业成为全县亮点最多、成长最快、社会反响最好的产业板块，齐河县先后被评为山东旅游强县、山东乡村旅游示范县、中国最美生态旅游示范县，进一步擦亮了"黄河水乡、生态齐河"的金字招牌。

重生的黄河北展区，一切都是那么美好。有着"亲商、敬商、爱商、富商"传统的开放的齐河人，正用黄河河床那么大的扩音器，与世界对话，迎接着来自四面八方的宾朋。

走马寨

朱长新

马寨

萧索西风里，辚辚驾短辕。

绿铺秋草路，红指夕阳村。

雁影山云乱，虫声豆叶繁。

老农怜倦客，剥啄启柴门。

　　诗作者朱湘（1670—1707），清初历城人，出身官宦之家，善工诗文，交游甚广，风流蕴藉。与王士祯、朱彝尊诗文酬答，和蒲松龄是忘年之交，曾为《聊斋志异》题七绝三首。《马寨》一诗是写作者旅途劳顿，在马寨暂栖农家歇脚时的情景，读来温暖。他还有一首七绝《马寨怀故友张秀才》：

　　西风落日停骖处，依旧当门老树斜。

　　十载故人今不见，一杯空自酹寒花。

　　西风落日中，诗人路过马寨，触景生情，忆及当年故友，不禁暗自神伤。张秀才是何人，不见经传，他的张姓后人也说不出一二，能与朱湘有此往来的人，定不一般。

清康熙年间河北任丘人庞垲也给马寨留下诗篇《晚次马寨》：

> 济北秋深行客少，林深径仄暗惊魂。
>
> 将残日脚荒荒下，不尽虫声细细喧。
>
> 幽谷风回摇百草，野狐人立出黄昏。
>
> 忽瞻灯火前村近，为语山翁莫掩门。

任垲工诗文词翰，善行小楷。康熙十八年（1679）以博学鸿儒科授官翰林院检讨参与修纂明史，后历任内阁中书舍人、工部都水司主事、员外郎。官品不是太高，但大小也是京官，他的学问和诗作要比官职更有名望。诗中写下行路途中日落黄昏、暮霭四合之时的深秋景色及旅人急切赶路，忽见灯火的欣慰。诗中的氛围营造烘托出诗人的心理情绪，情景交融，是不可多得的好诗。

记得还从一本旧志书上看到两首与马寨有关的诗歌，作者是两个外地官员，诗文有些名气。可惜当时没有记录，现在记不起来了。

我对马寨的兴趣，就是源于几首诗，而且是从诗的本身延伸到诗歌以外。

朱湘、庞垲写到的马寨既不是商贾云集的商贸重镇，也不是统治阶层的某个行政中心，仅是平原上一个普通村镇。那么，朱湘、庞垲之流缘何在此停留抒发感慨呢？而且在这形似乡野小店的地方，还有一个朋友张秀才。

三十年前，我去马寨寻旧，不想，村庄已经改造，建筑和街道像一个模子刻出来的，横成方竖成行，老街老巷所剩无几。我遇村中老人说:"你们马寨有名,县志上有不少记载哩。"老人一脸无奈地告诉我:"那是老话呀!"接着抬手向北一指,说:"风水断了,全毁了。"

村北是横贯东西、建成于1912年的津浦铁路。老人说的风水是明清时纵贯南北连接山东江南的官道。

1912年,官道被铁路拦腰斩断是马寨风水不在的转折点,更大意义上说,是中国封建社会家天下到现代国家转型的转折点。

马寨只属于过去。

清康熙二十三年(1684),圣祖东巡,十月八日驻跸马寨。康熙己卯举人、孝廉徐绍先"迎銮左侧,亲承顾问",地方官员云集,依次觐见,聆听圣谕。乡贤野老也受召见,上下共话桑麻,成为美谈。许是皇帝高兴,把接见建群臣的地方称为"惹香堂"。

一朝天子,不住豪华的行宫而选在一个简陋的村镇,自然有统治者的心机谋算,马寨却因有皇帝驾到,一时名噪天下。举人许绍先对皇上的询问,悉数作答,皇帝十分满意,命他潜心治学,以具有如三公辅相一样的声望。许绍先诚惶诚恐,谢主隆恩。那些时日山呼万岁之声不绝于耳,康熙皇帝一定心情不错,离开马寨南行二十里横渡济水时有了诗性,遂成《渡济水》:

晓渡更临济水,野风时卷霓旌。
几曲寒流荡漾,十月舆梁始成。

皇帝一走,许绍先"为志一时之盛",率众建"惹香堂"。
关于"惹香堂",在村徐氏族谱中有赐进士出身文林郎知齐河县事郭昂写的《敬录"惹香堂"匾式》一文。许绍先由此步入仕途，初任泗水县教谕，后升任浙江省平阳县知县，政声不错。

许氏一族并非马寨土著，清顺治十五年（1658年），许升之于本县老许村携家人投奔马寨外祖父家。许家祖上许应诏、许东渐曾任明朝地方官员，家学渊源。许氏的到来，开启了马寨读书谋取功名之风，先有许振先获岁贡，后有许绍先获举人。有清一代，马寨先后有太学生、监生、贡生、廪贡生、郡庠生、邑庠生、生员等200余人。马寨代代不缺读书人，他们当中有的外出做官为朝廷效力，有人成为邑内业儒、乡里处士，这些乡村中的知识分子大都成为乡村中的乡贤，受人尊敬。这些人必然引领乡村风气的走向，把孔孟之道和宗教信仰浸透到乡村生活中。

1949年的马寨人口701人，往前追溯到明末清初，人口应当也不会很多，算不得较大村镇。商贸交易在史书上也无记载，仅有的集市就是民间一般的买卖。但从明后期刮起的建庙修庙之风却为马寨带来声誉。先有嘉靖九年（1804年）于村西建成"真武庙"，后陆续有隆庆四年（1570年）建成的"三元宫"、万历五年（1577年）重修"真武庙"、万历三十一年（1603年）立"真武庙"纹龙碑、万历四十八年（1620年）迁"大佛寺"至村十字街、天启元年（1621年）建"送神娘娘庙"。有清一代，康熙五十八年（1719年）重建"三元宫"、道光十三年（1833年）修建地藏十王宫。此外，尚有无法确定修建年代的"三义殿"及坐落于村中、村东、村西的"土地庙"。

从保存下的碑文看，庙宇供奉的是中国本土道教的神仙和历史人物，诸如玄帝、天官、地官、水官、送子娘娘、土地爷、刘关张，仅有的外来神仙在大佛寺。说来可笑，大佛寺是几十块青砖搭建的，还不及村中的土地庙大，内无护法，不见佛身，只有"大佛寺"三个刻字。也许是外来的和尚会念经，大佛寺虽简陋，却名声在外，香客众多。这座寺存在的时间最长，2014年它见证了马寨的拆毁迁移和自己的永远消失。真武庙是马寨有记载以来最早建成的庙，万历三十一年（1603年）重新修葺后立纹龙碑，碑文由明万历丁丑（1577年）进士大同巡抚兼兵部侍郎房守士撰写。我们无从知道真武庙的建筑如何，仅凭房守士的身份可以得知，马寨人对功名的热切和看重和对待庙宇里的神仙一样。

三百多年后的一天，我途经马寨，暮云低垂下荒芜一人，残砖碎瓦随处可见，土堆上爬满拉拉秧，狗尾巴草随风摇曳。马寨已整体搬迁另寻他处，"老农怜倦客，剥啄启柴门"之声早已成空谷绝响。

戚官屯的新色彩

丁淑梅

一

戚官屯位于齐河县最北边，隔徒骇河与临邑县搭界。

在村西头，两座大桥自南向北并排横跨徒骇河，一座封闭的桥，承担着引黄济沧、京津冀南部供水的重任；一座废弃的桥，人来车往，是连接临邑县和齐河县的重要交通要道。

桥头上，携春风扭动的秧歌引得河水荡荡，树影婆娑，鸟儿歌唱，行人惊羡。我忍俊不禁，随男女老少手中的扇子和手绢翩翩飞舞。放眼，鼓点忘情，亭台俊秀，鸟雀穿梭于河面和花草树木之间自由自在的歌唱。细细打量，此桥头形似龙头，有万物赋予之灵性。

站在桥头向村子望过去，看不清那些院落和街头巷尾的细节，只看见徒骇河臂弯里的一片海，被绿色覆盖，影影绰绰，整个戚官屯像是巨龙露出水面的脊背，在时光里波光粼粼。

春意窜动，天空流散着云。沿着高高的大堰向东，有一种释然让梦想与生活衔接，有一种锁在深处的蜜，让一些面孔在梦想与现实的地界接壤。连绵起伏的田，静静的徒骇河，葱茏的树木，苍翠欲滴的河滩，河边石头上的棒槌声，小媳妇身上飘起的绚丽多姿的色彩……这个地处县域最北部的乡村，有一种被巨龙应允的幸福，我一下子恍若从人间来到天堂。

踏上一条寂静的小闸，一条干沟从大堰身子低下穿过流入徒骇河。这里汇聚有一滴水奔流入渤海的姿势，也有收藏的雨水。当我站在小闸旁踟蹰，迎面遇见河滩上的放羊人——一位六十岁左右的男人。他中等个，戴一顶鸭舌帽，穿藏蓝色夹克衫，运动鞋，手握一只鞭子。他的羊群悠闲自得低头吃草，两只狗前后左右呵护。他似乎比我更好奇，三步并做两步走近，一开口，那西北平原的气息扑面而来："你是（si）谁（sui）？""你从哪里来？""你要到哪里去？"看似简单的问答，一个人从生到死最遥远的路程，经他说出却是如此平常。

经攀谈得知，他早年丧妻，无儿无女，和老父亲相依为命，是村里的低保户。由于父亲年老多病，加之他又患有糖尿病，一家仅靠几亩地为生，日子很是拮据。近几年得益于政府的扶贫政策，乡村干部给他们家翻盖旧房子，买羊，还给他和父亲办理医院门诊特保。眼下，他喂养着五十多只羊，每年卖羊收入五万元，地里收成近万元。平时住院有医保，门诊拿药有国家照顾，种地有补贴，也是花不了多少钱。他说过去自己连想也不敢想的事情，如今都实现了。他不光摘掉贫困户的帽子，手里还有积蓄，置办了电动二轮车、拖拉机，经人撮合，与邻村一名守寡女人喜结良缘，就在前几天，他主动要求退出低保户。他向我细数着，红黑的脸膛上洋溢着知足，当我面对他那快乐的眼神时，才发觉知足是从他心底流出来的。

戚官屯有 834 人，202 户，耕地面积 1600 亩。走进村子，宽宽的马路把整个村庄打扮得亮亮堂堂，家家户户门口硬化的路面映照得胡同干干净净。村人讲，过去村里村外都是红土，黏性比较大，过去雨雪天路滑，泥泞坑洼，寸步难行。脚踩下去，一个大脚印子深深陷下去；小推车、拉车子、自行车碾压过后，车子条上被泥巴糊住无法转动；汽车、拖拉机轮胎陷进地面后一个劲打转；从村西头走到村东头，红能把鞋底粘下来。以前从村里到镇上两个半小时，到县城三个半小时，村里人搞养殖，种大棚，遇恶劣天气，鸡蛋、鹌鹑蛋、蔬菜无法出村，损失极其惨重。

俗话说："要想富，先修路。"5000平方米主街道硬化，13000平方米巷道硬化，8000平方米道路两侧铺设花砖，17盏路灯，900平方米文体广场，450平方米篮球场，空地清表后栽种果树。这一系列数字透射出村庄道路硬化的全覆盖，村容村貌的巨大变化，村居环境的持续改善，整洁靓丽和淳朴纯真和美丽乡村新画卷焕发出的生机。困扰祖祖辈辈的难题，在国家村村通、户户通的政策下变成一条金光大道，让村子绽放出新色彩。如今，到镇上二十五分钟，到县城四十分钟，这缩短的时间，让村民们插上翅膀，自由迅速地在村里和外边穿梭。在外，他们组成团队，组织村里剩余劳动力，在县城和省城承揽工程，搞运输、装修、修建房屋等活计；在家，他们进行现代化耕种，办合作社，把村里的农产品集中起来，通过电商平台，网络销售到全国各地。农闲时，年轻人早上开车出门工作，晚上下班开车回家；春播和秋收时节，在家里忙活几天，一年下来，满打满算有十几万元进项。

此次来村，正好遇到村里统一给小麦灌溉。站在田野上瞭望，经引黄干流进干沟再奔入麦田的黄河水，舒展的风姿如一道明亮起来的光线汩汩不息。经黄河水滋养的麦田遒劲有力扎根泥土，蓬勃向上伸向天空。一望无际的麦田，碧绿如海，返青后的麦苗，伸展着嫩叶，呈现着大地旺盛的生命力。阡陌上的柳树、杨树和桑树打量着村庄和田地，向阳坡上的草把自己摊开，承接着春天的阳光。

负责灌溉的老孙说，以前浇地，各家浇各家的，横七竖八的管子从路上穿过，不同的发动机加大马力，抢水、拦截，造成许多人为矛盾。这些年，县里兴修水利工程，对引黄干渠改造，实施水资源统一管理。村里实行统一灌溉后，各家各户不用出人力，村里安排专人负责，不仅节省了人力和物力，还解决了外出务工人员的后顾之忧。

二

在村里，一条条街道笔直宽阔，一排排房屋整齐划一，一堵堵白墙抹了白云一样与天空媲美，屋顶上一块块红瓦片延伸着思绪，家家户户敞开的大门向每一位客人发出邀请。我漫步，恍若走进布达拉宫。红瓦片和白墙像极了布达拉宫的红屋和白墙，可以靠近的白云，适合洗刷心灵，荡涤灵魂。

白色赋予墙体一种不染尘世的美丽。我想，村里人无论走向哪里，都会在某一个时辰回到这里，除了孝顺和感恩的美德，一定还有追求的洁白无瑕。村里通过建设文明实践站、乡村大舞台、四德工程榜、美丽庭院创建，使走出去的人又回来，使年轻人愿意留在村里。

一面墙体彩绘前，一幅祖国江山画，一幅天安门广场画，大气磅礴，有气吞山河之势。墙面上情景交融的色彩，有被岁月包裹中滋生的情怀。如果岁月为笔墨，会被使劲挥舞，泅化的时光会溢满，像脚下这方土地上的一块砖、一块瓦、一面墙、一捧土、一棵树、一只蜻蜓、一只虫子，轻易就可以涂上内心里的向往。站在这里，瞬间碰撞出的火花，使长城和天安门愈发圣神和伟大。

伫立在墙体彩绘前的树就像这里的一个人，从小到大在这里扎根、成长、开花、结果，接受雷鸣和闪电，遭遇冰刀霜剑，骨子里却有相依为命的气节。再看村子里每一棵树，它们在春天把戚官屯装点成绿色氧吧。这里是村民的聚会地，聚集着老人、小孩、妇女、男人，他们或坐或站或嬉戏玩耍或交谈。路过的人停下来相互打招呼，一句简单问候透出千丝万缕的温情。九十六岁高龄的丁奶奶坐在马扎上晒太阳。她五代同堂，眼不花、耳不背、身体硬朗。她一开口，洪亮的声音像她的姓氏一样开花；她端坐的姿势如修行于天地间的仙鹤，在等着子孙归来。来来往往的人聆听她、羡慕她。她等你、等我、等燕子南飞、等小燕子奔赴大燕子怀抱的时刻。

恰逢村里大集。北街的一条街道上，从街头摆到街尾，熙熙攘攘，人来人往，每个摊子前都有人围着，指指点点、挑挑拣拣、讨价还价。蔬菜、水果、衣物、花卉、鱼虾、油条、煎饼、包子、树苗、农药、种子、化肥……摊面紧挨着，大大小小，买卖着各种货物。我买了几双鞋垫，是那种绣花的，还买了布鞋，有给爸妈买的，有给自己买的，布鞋底是那种用麻线纳的——穿在脚上，也是回忆了童年。

穿巷而过，飞掠的燕子发出一声声呢喃细语，电线杆上的麻雀叽叽喳喳，翻墙而出的枣树枝丫和人唠着家常，大门上的门环在有人叩动时发出清脆的响声，角门下堆放着农具和拖拉机，红砖瓦墙里流露出时光的秘宝。这一尘不染的巷道，是岁月慢慢走出来的，有车轮碾压的痕迹，有脚掌摩挲的声音，有雨水浸泡的深浅，有汗水挥洒的咸涩。

推门进入一院落，一辆白色捷达车停放在角门里，两只泰迪狗前呼后拥地迎接。寻着狗叫迎门而出的女主人一身长裙，体型微胖，皮肤白白的，打理的发型稍稍蓬松，看上去气质非凡。

院子里共有五间北屋，三间西屋，两间东屋。北屋出厦部分全部用玻璃罩住，西屋是厨房，东屋是杂物间。靠近东屋窗户处有一个自来水池子，一个大缸和一个小缸，缸里盛满了水，用盖垫盖住。东墙角一间茅厕里有坐便器，用厕后能随时冲刷。西屋厨房里煤气灶、抽油烟机、微波炉、烤箱、冰箱等应有尽有。院子地面进行了水泥硬化，就连南墙角的羊圈、鸡窝也用砖垒起来。

女主人叫月华，男人在县城干装修，她在家承包了几十亩地，儿子和媳妇在省城工作。

跟着月华来到北屋，进门后左边是书房，右边是卧室，中间是客厅。墙上一幅"厚德载物"的字厚重有力，实木沙发上的玻璃盘子里摆放着水果和干果，靠近空调处放着一大撮假发，电视里播放着倪萍主持的寻亲节目。热情好客的月华泡了一杯上好安溪白茶招待我。

钩假发是她和省城一家企业签订的业务。她组织村里在家看孩子，照顾老人的女子，闲暇之余搞副业创收。假发，有大有小，有长有短，大的长的几百元，小的短的几十元，一个月下来，有千把块钱收入。

我坐在沙发上耐心地听她讲述，那讲述里有村子前世的身影。最早全村两口井，分别在村东和村西。早上，挑水的人排起长队。冬天，井口洒落的水结成厚厚的冰，小孩子从不敢靠近。后来，家里有了压水井，由于压水井是浅表层水，混浊有沙，需沉淀后才能饮用。说起院子里的两个缸，月华极其激动。两个缸从结婚后伴随至今，风里雨里三十多年，盛过的水中有日子里的酸甜苦辣。即使现在有了自来水，家里还保持着用缸盛水的习惯，她说这样踏实，使用起来方便，特别是经太阳晒后的水，暖乎乎的。更方便的是，自来水管道不光院子里有，厨房、北屋、东屋和厕所都有。过去院子里挖一个猪圈喂猪，猪圈头上是茅厕，茅厕用树枝简单一遮，挖一个坑通到猪圈里。人上厕所，猪在下边哼唧，夏天奇臭难闻。再看如今的茅厕，和城里的卫生间没啥两样。东屋顶上的太阳能解决了洗澡问题，北屋顶上的电热板还能发电。无花果树和柿子树跨过屋檐，把枝丫伸到天上去，两棵香椿芽透着兴奋和清香。透过大玻璃照进屋内的光线像是挣脱了束缚，尽情挥洒。厦子低下的盆栽花争奇斗艳，竞相生长。

经不住月华挽留，中午留在她家吃饭，一同用饭的还有对门的玉琴和她孙女、孙子。香椿芽炒鸡蛋、煮咸鸭蛋、凉拌蒲公英、榆钱儿饼子、清蒸花荠菜、麦蒿、油炸小鲹仔鱼、河虾、清炖鲤鱼，一桌纯绿色无污染的丰盛午餐在城里是奢侈的。她房前屋后信手拈来的菜肴，口味上却有山珍海味所不及的味道，这原汁原味的清香和朴实，令我沉醉。曾几何时，村里人从吃糠咽菜到温饱到大鱼大肉再到如今的健康饮食。这里，可否就是我们苦苦追寻的一方净土，是我们治愈的乡愁？

最珍贵的莫过于送给我的礼物：玉琴公公打捞的鲫鱼，玉琴自家鸡产的鸡蛋，月华自家小麦和玉米加工的全麦粉和玉米面。

在月华家出来，整个下午，我在村里闲逛。看人们拉呱，看孩子在学校里读书，看果树掀开春水，看大棚采摘，看村北头饭店三三两两进出的人，看骑电动车送孩子上学的人，看卫生室拿药、看病的人，看超市琳琅满目的货物，看街心那棵大柳树的根向地下蔓延，看老母鸡护着小鸡慢悠悠啄食，看小狗悠闲逛游。我在想，如果日子为酒，那村人们酿制的芬芳会让人微醉，会让知黑守白的墙壁学着小麦和高粱微醺。

庭院美、居室美、厨厕美、身心美、风尚美，这处处之美，让一座座院落在坚守中流传着它的风月，那口深井可通穿顶，村巷可驱逐狼豺虎豹，流水可带着勤劳的美德奔赴天堂和地府。他们的日子里还有一种过客的羡慕和向往——那就是人们日益归隐的淡泊之境和内心深处的桃花源。

当天空最后一片霞光落下，路边站着的路灯亮起来，文化广场上随着陆续到达的人渐渐热闹起来。跳广场舞的、练手臂的、活动腿脚的、跳绳的等等，这些勤劳的人沐浴着恩典，扑在这片土地上。夜色下的村庄追随着河流，用厚土传承的血脉接受烟火的熏炙，都历久，都弥坚。

从天堂扯下的一角，是戚官屯人在美丽的中国梦面前孕育出的清风和细雨。在这里，生活安康，日子有澜不惊。

流洪不在

朱长新

流洪是一个村，古时称镇，《金史》中把晏城、孙耿、流洪合并称为齐河县三大名镇。流洪是近人的写法，原来的文字是刘宏。

我对流洪最初的印象来源于民间故事。

穆桂英大战洪州城。说的是北宋年间，辽兵犯境，杨延昭被围洪州城，儿杨宗保乘夜孤身杀出城外，直奔京城搬兵。不想朝廷诸将畏敌如虎，不敢前往，八贤王和寇准来到杨府找佘太君商量对策。穆桂英激于义愤，不顾已有身孕，挂帅出征。洪州城下，斩杀辽将白天佐，使洪州城转危为安。传说和京剧故事大致相同，只是缺少戏剧冲突，少了曲折精彩。传说中的洪州城就是刘宏，这一带曾是历史上北宋和辽兵大战的主战场。

我原来有一个同事，比我大二十来岁，是流洪的女婿，他常给我说起流洪。其实，他对流洪的了解也就是逢年过节时在老丈人家当姑爷的一些道听途说和浮光掠影，未到过流洪的人或许对此有些兴趣，比如我。

流洪是流北、流南、流中三个行政村的总称，可见流洪村大人多。我那个同事曾说，村中高崖下坡，建筑不规整，大街宽敞，小巷弯曲逼仄，像战场上的堡垒；在流洪青砖灰瓦、陶片瓷片随处可见，孩童拿制钱当街玩耍，他还在小树林里捡到过琉璃瓦。村隔首原来有一个寺庙，仅地基就两米多高，赑屃身上的石碑高近八米，一口铁钟，声震十里。还有七级浮屠、琵琶湾、老槐树、八棱碑等。他还告诉我，流洪集上人如潮涌，吃、穿、用，要啥有啥，推车挑担开拖拉机三轮车汽车的人来自四面八方，热闹的程度和咱城里的大集差不多。

听我同事东一榔头西一棒子的介绍，流洪还真有那么点古镇遗风。他说的隔首大寺我清楚，是慈恩寺，县志上说，元皇庆年间重修，有碑记。

从《齐河县志》收录的一篇《德州齐河县刘宏镇报德慈恩院第一代主持旬公和尚碑铭》中可看出一些端倪。旬公法名崇旬，俗姓任，京兆乾州人，也就是陕西乾州人，出家于邢台开元寺，后游迹于齐河。刘宏镇耆老敬修书状挽留主持慈恩寺，崇旬欣然接受。此时的寺院兵燹之后，片瓦不存，内外荒芜，只存七级砖塔。崇旬率众僧，经过十余年的化缘修建，使慈恩寺重现佛光，殿堂、圣像、廊庑、钟楼焕然一新，"入真堂则博化之像俨然，瞻院额则慈恩之名远播"。

崇旬主持慈恩寺三十载，于元至元二十年（1284）圆寂。这通碑立于大元改元皇庆孟夏，也就是皇庆元年夏天（1312）。

慈恩寺是刘宏的唯一象征，除此之外，在正史留下的讯息少之又少，究其原因，是缺少读书人和做官的人。在封建时代读书做官光宗耀祖的氛围下，一个地方的名望常常与这个地方有多少出仕的人有关，因为这关系到孔孟之道的正统地位。有钱，富裕，繁华不一定入得了官方正史，而穷乡僻壤能出一个秀才举人，或者进士之类的人物，那正史上一定有他的位置，包括他的行为、文章和生活环境，那么，这一方水土就有较为详细的记载。这也是封建文化的一个特点。

幸好，流洪有一个慈恩寺。

民国以后，战乱频仍，民不聊生，慈恩寺日渐衰败。据悉，1935 年，寺里仅有的三个和尚投奔济南兴国禅寺，慈恩寺的钟声从此消失。

知道流洪的名字有许多年了，这期间也读一些齐河文史专家和爱好者关于流洪前世今生的文章，说来说去，新意和新发现不多。我想，流洪在历史上的一时繁华缺少文化因子，很难持久，纯粹意义上的物质除了存在和使用也没什么好谈的。流洪的历史很长，却是寂寞的。我该去看看，上流洪走县乡公路，车多路窄快不得，到达后方知，流洪不在，搬家了。

寻访小柴庄

王长月

小柴庄，山东省德州市齐河县仁里集镇今西柴村。该村几十户人家，位于镇政府机关办公楼北1500米处。村落不大，却是抗日战争时期诞生中共河西县委的红色纪念地。

当时河西县已有名气，她与齐禹县相连，成为冀鲁豫抗日根据地的重要组成部分，战斗在艰难抗战岁月的老同志对这片热土倍加赞誉。中共河西县委第一任书记周海舟，在第一地委一次会议上汇报说，河西县是"有敌人，无敌区"（《齐河风云录·李俊龙：对河西县抗日斗争的回忆》），赢得与会者的由衷赞同。

河西县所辖地域，在1937年七七事变后，先后隶属中共苏鲁豫皖边区省委与中共中央山东分局泰（安）西特委，鲁西区委泰西地委、第一地委和中共冀鲁豫区委第一地委领导的长清县、肥城县、平阴县的黄河以西、以北部分，以长清县的第八、九、十区，肥城县的第九区为主体，加以平阴县黄河以北的十余村庄，于1941年独立为县，人口十四五万，纵横400多平方公里；大体相当今县南部马集、赵官镇、胡官屯、仁里集、潘店等5镇区域全部以及焦庙镇西部的宋坊、杜庄等近二十村庄，位德州市东南边界；1947年，其行政范围扩展到东阿县的旦镇、牛角店、大李等三个区，人口增至20万左右，有耕地60余万亩。日本帝国主义宣布投降后，中共河西县委领导河西县军民，迅速扫清境内日伪残敌，继续参加战略反攻，为夺取抗日战争的最后胜利贡献了力量。解放战争中，河西县率先进行土地改革，使全体劳动群众从政治上、经济上彻底翻身，积极为解放济南提供后勤保障，为全国解放战争的胜利源源不断地提供兵员和南下干部。

小柴庄地处河西县的心腹地带。当地的乡亲对河西县的战斗岁月记忆犹新，说到中共河西县委的诞生，更是满怀深情："河西县委就是在俺家宣布成立的！"——柴俊修，一个身材魁梧的山东大汉，清楚记得父亲当年的口述，因此说这话时口吻坚定，脸上洋溢着自信。他的父亲柴东香，1939 年加入中国共产党，是仁里集一带较早的共产党员之一。柴东香入党后，遵照中共组织指示，积极发展党员，成立小柴庄党小组。柴东香家成为中共河西县委的会议地点和河西地区秘密的交通联络站（《齐河县农村简志·仁里集镇·西柴村》），是中共河西县委第一任书记周海舟到任的落脚点。

一

寻访中共河西县委诞生地的任务，启动于 41 年前的党史资料征集活动，历经几个阶段。

第一阶段始于 1981 年 4 月，中共齐河县委决定成立"齐河县党史资料征集委员会"，下设办公室，开展党史资料征集工作。办公室拟定调查提纲，随同县委文件下发各单位；文件要求知情人为党史资料征集提供"一人、一事、一闻之线索"（齐发〔1981〕第 13 号），《调查提纲》将中共齐河县级组织在境内诞生的时间、地点和亲历人物等列为首要问题。和德州市的不少县市一样，今齐河县境域诞生的中共县级组织并不是单一的齐河县委，其南部有河西县委、中部先后有齐河县委、齐禹县委，北部先后有齐河县委、齐济县委、齐临县委等；同时，南部、中部与北部的县分属于中共冀鲁豫与冀鲁边地方组织。

中共齐河组织发展史的复杂性，给寻访县委诞生地带来难度。

本着先易后难的原则，县党史办人员先从本地寻访知情人。经过一段时间的调查，发现原河西县在乡老同志比较多；恰其时县烈士陵园正为建立"齐河县烈士事迹陈列馆"搜集资料，曾担任中共河北特别支部（下简称：河北特支）书记的孟若玄烈士被确定为县著名烈士，是陵园征集资料的重点对象。中共河北特支，是抗战时期今县域内成立最早的地方组织，被视为中共河西县委的前身。因此，县党史办与县民政局于1981年秋冬之交，联合召开"原河西县在乡老干部座谈会"。通过这次座谈会，县党史办人员对河西县党组织的发展轮廓有了大致的了解，确定了中共河西县委、河西县抗日县政府成立的年份——1941年下半年，但，具体的月、日尚不清楚，成立于何村也不知道。可贵的是获知一批河西县老干部的近况，为继续走访调查，打下了基础。

二

寻访中共河西县委诞生地的第二阶段，是从走访周海舟同志开始的。

1982年4月初，齐河县党史办派两名工作人员赴济南，走访中共河西县委第一任书记，时任省农委副主任、党组副书记的周海舟同志。周海舟（1918年2月—1991年10月），原名庆鑫，在河西县时化名刘庆学，济南市长清区城关镇徐家洼人。1937年8月在济南第一师范读书时加入中华民族解放先锋队，1938年3月加入中国共产党，历任中共长清县区委书记、县委宣传部部长、组织部部长等职。他在长清县委任职期间，常到黄河西一带活动，对河西的情况比较熟悉。中共冀鲁豫区一地委决定派他担任河西县委首任书记。是年，他23周岁。

走访周海舟同志的活动分两步进行。第一步，是在河西县老干部座谈会后，1982年春节前，对周海舟同志通信，建立起初步联系，确认他的身体情况、任职单位并预先拟制采访提纲，以便他有足够的时间回忆往事。第二步，是在得到周海舟同志的肯定答复后，派员赴济南面访。

面访时携带录音机，征得周海舟同志同意后，予以录音。当时受经费有限，两人只带有几盒磁带，面访当晚，即在招待所住宿的房间里，将录音抄写成录音稿。需要保留采访对象录音的，像1922年入党的老同志马馥堂以及河西县抗日根据地的开创者吴力践等人的口述，办公室领导会在采访前特别交代。所以，未经领导交代的包括周海舟同志在内的大多数老同志的采访录音未能保留下来，现在想来，算是一件憾事。

下面楷体字是采访周海舟同志的录音整理稿：

（一）中共河西县委的成立
成立县委的名单地委已经定了，来时我只带了一个组织干事孔华轩同志，一个小通讯员，3个人两把枪。八月十五我先到了辛店屯王绪淦家，找到县委的王绪涛（王作舟），他就领我到了柴庄（当时县委机关就住在那里）。第一次县委会（过八月十五没几天，准确时间记不清了）是在大小柴召开的（到底是大柴还是小柴记不清了）。参加会议的有张洁泉、吴欣斋、王绪涛、孔华轩、傅志亭、李忠，还可能有陶云萍、孔华（此时李祥已受伤），共十来人。……

分县的原因就是当时长清县的面积大。（敌人）据点多了，又隔着黄河，大峰山又闹了"红会事变"，根据地也失了。为了领导便利，分开，片片小，好领导。

河西县委是在工委和办事处的基础上建立的，当时河西县有十四五万人。

此稿是在录音的基础上整理而成的。因为已录音的磁带第二天还要用，所以必须于采访当天的晚上将所录之音抄成文字，时间紧迫，字迹难免潦草。完成采访任务归来后，按领导指示，较重要的采访对象的录音稿由采访者加以整理，打印成篇，寄给采访对象，经其审改后，汇成《齐河县党史资料》，然后再寄给采访对象和其他老同志。大部分老干部包括周海舟同志都对自己的录音整理稿进行了审改，订正了自己的口误或不准确的表述，当然，也改正了采访者抄录不准的地方。不少老同志对《资料汇集》中涉及自己的或他人亲历的事件，进行了纠正或补遗。党史办尽了最大努力，来保证所征集资料的准确性，特别是重大事件的精准性。

多次寻访亲历者后，党史办最后确认中共河西县委于1941

年的农历八月十五的晚上，由县委书记周海舟在柴庄宣布成立。

　　行文至此，有个问题需要说明，上文中转引的周海舟同志的录音整理稿中的括号里面的文字，是采访者插话提问，周海舟同志回答的原话记录，只是略掉了采访者插话的文字。当周海舟同志说到"他就领我到了柴庄"时，采访者之一的王文笑插话提问"为什么要去柴庄？"周海舟同志回答："当时县委机关就住在那里。"（第一个括号）。这说明，中共河西县委最早的办公地点就是柴庄。因另一位采访者王长月是仁里集人，知道仁里集北有两个柴庄，一个叫大柴庄，位于仁里集东北；一个叫小柴庄，位于仁里集西北；两个柴庄历史上同宗，相隔三华里，又都与仁里集相隔三华里，乍去的外地人容易搞混。所以王长月插话提问是哪个柴庄，并提示了大、小柴庄的地理位置。周海舟同志想了想，回答："到底是大柴还是小柴记不清了。"（第三个括号）。

　　这就给齐河县党史留下了疑案——1989年6月，齐河县党史办出版的《中国共产党山东省齐河县组织史资料（1924—1987）鲁德准印证〈1989〉005号》一书中记载："1941年8月，长清县河东、河西分治。河东称长清县，河西称河西县。在大柴村（现属仁里集乡）建立河西县委。"显然，该书的执笔人判断河西县委成立地为大柴庄，而且误将原始资料中的"八月"定为公历"8月"。

　　而和《中国共产党齐河县组织史资料（1924—1987）》同一时期编纂、稍后出版的《齐河县志》，则在两处记载了中共河西县委的成立情况，一是在《卷首·大事记》中，一是在《卷十六·党派团体》中。其中《大事记·1941年》条下记载："10月5日，原长清县、肥城县黄河以西部分独立为县，中共河西县委在仁里集北柴庄宣布成立，书记周海舟。"该条记载体现了对周海舟书记回忆的充分尊重，并照例把农历月日换算成公历月日。

但是，"北柴庄"这一不精确的地理位置，对于仁里集一带的抗战老干部和当地群众及其后人来说，仍然是个疑惑，自然也不是令人满意的结论。

三

第三阶段，再次寻访，反复考证。

1985年，大规模的党史资料征集活动业已结束，许多重大事件已尘埃落定。齐河县党史办和县志办也已分设，县志办将《县志》原设八大卷调整为30卷，章、节、目依次升格后，一些条目急需充实内容，细化记述。

对于中共河西县委诞生地的记载，如上所述，《齐河县志·大事记》已经定稿，虽不精确，但就《大事记》记述"大事"的宽严适度方面来说，也算不上错误。可是，若将这记述原封不动的搬到新设之《县志》卷十六《党派团体》的第一章第三节中，主持县志编纂活动的王长月总觉着有点似是而非，愧对于创建中共河西县委的先辈们。于是，经请示县委领导，决定由县志办将包括中共河西县委诞生地在内的一些急需解决的问题梳理归类，再开展一次外调活动。

当年，创建河西县委的活动是严格保密的，所以必须再寻访亲历者，来求证"北柴庄"到底是"大柴庄"还是"小柴庄"。在分析研究了周海舟同志提供的十来个亲历者的情况后，决定走访王作舟同志，以寻究竟。

王作舟（1921年2月—2012年9月），原名绪涛，仁里集镇辛店屯辛中村人。1938年5月参加129师武装工作团，是年11月加入中国共产党，先后任中共长清县委第八区联络站联络员、第八区第二镇（辛店屯）中心支部副书记、八区区委委员，1941年河西县委成立后任河西县委宣传部干事。1979年当选为第五届全国人大代表，1980年起任北京市建筑工程局副局长，1983年起任北京市人大常委会城乡建设委员会副主任等职。

曾走访周海舟同志的王长月，在北京面访了王作舟同志。

王作舟同志对家乡怀有深厚感情，接到县志办的预备采访提纲后，认真地进行准备。所以，采访活动出乎意料的顺利。王作舟同志身体健康，言语准确快捷，他的回忆内容如下：

辛店屯的这个交通联络站，是1939年初由李祥同志领办的，主要用来沟通河东、河西的联系。我在东街找的房子，李祥（1916—2015，原名吴存福，潘店镇葛庄人。1938年5月加入中国共产党，历任支部书记、区委书记、河西工委书记，长清县委组织部部长，齐禹县委书记兼县大队政委，冀鲁豫第一地委城工部副部长、济南工委书记等职，1949年后任河南省公安厅厅长、公安部七局局长等职；1982年离休）等住在这里。李祥是中医世家，就以开药房为掩护，联络各方面的工作。这里离黄河十多里路，说远不远，说近不近，正好是个歇脚点。

1941年的时候，我是八区的区委委员，主要负责交通联络。为什么周海舟同志来我记得很清楚？因为那天正好是八月十五，中秋节嘛，所以记得清楚。他们几个人在我家吃过中午饭，下午，我就领着他们，连我共 4 个人去小柴庄了。向西十拉里路，仁里集有据点，不能走仁里集，经过前、后燕窑，梁、李庄，姚庄，到了那里天就快黑了，（河西）工委、区委的几个同志在那里。

王作舟同志的回忆，弥补了采访周海舟同志的遗憾——明确了中共河西县委诞生地就是小柴庄；他们路过的村庄也佐证是小柴庄无疑。因为，按辛店屯与大柴庄的地理位置，假如由辛店屯去大柴庄，是不会路过梁李庄和姚庄的。

这件历史大事终于搞清楚了。《齐河县志》给予如实记载：

1941 年，河西敌我斗争十分尖锐，地委决定长清县河东、河西分治。初，河西称河西县。是年 10 月 5 日，第一任河西县委书记周海舟由黄河东经辛店屯到达小柴庄，宣告中共河西县委成立，隶属冀鲁豫区党委一地委。县委是在工委基础上组成的，几天后召开第一次县委会议，决定将河西 4 个区划为 7 个区。党的工作重点是发展组织，开展武装斗争，采取武装打击、政治争取相结合的政策，控制日伪据点情报，反击日军进攻。（《齐河县志》·卷十六·《党派团体》）。

当然，以现在的眼光来看三十几年前《县志》之记载，仍然是美中不足的——那就是，当时采访王作舟同志的王长月，为什么没问一下：他们 4 人是在小柴庄谁家落脚的呢？换句话说就是，当年河西县委机关秘密地驻在小柴庄谁家呢？

四

1990 年 9 月 2 日，一位饱经风霜的抗战老干部，从贵州省贵阳市来到小柴庄。他就是当年河西县大名鼎鼎的李俊龙，离休前任贵州省公安学院副院长，抗战时期化名杨俊龙。

李俊龙（1920—2000），1937 年 11 月参加抗日队伍，1939 年 9 月加入共产党，1940 年下半年调中共河西工委任机关科长，后兼组织科长。1941 年后主要在河西县二区（仁里集一带）任党的区委书记，领导军民团结抗日，进行艰苦卓绝的斗争。

李俊龙不远数千里来到小柴庄，是专程看望柴东香的。

柴东香（1916—1998），幼在石围子村的外祖母家长大，和邻村郑庄的郑涛（1918—1943，革命烈士，原名性之，1939 年参加中国共产党，1941 年 10 月任中共河西县第二区区委书记，旋即被捕，受尽酷刑，坚不吐口，被组织营救后因受刑过重而去世）为总角之交。1939 年已是中共潘（店）北区委委员的郑涛，介绍柴东香加入了中国共产党。他的家由最初郑涛等地下党员的落脚点变成中共河西工委的交通联络站，柴东香并负责情报的搜集工作。为解除抗日的后顾之忧，他把自己仅 5 岁的儿子柴同修托付给大柴庄的一位好心人照管；随后就在仁里集、潘店一带进行征兵，为部队筹粮、借粮等工作。解放战争时期，参加消灭李连祥的战斗，带领群众搞借粮、互助组、土改运动。后回小柴庄任党支部书记。

两位抗战老人的手紧紧握在一起，共同回忆那些惊心动魄的斗争，那些出生入死的艰苦岁月。

"河西县委就是在这里成立的嘛！"李俊龙急着要找原来的

那几间屋，一边对跟在身后的柴东香的儿子柴俊修说："那时主要是靠夜间活动。我刚到二区，为了打开局面，就走了一步险棋——召开伪职人员会议。当晚，我就在你家里坐着，那边人到齐了，过去开会。"

李俊龙说的这招险棋还真灵，《仁里集镇志》有记："县委书记周海舟要求李俊龙化名杨俊龙重建二区区委。李立即在一片白色恐怖中重建二区区委，组成战时委员会并任主任。农历八月廿日晚上，李决定在仁里集据点敌人眼皮底下的小柴村，与伪办事处、伪三镇（仁里集）镇公所的伪职人员见面，教育他们不做、少做坏事，多做对抗日有利的事。伪职人员纷纷表示接受共产党的领导，掩护区里的工作，区里的同志在这一带活动出事他们负责。"

对于这次行动，李俊龙是这样回忆的："在会上，我做了身在曹营心在汉的讲话，并提出了只要你们能掩护人民的利益，我们就保证你们的身家性命的安全。说到这里，掌声打断了我的讲话，他们发言为我们的活动献计献策。从他们的发言中我们看到了在敌占区开展工作的希望，同时看到我们要改造伪政权，控制伪政权的必要性、重要性。从此，我们将抗日政权改造成两面政权或者在抗日政权控制下的伪政权，连敌人要的情报员，我们也选党员或进步的群众担任。总之，我们千方百计控制伪组织。这样伪政权实际变成我们欺骗敌人、掩护自己、打击敌人的有力工具，所谓有敌人、无敌区就是这样形成的。"（《齐河风云录·李俊龙：对河西县抗日斗争的回忆》）

此后，李俊龙以柴东香家为主要落脚点，领导第二区的抗日斗争。

围着柴东香已翻盖的宅院转了一圈，李俊龙对柴俊修说："你家成为秘密联络点，是因为你父亲是共产党员，忠诚可靠；你家两处宅子相连，两个宅子都有前后院，四个大门，两个东大门朝向胡同，两个北大门外是一片林地，往东近处有几道河汊子，具有隐蔽性，利于迅速撤离。再加上小柴庄靠近仁里集，便于联络各方人员，开展工作。那时，我在河西工委任机关科长还兼组织科长，河西县委在这里宣布成立，占了天时地利人和。"（柴俊修：《李俊龙来我家》）李俊龙对柴俊修家的情况十分熟悉，说起来如数家珍。

柴俊修后来介绍说，他的父亲对党、对革命忠诚，为人处事忠实厚道，办事认真谨慎。他的母亲恪守妇道，待人热情，给父亲做帮手，风里雨里，白天黑夜，无怨无悔。他家的宅院位于小柴庄的西北角。他的爷爷兄弟两个，长房大爷爷无后，二房俊修爷爷有三个儿子，俊修的父亲是老大。依当地惯例，二房的老大即俊修的父亲过继给长房为子。在那苦难的岁月里，俊修的两个叔叔不幸相继夭折，俊修的大爷爷也去世了。这样，俊修的父亲柴东香就有了两处宅院。两处宅院在南北胡同的最北头，面积一样大，房屋几乎一样多，东西相连（也称里外相连），大门都朝东，西面的（也说是里面的）宅院的大门后缩在宅院南面的伙巷里。宅院只有南邻，西面、北面都是村边地，东面虽然是胡同，但胡同的北半截的东边是闲散地块，没有人家。

五

2015 年，齐河县搞文化旅游，上溯齐河红色文化之源，宣传齐河的红色文化。2016 年 1 月，齐河县文广新局组成摄制组，拍摄中共齐河县级组织诞生地的照片，作为齐河的红色圣地，供人们瞻仰。到达仁里集镇小柴庄后，仅拍摄了街容街貌——因为此时全然不知，这里就是中共河西县委的诞生之处。于是，就平白错失一次确认红色地点的机会。

2020 年 8 月，在柴东香同志去世 12 周年之际，他的儿子柴俊修响应县委建设"红色齐河"的号召，满怀对抗战先辈们的崇敬之情、对红色文化的敬仰之情，来到齐河县史志办公室，向办公室领导提供中共河西县委诞生地点这一重大历史事件的有关见证人的情况。县史志办领导十分重视，即派分管党史工作的副主任葛全恩率员赴仁里集镇西柴村走访考察，对中共河西县委诞生地点予以确认。葛全恩同志对柴俊修同志表示赞赏，鼓励他继续为齐河县党史资料的进一步征集研究贡献力量。

两走安辛村

朱长新

初次来到安辛村是在一个深秋的傍晚，收获过后的田野，又生出一层绿茸茸的麦苗，夕阳的余晖把最后的光热投射到一排排崭新整齐的二层小楼上，笔直干净的混凝土路面上。干透的玉米棒槌儿堆满家家户户门旁用丝网围成的粮囤，街巷里流动着醇厚的香甜。

从几位老者慢声细语，历经风霜的脸上的道道皱纹能读出曾经的贫穷和忧伤，转瞬间又不难发现那种"家中有粮，心中不慌"的从容和满足。有放学小儿在村中广场，屈腿伏在石凳上写作业，并不时交头接耳，面露窃喜。我们同去的作家记者朋友用摄像机留下了这充满乡村童趣的镜头。

电影放映员正忙碌着扯电线挂银幕安装放映机。来时经过南北社区的中心广场，红男绿女们也在布置舞台，是县里组织的文化下乡演出，想来又是一场锣鼓喧天歌声飞扬的大戏。物质生活的改善带动精神文化生活的提高。

齐河曾热火朝天地从制度上革新，运用经济杠杆，进行新农村建设，晏城街道的南北社区应运而生。土地增减挂钩，允许土地流转等新兴政策的实施，走村庄合并，发展小城镇的路子已成共识。短短几年，先后有八个行政村搬迁到南北社区新址，而这一数字还在增加，社区建设已初具规模。

坐上返城的汽车，薄暮已悄悄降落。在南北社区，在安辛村，传统农村的影子已经消失，我看不到儿时村庄袅袅升起的炊烟，不少人也就生不出丝丝缕缕的乡愁。离开自己祖辈居住的老宅老院，这对一个农民来说是一种难以割舍的选择，然而，一种全新的"楼上楼下，电灯电话"的生活又极具诱惑地召唤他们。2013 年对安辛村来说注定是不同寻常的一年，这一年，他们全村欢天喜地地整体搬迁到南北社区新址，旧村在尘土飞扬中消失，这不仅是一次村貌的变革，更是一次农民经过阵痛后的自新。

再走安辛村，时间充裕，事先南北社区党总支书记杨勇又做了安排，全没有了上次的匆忙。走在街上遇一中年男子，打过招呼，我便问起他的住房情况。他指着自家的楼房告诉说，他家六口人，住房面积 200 多平方米，楼上楼下，外带一个小院，很宽敞。我问他交了多少钱，他说："不算多。村里公布的造价是 13万元，我们家只交 6 万元，剩余部分有政府解决。你想，咱自己盖五间瓦房，不到一百平方米，少说也得四五万，又搭上工夫赔上力气。"

"全村都一样吗？"

"按户分房，都一样。"

我追问："当初，拆迁时你愿意吗？"他眉开眼笑："明眼人一看就知是好事，没人不愿意。村里一招呼，我就报了名。"

他说的明眼人，应该是明事理通人情的人，在乡村，这些人头脑灵活，精明强干，容易接受新事物，常常能引领新风。

"村里人都愿意迁村搬家？"

他有些神神秘秘地回答："那倒不是，一人难称百人心嘛。"

　　来到村委会，我们见到村文书杨茂庭，真看不出眼前这个身板硬朗精气十足的人已是七十岁的老人。他有着五十年的党龄，二十五岁那年当村文书，见证了社会主义在安辛村发展的风风雨雨。聊到安辛村的今昔，他深有感触，不无动情地反复说："想不到，想不到，新旧不能相比。"

　　安辛村是个有一百五十户六百口人的自然村，旧村唯一的土街经过多年整修才能两车并行，一条条小巷胡同狭窄逼仄，曲里拐弯，尘土扬起，草屑乱飞，晴天低洼不平，疙疙瘩瘩，雨天成了稀泥浆，汽车开不进村，遇到家有病人需到医院，120救护车只能停在村口"呜哇呜哇"鸣叫。房屋建筑有高有低有大有小，前一间后一排，东一座西一栋，土屋砖房杂处。对村容村貌他们也是年年治理，给外墙涂色，写上标语口号，挖沟排污，清理卫生等，但是，热情一过，又回旧貌，徒劳无功。过去的治理，仅仅是修修补补，大事化小，小事化了，没有资金保障是一回事，根本原因还是历史遗留和制度上的缺陷问题，远非安辛村的村干部们能解决的。

　　农村集体化的路子走不通，新时期的村各自为战又制约乡村的发展。政府的惠民政策福利政策难以直达农民家门，譬如孩子入托上学要到外村，村民找政府办个证、盖个章需十里二十里来回往返等，总之，让农民享受到市民的同等待遇，共享改革发展的成果成为亟待解决的问题。

　　来安辛村之前，我看到一份齐河县人民政府致全县人民的公开信，信中指出村庄合并和农村社区建设是破解经济社会发展瓶颈的出路。它不仅可以减少行政开支，减轻村级负担，提高农村公用基础设施使用的规模效率，减少村庄占地，增加耕地资源，而且还可以加快小城镇建设步伐，提高农民生产生活水平，缩小城乡差距，加快城乡基本公共服务均等化步伐，最终实现城乡经济社会发展一体化。信中规划的蓝图就是农民走出千百年来画地为牢的归宿，振奋人心。晏城街道率先在南北街村开始了兴建社区的行动，据此四里的安辛村没有错过这一难得而又必得的大好时机。

临近中午，村支部书记石金国从办事处开会回来，他兴奋地告诉我们，办事处刘书记是这次党的路线教育活动在安辛村的联系人，他为村里的广场建设争取到一笔资金来购置健身器材，等布置好了，群众就有了健身的地方。说完，话题一转又让我们给村里请个跳广场舞的老师。如今是新村新家，还要有新气象。石书记快人快语，心情畅快，我想他做事也会干净利落。

村委会是二层小楼，石书记带我们看了会议室、党员活动室等，在监控室的屏幕上，全村街巷，角角落落，清晰可辨。他说，自从安上它，村民有了安全感。在旧村时，街巷不规则，民房不整齐，装上摄像头，很多死角照不到，摄像头成了聋子的耳朵——摆设。那时，常有盗窃发生，搅得受害人不得安生。

听说村里建有老年院，而且搞得不错。一些独居的老年人离不开朝夕相处的街坊邻居，不愿到人生地不熟的办事处敬老院，搬迁时村里便筹资为他们建房。走进一个老人的家，两间平房一处小院，院里几盆红红绿绿的花开得正艳。老人神情爽朗，邀我们进屋，房间窗明几净，亮亮堂堂。我问他在新村住得可好。他说好，都赶上城里人啦。我又问为啥不去城里的敬老院。他笑着说自己身子骨还硬朗，在城里的敬老院怕憋出病来。

我们又走进一户人家，石书记大声喊着主人的名字，一会儿，从楼上下来一男子。石书记问他忙啥，他笑嘻嘻地说正在上网。客厅的陈设整洁朴素，家具摆放井井有条，墙上挂了一幅摄影画，没有过多的装饰，如果不是小院里放置的几件农具，没有人相信，这是一个农民的家。我们没有过多打搅，出门走在街上，一阵清风扑面，凉爽让我清醒。今天的农村不再偏僻闭塞贫穷落后，今天的农民不再面朝黄土背朝天，生活环境的改变，思想意识的开放，必将带来新一次的变革。它让农民走出贫穷落后的怪圈，以崭新的面貌，走向历史的舞台。

暖融融的阳光下，安辛村温馨祥和，无边的田野，麦苗青青，蓝蓝的天空一排大雁展翅南飞，新的生活新的天地正铺展开来，这是人心所向，是时代的必然。